江苏省“青蓝工程”、常熟理工学院“后备教授工程” **资助出版**

野地里的百合花

论新时期以来的中国基督教文学

季玢◎著

中国社会科学出版社

图书在版编目（CIP）数据

野地里的百合花——论新时期以来的中国基督教文学/季玢著. —北京：中国社会科学出版社，2010.3

ISBN 978-7-5004-8590-2

Ⅰ.①野… Ⅱ.①季… Ⅲ.①基督教－宗教文学－文学研究－中国 Ⅳ.①I207.99

中国版本图书馆 CIP 数据核字（2010）第 039161 号

责任编辑 李炳青
责任校对 刘 娟
封面设计 回归线视觉传达
技术设计 张汉林

出版发行 中国社会科学出版社
社 址 北京鼓楼西大街甲 158 号 邮 编 100720
电 话 010－84029450（邮购）
网 址 http：//www.csspw.cn
经 销 新华书店
印 刷 北京新魏印刷厂
版 次 2010 年 3 月第 1 版 印 次 2010 年 3 月第 1 次印刷
开 本 880×1230 1/32
印 张 8.875 插 页 2
字 数 222 千字
定 价 25.00 元

凡购买中国社会科学出版社图书，如有质量问题请与本社发行部联系调换

序　一

生命意义的诗性见证与寻找

6年前，季小兵（季玢）到苏州大学攻读博士学位。她为人朴实，心静，很能够专心致志地研究一些学术问题。她不东张西望、心浮气躁，也不能说会道。每次与我谈论文，或者研究生间讨论问题，她的话不多，但一句是一句，看得出都是经过认真思考的。酝酿博士论文选题时，她谈到基督教文学研究的可能性，并且也了解了一些情况。我鼓励她以此作为博士论文的课题。

20世纪90年代，中国现代文学研究界开始注意到许地山、周作人、鲁迅、冰心、老舍、苏雪林等一些作家与基督教文化的关系。较早有南京大学马佳在叶子铭先生指导下研究和提交了博士论文《十字架下的徘徊》，此后又有杨剑龙、宋剑华沿此方向继续深入的探讨，我也曾经在1999年指导过韩国学生姜贞爱完成博士论文《曹禺与基督教》。这些开始摆脱主流意识形态框架的学术研究，主要是从比较文学的角度谨慎地提炼与梳理现代文学与基督教的文化关系，而且集中于大家熟知的几个现代作家。我曾经因为出席刘海平兄主持的“首届奥尼尔与中国国际学术研讨会（1988）”而住在金陵神学院，利用休息时间到神学院的阅览室浏览，发现那里有一些刊物、书籍，内容都是神学院的学生、基督徒创作的文学作品，有诗，有散文，有小说，有随笔，都是敞开心灵，娓娓道来，抒写的内容与我们通常阅读与研究的文学世界完全不同。我意识到那是一个迥异于俗世的世界。当时就认为那应该也是文学，只是我们不知道，也从来没有想到在我们津津乐道的中国现当代文学之外还有一种文学存在，那应该也是中国的现当代文学。我也曾萌生过研究的念头，但却一直没有机缘进入神学世界，我一直接受的是正统教育，难以走进另一个心灵世界。听季小兵谈到这个选题的可能性，我非常振奋，鼓励她抓住这个新课题。

我知道她接受这个研究课题是有很大压力的。她为此放弃了她服务的学校要求她研究戏剧理论的准备，本来，她已经开始了这方面的工作，还出版了戏剧研究的著作。而且近 30 年来，中国现当代文学研究的几乎每一个课题都有一大堆现成的资料与成果，这方面的研究可谓轻车熟路，但是所谓中国当代基督教文学在哪里？它究竟有多少资料可挖掘？到哪去查找？研究的前景如何？都很渺茫。摆在她面前的困难与困惑是难以想象的。但是我相信季小兵有这个毅力，她肯下功夫，她能够解决这些困难。

果然，默默无闻的一年后，季小兵高兴地告诉我她已掌握与阅读了近百万字的资料，发现了不少基督徒作家与从事基督教文学的作者。第二年，她提交了她的博士论文《野地里的百合花——论新时期以来的中国基督教文学》。

3 年来，她对原论文进行了充实与修改，此书即将在中国社会科学出版社出版。全书以中国新时期以来的基督教文学作为研究对象，全面系统地挖掘出了许多第一手材料；同时，本书对中国基督教文学书写形态展开全面分析，建构起了解读中国基督教文学的框架，在此基础上对中国当代基督教文学的精神价值进行了比较深入的探讨。

我认为，这本书的最大价值是以丰富的、实在的作家与文本资料确证了新时期以来“中国基督教文学”的存在。全书夹叙夹议地评点了一批基督教文学作家与作品，其中包括中国大陆与港台地区的基督徒作家和非基督徒而从事基督教文学写作的作家。书中以大量篇幅分析了中国基督教文学主要呈现的六种书写形态，即灵修文学、圣经文学、救赎文学、母爱文学、游记文学和大地文学。对前三种形态给与专章论述，对后三种形态作出比较深入的梳理阐释。通过本书，可以发现新时期以来的中国基督教文学已远不像20世纪二三十年代那样仅是个别作家创作中的偶然闪现，而是确实已经存在的一个文学世界。

中国现当代文学的主流意识形态决定了我们审视与研究的文学与文化对象相对固定。我们所受的正统教育使我们不愿意也不能走进另一个心灵世界。我们无法看到在我们习以为常的世界之外还有另一个心灵世界的存在，或者对此世界视而不见、“讳疾忌医”。这一切使得早已存在的中国基督教文学很长时间没有进入主流学术的视野。当然，中国基督教文学不是因他者的关注而存在。它是野地里默默散发着清香的百合花，静静地闪烁着寂寞的光泽。它无需等待别人的关注，它充满自信的生长终会让你感受到它的意味深长的价值、无以言表的意义、洋溢爱意的力量和灵魂探索的光芒。

然而，本书确证了中国基督教文学发展趋势，其中的论述揭示了中国基督教文学以其独特的艺术形式显示着对人的精神探索所达到的广度、深度，那是人存在的真谛和人生命意义的诗性见证。

作为人学的神性书写，中国基督教文学始终把对人的存在的终极追问和个体生命的形而上体验作为言说的重要内容。这使我想起了恩格斯的那段话：“到教堂的外面向上帝祈祷吧，因为他的大厦不是凡人的双手建造的，他的气息渗透了全世界，他要人们顶礼膜拜的是他的精神和真理。”[①] 在信念道德混乱、精神价值迷失的当下，恩格斯的话对我们或许会有一些启示。

朱栋霖

2010年元月23日

苏州读万卷堂

① ［德］恩格斯：《齐格弗里特的故乡》，《马克思恩格斯全集》第41卷，中共中央马恩列斯著作编译局译，人民出版社1982年版，第140页。

序　二

博士小兵

注意她，是因为她的论文吸引了我。看起来那么柔弱与内向的小兵（季玢），作了一个很少有人涉及的课题——论新时期以来的中国基督教文学。

第一次看到小兵，是在著名作家白先勇先生作“我的文学道路”报告会上，在挤得水泄不通的阶梯教室里，她站起来提问，好像是关于白先生作品人物与他的家世的关系，详情已模糊不清了，那次远远看到她在发言，感觉其人落落大方，侃侃而谈。比起那些初出茅庐的本科生明显老成，且谈吐不凡，颇有见解。

最初的印象如风一样飘过了。学生众多，龙腾虎跃，精英荟萃，富有生气的校园，总像是盛开的百花园里，你方开罢我登场。

然而，后来几次并不深入的接触，淡淡蒙蒙地感觉这一个梳着长发，看起来文静内向，总是以微笑作为表达，说话不多的女孩，是相当有内涵的。

当她的长达 15 万字的博士论文放在我的书桌上时，我内心对她初浅的印象变得清晰明朗起来。

细细阅读这篇论文。我感受到一种意味深长的价值，洋溢爱意的波澜，人活得怎样才有意义……

中国基督徒作家群落是相当庞大的。她列举了程乃珊、北村、丹羽、于贞志、黄礼孩等基督徒职业作家，以及文化思想评论者的主要代表余杰等，“与其诅咒黑暗，不如让自己发光”，关于人类宗教文化策略、文学观念以及精神向度，在喧嚣的价值声浪中还显得那么微弱，甚至可能随时被淹没。涤荡罪恶，澡雪灵魂，使生命重生的宗教文学在中国当代文学的百花园里是一株默默散发着清香的“百合花”。在信念混乱、精神迷失的当下重新恢复精神深度的责任、自尊和力量，这一系列的学术问题是多么有意思，这是一个独特的研究视角。

认识博士小兵，看到了一个充满爱、纯洁与执著的女博士。

那次我们巧遇，我和她聊起对生活的感受，不知不觉都谈到孩子的话题。她说：她有一个幼小的男孩需要照顾，她有一个同样是教师的先生也在攻读学位，每学期的工作量需要完成，繁重的教学科研任务要承担，远离的双亲需要关心，身处两地的家怎么照顾，等等。正聊着，小兵家里打来电话，说孩子在学校跌破了头，让妈妈赶紧回家。电话这头的小兵一边安慰着孩子，一边心急火燎去车站买票。

生活，就是这么具体和琐碎。女人要想做出点成绩，并不是那么轻易就能成就的。有人说美丽的林黛玉或金枝玉叶的小姐是需要别人伺候的。结了婚的女人需要转换很多角色，扛起生活的重担，担当强者的角色，才不会被生活压垮。

同宿舍的人知道，小兵每天都用电话温馨提示家里的琐事，让既当爹又当妈的先生委屈着多干点儿活，让想妈妈的孩子乖乖地听老师话。交代过后，她安下心来，看书、写文章。在万家灯火的城市里，她的那盏灯总是亮到半夜。第二天清早，第一件事情就是给远在家乡的亲人打电话，催促父子俩起床、读书、上班。

面对这么多的困难，她的态度是从容的，不急不躁地在电话中安慰着读一年级的儿子，给自己的论文找资料，联系研究课题中的重要采访，一大堆参考文献需要细读，从中找出头绪。在她的博士论文末尾，我看到了112部参考文献书目。惊讶之余，仿佛看到小兵超负荷研究、超负荷生活的身影。她说自己为完成这部十几万字的论文，体重降了十几斤。这期间动了手术的身体还在恢复期。在读博士期间，她还发表了16篇科研论文。3年博士生活期间，她在“痛并快乐”的裹挟中，凭着对文学的挚爱，走到了今天。

学会爱，参与爱，带着爱上路。小兵用爱洒向生活，洒向家庭，也洒向她炽爱的博士课题与终身从事的文学研究事业。

张欣欣

写于2006年7月初

目　录

引　言

一　关于基督教文学的论争

命名的一个重要意义在于，命名的对象从混沌之中浮现出来，它的单独存在为一个响亮的概念所肯定。但是进入20世纪以来，关于基督教文学这个概念的论争却一直没有停止过，以至于形成了不同的基督教文学观念，从而使得基督教文学成为一个说不尽的课题。

在西方，关于基督教文学的论争是从“基督教文学是否存在”这个问题展开的。对于这个问题主要有三种观点：[①] 一是把基督教文学等同于传统基督教文学，并认为它已经普遍衰竭，甚至死亡。究其原因，一方面“创作基督教文学那一代作家都已过世”；另一方面“这一概念业已证实是在无用的对象身上进行的无用的实验，不管是从神学还是从文学的角度来讲，都是如此”。[②] 二是认为基

① 以下的内容参阅［德］库舍尔：《再论“基督教文学”的概念》，刘小枫主编《20世纪西方宗教哲学文选》（下），上海三联书店1994年版，第1310—1315页。

② 具体观点是“从神学方面看，这一概念没有任何说服力，因为在这里，那些本身在神学方面就成问题的尺度被用来确定基督教。从文学方面看，这一概念同样没有说服力，因为每一种受到这样划分、这样评价和这样批判的文学大多蜕化为某种党派文学。……文学作为艺术，听命于特有的美学原则”。

督教文学不但存在，而且非常兴盛强大。这是因为“在以前，甚至在中世纪，人也从来没有像在现代文学中这样不幸和堕落，这样软弱无能和无依靠……恰恰在软弱无能、悔恨交加的人眼里，上帝又被当成了中心，成了主、根基和目的，耶稣基督又被自觉地作为救星和救世主”，而基督教文学就是发现并表现这样的世界。三是认为基督教文学是一个恰如其分的概念，关键在于如何界定它。其中第三种观点为大多数的学者所接受。如此，问题的论争开始发生了转向：即如何界定基督教文学，而对于此问题的讨论又和基督教文学的基本特征探究缠绕在一起的，从而形成了一个复杂而丰富的神学与文学相生相存的奇异景观。

西方的现代神学文学批评家从不同的角度对基督教文学进行了自己的界定。如有的是从基督教文学的任务出发，认为基督教文学就是“把上帝当作人与世界的中心”，它“任何时候都与上帝、与人有关。但是它就像在中世纪那样，能够将上帝当作中心，从上帝的角度来观察人，或者像在近代那样，把人当作中心，从人的角度来观察上帝。也许我们可以把基督教文学中又逐渐把上帝当作中心一事，视为已经不再属于近代范畴的20世纪基督教文学的基本特征吧”；有的是从“作品—作家—接受的三角关系”中界定基督教文学，并认为“只是所有因素——主体的意识和意图以及作品按照其文学和基督教的本义，按照其解释或接受的情况所表现出来的质量和能力——的合作，才能形成‘基督教文学’的现象”；有的为了防止基督教文学概念的任意性或者狭隘性，主张从活生生的耶稣基督形象出发，认为“耶稣基督不仅是基督教文学这个主题，而且还是它的本质。这个形象对于基督教文学的概念来说，既可使它集中，又可使它具有广度”。

西方关于基督教文学的论争对于深入解释基督教文学的深刻内涵和独特的艺术形式、正确认识神学与文学之间的复杂关系以及促进基督教文学的创作无疑有着重大的意义，但同时我们也看到，由于基督教文学的内部一直存在着界限暧昧的问题，诸多富有价值的理论课题因此无法得以展开。特别是论争中重神学、轻文学的现象及其研究过程中文学与宗教的对立观念，以及个人中心主义思维方式，则从根底上束缚和偏离了基督教文学研究的旨趣。

在我国台湾和香港地区关于基督教文学的讨论是相当热烈的。与西方的论争相比主要呈现出三个特点：一是讨论主要立足于台湾、香港地区的基督教文学创作实践，一些从事基督教文学创作的作家如张晓风、苏恩佩、梁锡华等人参与了讨论，这在很大程度上纠正了西方重神学、轻文学的偏差；二是把讨论的中心议题转向中国基督教文学，并提出了许多真知灼见；三是深入地研究了“宗教”与“文学”之间的辩证关系。因此，我国台湾和香港地区的基督教文学论争对于中国基督教文学的意义更大。鉴于此，下面主要介绍许牧世、苏恩佩和张晓风的观点。

许牧世一直肩负着为推动中国基督教文学创作而呐喊的使命，[①] 虽然他的呐喊宛若旷野人声。他认为基督教文学必须以《圣经》作为“智慧的源泉”，“除非他从这里吸取属灵智慧，洞悉生命真谛，并从这里不断获得灵命的灌溉，使爱心和信心日日增进，他就不可能产生优良的基督教文学作品”。基督教文学必须是“寻找真理和见证真理的器皿”，是“金苹果”。但是这个“金苹果”应该用“银网子”衬托才能产生吸引力。因此，他反对基督教文学成为神学的奴仆，不认为“充满着《圣经》引语和

---

① 许牧世：中国台湾《基督教论坛》周报的创办者，曾任香港基督教文艺出版社的编辑，出版有《基督教文学论丛》（香港基督教文艺出版社 1978 年版）、《文艺与宗教》（香港辅桥出版社 1980 年版）以及《殉道文学及其它》（道声出版社 2003 年版）等著作。

神学术语的作品才能算是见证真理的文学”。在他看来，区别基督教文学与非基督教文学的重要尺度就是“信”、“望”和“爱”。因此，“文学作品的内容若有信、有望、有爱，就是基督教文学。能够有效地‘传达’信、望、爱的‘高度情绪’，并在读者间引起广泛而普遍的‘感染作用’的文学作品，便是优良的基督教文学作品”。而基督教文学在“黑暗笼罩大地，无数灵魂在无信、无望、无爱的深渊中挣扎着”的今日世界，“必须是信望爱的播种者，也必须是培养信望爱的苗圃”。①

立足于自身丰富的信仰经验和艺术体验，香港基督徒女作家苏恩佩在《基督徒与文艺创作》一文中主要剖析了中国基督徒文学作品的奇缺现象以及补救方法。在她看来，中国基督教文学的园地是荒芜的，即使存在一些基督徒作品，但“他们往往只写出一个罗曼蒂克化、简化、公式化的人生。他们往往把基督徒的生活夸大、遮掩、粉饰。他们不敢道出心灵最深处的矛盾、挣扎、苦闷，因为他们以为每一部作品必须达到一定的结论——即从怀疑到相信、从罪恶到圣洁、从痛苦到喜乐、从失败到得胜。他们实在是把宇宙人生的幅度圈小、圈窄了”，而这些作品实在不能算是真正的基督教文学。那么，什么是真正的基督教文学或者宗教文学呢？在苏恩佩看来，首先，基督教文学作品所代表的宇宙观、人生观是属灵的：“就是说在物质世界以外还有一个属灵的境界，在现世以外还有永恒，在肉体之外还有灵魂，在自然以上还有超自然，并且相信超自然的、永恒的、属灵的价值，重于自然的、短暂的与物质的”；其次，基督教文学反映的是基督徒作家所热烈追求的“属灵的

---

① 许牧世：《泛论基督教文学》，许牧世等：《基督教文学论丛》，香港基督教文艺出版社 1978 年版，第 3—11 页。

人生释义”；再次，基督教文学的信息即是基督教本身的信息，即“信、望、爱”；第四，“最好的基督教文学作品不是有意的、宣传性的作品，而是‘不自觉’的心灵的产品”；最后，苏恩佩认为，“真正伟大的基督教文学会帮助读者看到神的荣美，神的爱与恩典，神与人之间的关系，人在宇宙中的地位，以及人生最高的目的与意义”。作为一位作家，苏恩佩对于基督教文学的研究并不止于理论的界定，而是深入到具体的创作实践之中。在表达方法上，她比较推崇“寓言”(allegory)：“其实那些最高深的真理往往最适宜用‘寓言’的方式去表达，而不是用直接的方式”；为了挖掘有价值的主题，苏恩佩根据自身的创作经验给基督徒作家提出了一些深刻的建议：“一个基督徒作家必须珍视神给他的恩赐，善用并尽量求发挥这些恩赐。他必须训练自己的想象力与观察力，不要让它们变得迟钝；他必须扩充自己的目光，多注意各种社会问题；他必须从深处去看人和事，看到人心的深渊里面各种的心理活动和形态；他也必须多读书，多接触各种学术性或文艺性的作品，在思考、评论或模仿中学习。”另外，苏恩佩还对为什么中国缺少基督徒作家提出了颇为独到而中肯的看法，即“我们没有强调被呼召为作家的这种‘呼召’(Calling)”，也就是说，“以为神的呼召只限于献身做教会工作的呼召”，从而对从事写作的作家持鄙视态度。而实际上，“神对每一个奉献给他的人都有他的‘呼召’，而每一个基督徒都应考虑他一生的神圣的‘工作’(Vocation)是什么。可能是牧师、教师、医生、建筑家、主妇……或一个作家”。[1]

语言是文学的载体，没有好的语言方式就没有好的文学。如

---

① 苏恩佩：《基督徒与文艺创作》，许牧世等：《基督教文学论丛》，香港基督教文艺出版社1978年版，第14—22页。

果没有文学的特质，即使是基督教的，也不是基督教文学。从这个观点出发，张晓风在《基督教文学的语言应用》一文中具体探讨了基督教文学的语言应用问题。张晓风首先对中国基督教界“钟爱”《圣经》“集句”式文学的原因进行了深入的解剖：一是对《圣经》文字的迷信；二是教会传统的压力：“有一些东西，跟圣经丝毫扯不上关系，不过在教会里既然成为一种习惯，也就像天主教的圣物，不知不觉有了地位起来”；三是因循苟且的习惯：“如果我们不曾日夜苦思，想要在形式和语言上不断地有所革新的话，如果我们只想拾人牙慧，以别人看得懂为满足的话，我们就不配成为一个作者。”张晓风认为正是以上三种潜在因素长年累月的积压，才导致基督教文学的语言越来越呆板，越来越陈腐。而所谓的基督教文学则只是基督教的宣传品而已。张晓风指出，现代的作家希望锤炼出一种新的语言表现方式，“不像朱自清那么轻飘，不像徐志摩那么甜腻，不像周作人那么质平，不像鲁迅那么喧嚣，也不像冰心那么幽柔”，而是“用一种沉重的，华丽的，多变化的语言来说明现代人的特质”。在笃信朴实自然的张晓风看来，语言并不一定以雕琢华丽为美，“直接写出来的感受有时反而很美”。当然，质朴而灵动是比较理想的语言风格。为此，张晓风主张基督教文学应该一方面把传统文学作为一种“泉源”，另一方面把新文学当作一种“借镜”，而她的散文正是既体现古诗古语古韵之“古风”，又有现代语言洒脱的韵味。另外，张晓风反对方言土语创作，而力行白话文创作：“凡是想在基督教文学上有一点贡献的人……当他能用一种无误的文法和语词表达出一种完全代表自己的语言后，驾驭文字便不致太难了——使我惊奇的是，有那么多人，竟那么固执地整天只用自己的方言土语，而不肯拨出一部分时间学习讲这将来势必筒形玉器、八亿人口之间的语言。”总之，张晓风强调语言的创造性，把文学的过程视为一部创世纪，而“创世纪不该有蓝本，它是一段全新的，纯美的，匠心独运的创造”。①

无疑，我国台湾和香港地区的讨论是针对当时台湾和香港基督教文学创作的病症而发起的，有一种剔骨见髓的深刻。讨论深入到基督教文学的审美领域，更强调信仰体验和艺术审美体验的融通性。而这必然会促进中国真正的基督教文学创作的兴起与发展。但是，我们也可以看到，在绝大多数作家、评论者的基督教文学观念中，基督教文学是等同于宗教文学，或者说是等同于基督徒作家的文学创作。也就是说，基督教文学设定的边界太狭隘，故步自封，可能会对教会以外的作家形成某种排斥，而教会以外的作家又有可能会“望而却步”，从而不利于中国基督教文学的发展壮大。

中国大陆的部分当代学者对于基督教文学这个概念是采用接纳的态度并根据自身的理解和体验作了自己的阐释，但这种接纳和阐释的对象是西方基督教文学，而不是中国基督教文学。也就是说，他们对于基督教文学的阐释并不是立足于本国的基督教文学创作，而是依据西方的基督教文学创作。当然，他们的阐释也有自身存在的合法性。如杨慧林在论述中世纪文学创作时，明确地冠之以“早期基督教文学”，其潜台词似乎应该有“中期基督教文学”或者“后期基督教文学”，但他在论述近代以来的文学创作时并没有这样称谓，而是认为：“从现代人的历史位置来看，基督教对于西方文学乃至整个西方文化的根本意义，并不在于它通过宗教的信仰和律条所沿袭下来的习俗传统，却在于有它融合、开启，又经过人类的体验、思索和筛选而成的一整套观念；

---

① 张晓风：《基督教文学的语言应用》，许牧世等：《基督教文学论丛》，香港基督教文艺出版社 1978 年版，第 31—43 页。

这种观念也并没有囿于基督教教会的高墙，而是凝聚着西方文化各个源流的思想精华，从而使所谓基督教精神成为对近代以来全部西方文化内涵的总体描述。”[①] 在杨慧林看来，在西方文学史上，只有中世纪文学才是一种纯正的基督教文学，具有基督教精神的底色，而近代以来的文学只是基督教精神的文化延伸。梁工也是从文学与文化的关系角度来解读基督教文学的，他认为基督教文学是基督教文化的重要组成部分，其特质在于“追求精神文明之路”。他在编选《基督教文学》时，用“或许可以认为”这一个充满商议、不确定性语气的表述，认为基督教文学应该包括两类创作：即“《圣经》文学和出自信徒手笔的各类基督教诗文”和“‘纯文学’[②] 中的各种基督教文化成分”。[③] 中国大陆的部分学者虽然对于西方的关于基督教文学的论争作了一定的呼应，但这种声音是极其微弱的，甚至根本没有引起别人的关注，并且在中国大陆也没有形成的一定的反响。这是一种充满寂寞和悲壮的“介入”。

什么是基督教文学？对这个问题的不懈追索和叩问，显示了基督教文学的独特魅力。

二 基督教文学的路径描述

描述需要一定的路径，作为描述的前提，命名决定了该

① 杨慧林：《基督教精神与西方文学》，《基督教的底色与文化延伸》，黑龙江人民出版社 2002 年版，第 115 页。

② 梁工的“纯文学”指的是 belles lettres，亦称“美文学”，指通常意义上的小说、诗歌、戏剧等。

③ 梁工：《基督教文学导言》，宗教文化出版社 2001 年版，第 1—4 页。

描述的路径。“基督教文学”的命名决定了描述基督教文学必须经历以下两条主要路径：一是基督徒的作品是否就是基督教文学？二是非基督徒的文学作品是否就不是基督教文学？这两条当然不是描述基督教文学的所有路径，但是却颇具代表性。

我们首先进入第一条路径，即是否基督徒的创作就是基督教文学？创作主体身份的确认对于文本性质的确定无疑有着某种指向性的意义，但在当代多元文化共生的万花筒般的语境之中，身份的确认又并非易事。因此，当我们进入描述基督教文学的第一条路径时，就面临着一个世界性的难题：如何确认创作主体的基督徒身份？是必须要经过教会的受洗，有教会归属的才能确定是基督徒呢？还是拒绝受洗，置身于教会之外，但在内心已经体悟到基督临在的意义，如西蒙娜·薇依也能确定为基督徒呢？这是一个艰难的取舍。因为按照教会理论的严格规定，基督徒必须要途经教会或神职人员或宗教团体，才能使其身份得到确认。但同时就像刘小枫在评价巴特时所说的：“巴特的深刻之处在于，人成为宗教徒，建立了宗教形态，绝不等于人找到了上帝，得到了真正的新生命，实质性的问题仍在于，是否认信在十字架上死而复活的基督”，因为“基督是上帝唯一的话语”。所以，刘小枫认为虽然西蒙娜·薇依的行为导致“她的基督徒身份至少从形式的意义上讲是成问题的”，但由于她认信基督耶稣，并“以自己的爱的生命成为了受洗的存在”，因此“她是一位真资格的基督徒，甚至比一些在形式的意义上有基督徒之名的人更是基督徒”。[①] 而神学家冉诺则把

① 刘小枫：《上帝就是上帝》，《走向十字架上的真——20世纪基督教神学引论》，上海三联书店1995年版，第53、195、198页。

这种无基督徒之名却有基督徒之实的人，称为“隐藏的基督徒”。[①] 也就是说，与形式的意义相比，认信基督耶稣才是确定基督徒身份的决定性因素。（当然，如果两方面兼有，那么，基督徒的身份确认就会更明确。实际上，中国作家的基督教身份是由这两个方面共同确认。）请注意，这里使用的是“认信”而不是“认同”。两者虽然从根本上都是关怀人的生存状态，但“认信”是深入至信仰层面的词汇，而“认同”则是关涉价值观层面的词汇。

既然我们已经明白了如何确定基督徒的身份，那么，当基督徒作家的个体生命向着基督信仰的彼岸而去，借助语言文字将他由此获得的生命情感的先验性感觉表现为具体的文学文本，纯正的基督教文学就产生了。纯正的基督教文学，是见证基督信仰及信仰基督的图式。基督徒作家宁子就认为基督教文学本质上是“一种‘道成肉身’的‘生命文学’，它是耶稣基督的生命在文学作品中的气息——它来自永恒，却进入时间，来自天国，却进入尘世——这种大生命气息经由作家的生命而进入作家的作品”。[②] 毫无疑问，基督徒的文学创作是基督教文学中极为重要的组成部分。诚如基督徒作家施玮所极力强调的：“本身信仰坚定的基督徒的作品是形成基督教文学的中坚力量。没有他们，这种文学形如灌木，有了他们就成为大树，灌木也就成了繁茂和树冠。”[③]

基督徒的诸多文学作品的确催生了基督教文学的成长，但是我们也应当清醒地认识到，一些基督徒的作品并不是基督教文

---

① 杨剑龙：《旷野的呼声——中国现代作家与基督教文化》，上海教育出版社1998年版，第71页。

② 2005年7月21日宁子给笔者的信，这封信刊登在宁子主编的《蔚蓝色》杂志2005年第12期。

③ 2005年4月16日施玮给笔者的信。

学。它们因为过分地重视《圣经》条款、基督教教义的直接引用或者充斥着大量的神学用语，而使得作品的文学性严重缺席。而我们所关注的是基督教文学作品而不是基督教神学作品。“文学性”是我们描述基督教文学的一个先在的条件，是确定一个基督徒的作品是否为基督教文学作品的核心标志和审美准则。而在当下文化研究活跃而文学研究的文学性则被放逐的尴尬境地，坚守文学研究的文学性则是一位文学研究者始终应该坚持的学术立场，“坚守文学性的立场是文学研究者言说世界、直面生存困境的基本方式，也是无法替代的方式”。[①] 当然，坚守文学性并不意味着文学研究的故步自封，沉溺于所谓“纯文学”的象牙塔之中，而是要求文学研究者有着强烈的文学意识——他们研究的对象是文学作品。我们在确定一个基督徒的作品是否是基督教文学作品时也应当如此。如果忽视了文学性而专注于神学内涵，忽视了文学作品所应具有的审美特性，那么基督教文学作为一个独特的精神活动将无法立足，其价值也将无法实现，我们的研究意义也就不复存在。也正因为如此，当代中国许多极其虔诚的基督徒的灵修作品、信仰见证并没有进入基督教文学的研究视野。

既然文学性对于基督教文学存在以及研究的意义如此重大，那么，另外一个质疑就产生了：非基督徒作家的文学作品因为具有强烈的“文学性”，难道就能说是基督教文学吗？实际上，对于这个质疑的解决是比较容易的，因为在“基督教文学”这个命名中，文学虽然是其中心词，但“基督教”则是一个限定性词汇。如果文学作品不具有这个限定词的维度的话，那么它就不能归属于“基督教文学”。但与此相关的另外一个问题：非基督徒的文学创作就不是基督教文学吗，却显得比较复杂。当然，答案

① 吴晓东：《记忆的神话》，新世界出版社 2001 年版，第 92 页。

看起来非常简单，“不一定”三个字足以。但就像亚里士多德在《修辞学》一书中所说：“只知道应当讲些什么是不够的，还须知道怎样讲。”[①] 给个答案说起来相当容易，但在具体的描述方面却颇为艰难。这是一种战战兢兢的探索：透视“险象丛生”的各类文学作品，一不留神也许就会陷入某种陷阱。如此，我们将要谨慎地进入描述基督教文学的第二个路径，即是否非基督徒的文学作品就不是基督教文学？

虽然说基督徒的文学创作是基督教文学的中坚力量，但并不是说非基督徒创作的作品就不可能是基督教文学。因为决定一部文学作品的身份，并不仅有创作主体这一维度，它本身包含着若干个维度。“我们把一篇现代文学确定为基督教文学，无论现在和过去，都总是从文本本身的依据出发，而这种文本——有时直接、有时隐蔽地——在进行解释时证实自己就是基督教的解释。”[②] 判定基督徒的作品是否是基督教文学如此，判定非基督徒的文学创作是否是基督教文学更应如此。

一种特定的文学类别往往是由众多维度所组成的整体，而决定其存在价值、根本特征的往往是其中某一个占支配地位的核心维度。也就是说，标显一种文学类型的独特性身份时，诸多维度并不是平分秋色地发挥功能。而一旦支配性维度发生了移位，常常就会导致文学类别的根本性转化。同样，一部文学作品正是依靠这个支配性维度而被归属于某一特定的文学类型。如此，我们必须要去探求基督教文学在所有的文学类别中之所以为独特的“这个”的那种支配性的维度。而在笔者看来，基督教的文化精

---

① ［古希腊］亚里士多德：《修辞学》，罗念生译，北京三联书店 1991 年版，第 24 页。

② 库舍尔：《再论“基督教文学”的概念》，刘小枫主编《20 世纪西方宗教哲学文选》（下），上海三联书店 1994 年版，第 1320 页。

神特质正是支撑基督教文学存在的基石。在这里，我们必须要区分“基督宗教”与“基督教精神”之间的差异。按照德国神学家西美尔的观点，宗教（Religion）是“具有独立的建制实体和教义旨趣，是一种如艺术、科学那样的文化形式”或“有些类似于罗马时期或现代意义上的国家”，而“宗教性”（Religiosität）（即宗教精神）则是“一种‘社会精神结构’，体现为某种人际行为态度，它们往往是自发形成的情绪状态、灵魂的敞开状态、作为与超越域相遇的前提的实验形式，并不具有客观的建制形式”。[①] 史铁生也认为“宗教精神”与“宗教”是不同的，他说：“说到宗教很多人会想到由愚昧无知而对某个事物的盲目崇拜，甚至想到迷信。所以我用宗教精神与它区分，宗教精神是清醒时依然保存的坚定信念，是人类知其不可为而决不放弃的理想，它根源于对人的本原的向往，对生命价值的深刻感悟。所以我说它是美的层面的。这样它就能使人在知道自己生存的困境与局限之后，他依然不厌弃这个存在，依然不失信心和热情、敬畏与骄傲。”[②] 与之相一致，“基督宗教”与“基督教精神”也有着类似于以上的差异，虽然后者根植于前者或者前者开启后者。

信奉基督宗教的是基督徒，在现代社会，虽然有些基督徒不愿意接受洗礼，拒绝加入某个宗教团体——如上文所分析的那样，但大多数基督徒是要遵循基督宗教的教义和仪式行事的。而所有的真正的基督徒必须都坚信“基督教拥有自己独特的、不依赖于所有这些被它所包含的因素的内容，这个内容唯一地、完全地就是基督。在基督教自身，我们找到的是基督，而且仅仅是基督，

① 刘小枫：《西美尔论现代人与宗教·编者导言》，［德］西美尔：《现代人与宗教》，曹卫东译，中国人民大学出版社 2003 年版，第 8 页。

② 史铁生：《宿命与反抗》，《作品与研究》1997 年第 2 期。

这就是真理，被多次地重复过，但很少被理解的真理”。[①] 当然，基督真理在有着丰富的感性经验和审美经验的基督徒作家那里，则是具体的。而“所谓具体乃意味着：置身于生活的具体处境之中并改变处境，紧贴生命的渴求并力图实现它们，在经验和尚未达到的希望中成人”。[②] 而信奉基督教精神的则不一定是基督徒。此处的“信奉”并不一定是信仰层面的“认信”，而大多数是精神层面和价值层面的“认同”。而且这种“认同”往往并不是通过传统的基督教教义来获取的，而是主要通过个体生命体验蕴涵着的基督教精神的各种文化形态来获得的。基督教的精神或因素存在于文化之中，并赋予文化以更深远的意义或价值，因而，艾略特把文化看做是精神的宗教表现自己的总体形式。他的第一个重要的断言就是：“没有一种文化的产生和发展同宗教没有关系。”[③] 也就是说，基督教精神不是孤立地脱离文化诸多形态而存在的，而是在文化诸多形态中呈现出来的。基督教精神在文化之中，而文化包孕着基督教精神。如果说，那些非基督徒作家的文学作品通过个体生命发现、呈现、表现并认同基督教文化精神来叩访生命永恒之门的话，在我看来，这些文学作品就是基督教文学。

当然，基督教文化精神作为基督教底色的文化延伸和精神延续，在绝大多数的基督教文学作品中并不是以一种醒目的面貌出现，而是以一种潜在的精神质素蕴藏于作品的深处，并且基督教文化精神作为支撑基督教文学存在的支配性维度，并不是恒定不

---

① ［俄］索洛维约夫：《神人类讲座》，张百春译，华夏出版社 1999 年版，第 108 页。

② 刘小枫：《走向十字架上的真——20 世纪基督教神学引论》，上海三联书店 1995 年版，第 179 页。

③ ［英］艾略特：《基督教与文化》，杨民生、陈常锦译，四川人民出版社 1989 年版，第 99 页。

变的实体，而是变化的、充满活力的。其内在的动力在于抛弃了传统教义的某种羁绊，将作家的精神心理结构和审美心理结构作用于基督教文化或者《圣经》典籍，并不断通过作家个体生命情感和审美体验的彼岸化，不停地重塑基督教文化精神，使之具有现代性的多元内涵和生机勃勃的生长能力。当我们用这样的眼光来审视那些非基督徒作家们的基督教文学作品时，就会惊奇地发现，他们虽然没有直接地引用某些圣经语言、基督言辞，或者说，似乎根本没有涉及基督教，但是这些作品表现出来的参悟个体命运、体验苦难生存、体察生死之维以及渴望神性世界等都有着浓重的基督教文化色彩和基督教文化气息，或者说渗透着浓厚的现代的基督教文化精神。

沿着以上两条路径，我们可以描述出基督教文学所包含的两种类型：即基督徒作家创作的纯正的基督教文学和非基督徒作家创作的非纯正的基督教文学。如果说前者是以文学语言承载了基督信仰之言的话，那么，后者则是以文学语言认同了基督教文化精神。但两者都强调追求一种生命的皈依体验即是作家在寻找精神家园的过程中达到的神圣的境界，一种结束无意义的生活以后重新获得生活意义的充实感、安适感与幸福感。用个体的生命关注和表现大生命气息，这是基督教文学作品的重要特质。

三　中国基督教文学的产生

早在 20 世纪 40 年代，朱维之在《基督教与文学》中就强烈呼吁文学青年要从事中国基督教文学的创作。他说：“我写这书的时候怀有两种希望：第一，希望基督徒青年多发生文学的兴趣，随时注意基督教本身的文学，使自己的宗教生活美化，深刻化，更能接受文学底新挑战，扩展基督教文学新的前程。第二，希望我国文学青年多发生对基督教的兴趣，多注意世界文学中基督教原素底重要性，更能接受基督教底新挑战，使我国文学发出新的光辉。”[①] 然而，二十多年以后，基督徒作家许牧世仍然感慨地说，“有人说一百多年来基督教在中国还没有产生过什么可称为‘文学’的作品。充其量我们只有基督教文字，还没有基督教文学。这样的批评对我们基督徒来说岂不是一种极严肃的挑战”。[②] 但是我们没有必要绝望。因为进入新时期以来，有一些坚信中国“应该有从神而来的文学”[③] 的基督徒作家们和认定“中国文学正在寻找着自己的宗教”[④] 的非基督徒作家们，为了促成中国基督教文学的生成、兴盛，正做着“集百狐之腋，聚而成裘”的拓土维艰的努力，并试图“把光明与美，把纯净与赦免，把爱与希望带入我们的文化”。[⑤] 并且，由于这些作家的激情执著和辛勤耕耘，中国当代文学的百花园地里已然有了一株默默地散发着清香的“野地里的百合花”。可以说，经过中国作家们的努力，中国基督教文学已经产生了。虽然与其他比较成熟的文学类型相比，它还显得相当稚嫩，但是已经呈现出增长的势头，并且在信念混乱、精神迷失的当下价值场中逐渐地显示其意义。

面对当下深不可测的幽暗的灵魂之路，中国作家有着不同的精神抉择和求生策略。大致有三种：一是以物质价值的实现

---

① 朱维之：《基督教与文学·导言》，上海书店1992年版，第6页。

② 许牧世：《〈基文青年丛书〉序言》，许牧世等：《基督教文学论丛》，香港基督教文艺出版社1978年版，第2页。

③ 施玮：《放逐之余》，《信仰网刊》2003年第3期。

④ 史铁生：《宿命的写作——在苏州大学“小说家讲坛”上的书面讲演》，《当代作家评论》2003年第1期。

⑤ 施玮：《放逐之余》，《信仰网刊》2003年第3期。

为文学价值的支点，放逐道德良知和人格；二是试图在文学和物质之间搭建平衡木，但结果往往是成为充满游戏规则的跷跷板；三是开始进行新一轮的精神突围。要么退守民间，逃遁现实，要么用梦幻叙事重建乌托邦，要么渴望从宗教精神得到救赎。第一种无疑是要否定的。第二种则具有一定的危险性，它固然可以使得中国文学具有表面的辉煌，但终究是昙花一现，中国文学构图又不可避免地出现了新的偏颇。此偏颇也殃及其他作家的构想，使他们在其所冀望的文学出现危机却浑然不知或有所觉察却又难以摆脱的情况下，依然重复着这种偏颇，从而使中国文学沦为艺术真空的空场，缺乏一种引导中国文学走向振兴的方向感。

对于第三种，我们的态度是赞赏而谨慎的。赞赏在于，面对文化的废墟甚至灰土，无论是何种突围策略，中国作家所表现出的良知的焦虑、人文价值的焦虑以及努力探索人类精神的救赎之路，重新恢复精神深度的勇气、责任、信心、自尊；谨慎在于，由于大部分作家缺乏终极信仰力量的支撑或者说没有固守自己信仰的能力而太缺乏耐心，缺乏沉思的耐心，守望的耐心，忍受失语的痛苦并学会在无名中生存的耐心，所以不少公开的话语姿态倒应了残雪一部小说的题名，曰：突围表演。而中国基督教文学作家则从基督教文化中寻找到了解释生命之谜、构建精神家园的哲学根底，因而始终坚持艺术的孤独品质，以终极关怀的神性眼光对人的本质、人的处境以及人的归宿问题作了新的阐释。而“对艺术家来说，对生存之根基和意义这样重大的问题，对‘从哪里来，到哪里去’这样重大的问题，不可不承担责任；对一再不断出现的怀疑，对听天由命的理由和叛逆造反的根据不可不承担责任；这种承担责任对艺术家具有重大意义。艺术家知道我们从哪里来，到哪里去，我们是谁，艺术家的创作正因为如此才具有重大意义。艺术与神学的平行仅仅在这一点上来讲是不言而喻的。"①

但遗憾的是，处于信仰言说荒原之中的中国批评者要么似乎根本没有意识到中国基督教文学的存在，要么对于逸出正典结构之外，充满异质感的中国基督教文学有种"讳疾忌医"的心态，这使得中国基督教文学至今还没有进入学者的研究视野。② 它依然闪烁着寂寞的光泽，默默地散发着淡淡的清香，点缀着文学的百花园地。它依然是一种等待有人关注的边缘文学。

对于中国文学和中国文学研究界来说，中国基督教文学的被忽视，乃是一个缺憾。这是因为，中国基督教文学不仅以其独特的艺术形式显示着对人的精神探索所达到的广度、深度，并且因此有力地证明了中国有真正的基督教文学且有增长的趋势，而且对于整个中国文学来说，她是言说方式和精神世界的一种补充。走进她的世界，我们时常会感受到一种意味深长的价值、无可替

---

① ［德］汉斯·昆、伯尔：《神学与当代文艺思想》，徐菲、刁承俊译，上海三联书店 1995 年版，第 27 页。

② 中国文学与基督教文化精神的关系已经引起了评论界的广泛关注，并且出现了比较深入的研究成果。其中，除了一批重要论文以外，还出现了一些具有代表性的研究专著。例如朱维之的《基督教与文学》（上海青年协会书局 1941 年版，1992 年上海书店出版社再版）、路易斯·罗宾逊的《两刃之剑——基督教与二十世纪中国小说》（傅光明和梁刚译，台湾业强出版社 1992 年版）、马佳的《十字架下的徘徊——基督宗教文化和中国现代文学》（上海学林出版社 1995 年版）、杨剑龙的《旷野的呼声——中国现代作家与基督教文化》（上海教育出版社 1998 年版）、王列耀的《基督教与中国现代文学》（广州暨南大学出版社 1998 年版）、刘勇的《中国现代作家的宗教文化情结》（北京师范大学出版社 1998 年版）、王本朝的《20 世纪中国文学与基督教文化》（安徽教育出版社 2000 年版）、王列耀的《基督教文化与中国现代戏剧的悲剧意识》（上海三联书店 2002 年版），等等。另外，还有两部博士学位论文，即许正林的《中国现代文学与基督教》、丛新强的《基督教文化与当代文学》。但是以上研究成果中所涉及的文学作品并不等同于本文所考察的"中国基督教文学"。本文所考察的"中国基督教文学"是一种上升到信仰层面的独立的文学类型，其主体作家是基督徒和准基督徒。

代的意义、洋溢爱意的力量和来自灵魂深处的渴求。这是一片蕴藏丰富的土地，一种特殊类型的探索，一个特异新奇的存在。而基督教文学所潜藏的价值因子只有在今天的语境中才能被发现。“从匿名的嗡嗡声浪中过滤出历史的足音”（福柯语），展现新时期以来的中国基督教文学[①]并阐释其价值地位，就成了一个并不多余的课题。

① 主要指的是1978—2005年这个时段的中国基督教文学。

第一章

中国基督教文学状态

事实上，中国基督教文学并没有像中国当代其他文学潮流那样存在一个明确的聚合形态的群体，恰恰相反，其分布是相当松散的，没有发出共同的文学宣言或文学章程，没有现代媒体的精心策划和包装，没有有案可查的履历表，甚至于作家之间彼此都是陌生的。但是，这一切皆无法阻止中国基督教文学冲破历史地表的强力以及成长兴盛的渴盼。

一 作家群落

每个作家都要以一种身份出场。身份是作家对自己与某种文化关系的确认，是由作家的人生际遇、行为方式、文化认同以及艺术追求等诸多因素铸成的标识。就是否有信仰而言，在中国基督教文学的作家群落中自然存在“基督徒作家”和“非基督徒作家”两种身份。其中，基督徒作家是中国基督教文学作家群落中的核心力量。按照地域来分，中国基督徒作家主要包括中国大陆基督徒作家、台湾和香港地区基督徒作家和海外中国基督徒作家三类。

1. 中国大陆基督徒作家

进入新时期以来，随着大陆文化环境越来越自由、物质技术越来越发达而人的精神世界却越来越荒芜，越来越多的中国作家渴望在新的文化语境和人文空间里找到让自己可以依傍的精神角落和终极价值。在经过苦苦寻觅之后，他们最终选择了基督教文化，成为基督徒作家。中国大陆基督徒作家的具体身份相当复杂。大致可以归纳为三种，[①] 即基督徒职业作家、基督徒非职业作家和基督徒网络作家。其中，这三种作家或是游走于体制内外，或是干脆完全自足于体制之外。

简而言之，基督徒职业作家就是以文学写作为自己的职业的基督徒作家。在他们的观念中，神对每一个奉献给他的人都有他的"呼召"，每一个基督徒都应考虑他一生的神圣的"工作"是什么。而要以生命和良知来进行中国基督教文学的创作就是神给予他们的神圣"呼召"。中国基督徒职业作家都非常重视被"呼召"为作家的这种"呼召"，并努力地促成中国基督教文学的生成与兴盛。海派作家程乃珊大概是新时期以来中国大陆最早信仰基督教的职业作家。自从 1979 年的一个周日，偶听教堂里的赞美诗，程乃珊听到了神的召唤，成为基督徒。她说："神的雕刻刀把我们刻成各异不同的生命，神分给我们的功课也是各异不同，但是我们的使命是共同的，寻找那一只鸽子，呼唤人世的和平、爱心和真善美。"[②] 程乃珊以文学作为

---

① 身份是一个流动性的概念。比如说，北村在 1992 年前是非基督徒作家，而从 1992 年成为基督徒至 1995 年这段时间一直任福建省文联《福建文学》杂志编辑，并加入福建省作家协会，可以说是一个基督徒职业作家。从 1996 年因故辞职，为基督徒职业作家至今。故本文所说的身份主要指的是作家当前的身份。

② 程乃珊：《寻找那一只鸽子》，《天风》1986 年第 4 期。

神赐予的“功课”去寻找、呼唤那一只鸽子，创作了《蓝屋》(1984年获首届“钟山”文学奖)、《穷街》、《女儿经》、《风流人物》等优秀的基督教文学作品。[①] 后还有《你好，帕克!》、《让我对你说：寄自灵魂伊甸园的信札》。2000年以后的程乃珊在《上海文学》上以“上海词典”专栏推出系列纪实文章，后结集为《上海探戈》和《上海LADY》出版。同为上海的世俗书写，由于拥有了独特的基督教文化的视点，程乃珊表现出与王安忆不同的审美趣味和精神向度。如果说自身的移民身份定位使得王安忆以一种理性批判的眼光来审视日益物质化和世俗化的上海，程乃珊则始终以一种感恩的心态于上海市井日常琐事和平凡细节之中捕捉、描绘并解读上海的韵味和人性的魅力。

北村是中国基督教文学的先锋性基督徒作家。其先锋性在于他及时地从先锋小说的语言迷津和解构狂欢中悄然隐退，以一种简单而素朴的方式，在生命意义晦暗不明的痛苦之中，进行着执著而艰难的终极性探寻，并且旗帜鲜明地喊出“神性书写”的口号。其神性书写的代表作主要有《施洗的河》、《玛卓的爱情》、《老木的琴》、《孙权的故事》、《水土不服》、《最后的艺术家》、《伤逝》、《周渔的喊叫》、《长征》、《公民凯恩》、《望着你》、《玻璃》、《愤怒》、《发烧》和《公路上的灵魂》等中短篇小说以及《他和我》、《一首诗》、《爱》、《良伴》、《只有歌声》等诗歌，[②] 这些作品以信仰之光彻照人类人性和精神深处的幽暗之域，以及被赋予信仰的真正的理想主义

① 这些作品后来还结集出版为《蓝屋》，百花文艺出版社1984年版；《丁香别墅》，上海文艺出版社1986年版；《女儿经》，花城出版社1988年版。

② 《厦门文学》2004年第4、5期有“北村专辑”，选登其诗歌20首。另外，《北村诗选》将由大众文艺出版社出版。

人格为诉求。

丹羽——这位禀受着北村信仰经验和生命体验的馈赠，经过灵魂的鏖战之后，“得到一张通往信仰的车票”[①] 的女基督徒作家，1978年生于南京，1999年在《青春》发表处女作《两极》。后有《出轨》、《归途》、《海遇》、《盲点》、《潜在疯狂者的双重逃离》等短篇小说以及《玻璃》、《隐私》、《追逐》等中篇小说。现为江苏省作协第二届签约作家和南京市文联签约作家。[②] 其代表作是2004年由大众文艺出版社出版的中篇小说集《归去来兮》（包括《追逐》、《告别仪式》、《无法告别》、《心蚀》和《归去来兮》）。小说通过一位寻求“精神引导者”的叙事者，展现了丹羽对于信仰真相、人性奥秘和生命状态的不懈探求，这是她的生命游历和心灵实录。“在这一点上她就超越了我们许多人，因为我们不具备她的勇气”，“我希望这本书有更多的阅读者是因为，你可能在中国很难看到这么真实地记录自己的心灵的作品了”。[③]

在中国基督徒职业作家中，诗人的数量占有相当大的比例，这恰恰证明了荷尔德林的理论，即真正的诗人，应该是在神性离去之时，决意“在神圣的黑夜中，走遍大地”（荷尔德林诗语），去追寻神灵隐去的路径，去追寻那通向生命的永恒天梯。其中，鲁西西、沙光、于贞志、杜商、庞清明、黄礼孩以及谭延桐是主要的代表。鲁西西和沙光是女性诗歌写作中信奉信仰神性书写的

---

① 北村：《她的心灵史》，《归去来兮·序言》，大众文艺出版社2004年版，第1页。

② 对一些需要扶持的新生作家，作家协会通过签订合同的方式，在作家完成规定的创作任务的条件下，给予一定的经济资助。这些作家被称为“合同作家”或“签约作家”。这种类型的作家往往游走于体制内外。

③ 北村：《她的心灵史》，《归去来兮·序言》，大众文艺出版社2004年版，第2页。

基督徒诗人。鲁西西，[①] 原名鲁溪，2000 年受洗归主。其基督教文学的成名作和代表作是《喜悦》，这首诗以“喜悦漫过”这样朴素而纯净的诗句描绘了信仰之光忽然降临之时给予诗人带来的生命喜悦。自此，诗人从绝望的深渊中走出来，以对生命的敬畏和感恩的礼颂创作了《专心等候》、《波浪》、《创世纪》、《我在这里》、《母亲》、《白玉兰》、《像太阳那样活着》、《伊甸园》、《死亡也是一件小事情》等令人惊叹不已的诗歌，后来结成诗集《再也不会消逝》和《国度》出版。2004 年光明日报出版社又出版了《鲁西西诗歌选》，共选取了鲁西西的 111 首诗和诗剧《何西阿书》。

沙光，原名朱雅楠，又名田小米。由其担任执行主编的《中国诗选》，[②] 第一次对 20 世纪 90 年代诗歌写作和理论批评上的“新的声音”作了公开和集中的展示。其神性书写的主要诗歌有《在芙蓉里路》、《夜歌》、《灰色副歌》、《大光》、《赞诗》、《教堂》、《祈祷》、《玫瑰》，等等。著有诗集《琥珀花开的爱人》和《诋毁》。沙光的神性书写与鲁西西迥然不同，她不是对大地进行感恩的礼赞，而是展示大地上的破碎、幽暗、苦难与罪恶，表现出一个受难的基督徒的苦苦挣扎和灵魂升腾。

于贞志是蓝色老虎现代诗歌沙龙[③] 的发起人之一，也是灵

---

① 黄礼孩主编的民间诗歌刊物《诗歌与人》，2004 年出版了《诗歌与人——读者最喜欢的 10 位女诗人》，鲁西西名列其中。在她的影响下，其子刘尔威成为目前中国最小的基督徒作家（1992 年出生），现已完成三部长篇小说，另外还有部分诗歌和随笔。长篇小说《我是一只小浣熊》2005 年由长江文艺出版社出版。

② 成都科技大学出版社 1994 年版。

③ 蓝色老虎现代诗歌沙龙于 1998 年 5 月在北京大学西门的好月亮酒吧成立，发起人为于贞志、袁始人、沉沙、欧雪冰、周云鹏。蓝色老虎现代诗歌沙龙每月有两次聚会，以青年诗人的作品讨论和朗诵为主，每季度举办一次大型诗歌活动。蓝色老虎现代诗歌沙龙已成为近年来中国现代诗坛最为活跃的诗歌群体，是北京地区 20 世纪六七十年代出生的诗人互相交流的重要场所。

性写作[①] 的倡导者之一，先后主编《转折》、《观念》、《中外诗坛》等民间诗刊，著有《于贞志诗选》。1996 年复活节在北京海淀教堂受洗归主。于贞志对“死亡”主题极为青睐。在《颂歌——为黑大春而作》、《那在我们中间的圣徒——为西川而作》、《春天》、《死玫瑰》、《诗歌》、《虎》、《不可能的爱》、《追思》、《绮瑟》、《积雪》、《蝴蝶》、《雕像》、《天空之上的葬礼——献给茨维塔耶娃》以及其他更多的诗作里，死亡不仅仅是人类生存状态的具体呈现，更是对灵性即人性的深度挖掘，对生命意义形而上的哲学表达。

杜商也是一位注重在“关于黑暗的一种陈述”中追寻“生命的呈示”（引号内是杜商的两首诗名）的诗人，1995 年受洗成为基督徒。“必须为真理和人类普遍性进行诗歌写作，而不是为那些糜烂、丑恶和可憎的写作方式使劲披上合法性的外衣”，[②] 这是基督徒诗人杜商的写作原则。因此，我们不仅欣赏到充满着酣畅淋漓之批判气息的《不以他们的方式存在》、遥望到正在展示容颜、吐露芬芳的《天堂》（长诗，包括 15 首），而且还聆听到深情的《2004 年，献给基督的清唱》。

1993 年庞清明在北村、朱必圣的悉心指引下，在福州皈依了基

① 于贞志对灵性写作有以下的解释：1. 灵性诗歌写作不是一种主张，一种主义，它是少数人敢于抗议物质时代并敢于逆流而上的胆识，也是企图使诗歌回归本源、找回尊严的不懈努力。2. 灵性诗歌写作不是泼妇骂街，也不是故弄玄虚的文字游戏。它坚决反对假模假样、千人一面的克隆诗学，并鄙夷那些把别人玩过的破烂再玩一遍还自命为先锋的诗歌混混。3. 灵性诗歌写作一开始就拒绝了诸如第三代、民间写作、知识分子写作、中间代、“70 后”等表面化的命名，它永远是关注人类理想指向诗歌本源的真正的写作实践。4. 灵性诗歌写作是踏踏实实的写作实践，它永远都不是司空见惯的诗歌运动，诗歌运动总是能产生几个有名头的所谓诗人，但他们的作品却令人质疑。灵性诗歌写作关注的永远是诗歌作品的本身。5. 灵性诗歌写作自始至终关注人类的精神体验，它的理想甚至超越了诗歌而上升到信仰的高度。它要求一个诗人的品质：他的道德与良知，也要求诗人把关于灵性的探索作为自己内心的信仰。

② 杜商：《更高意义的表达》，《信仰网刊》2004 年第 18 期。

督教。他说：“诗者的征途，艰难的负重，生命的盲目，迫使我从繁复的世间回到内心的高塔，受浸洁身走新路，寻求平衡与庇护，我的诗亦从热闹的风景进入本质的诉求。在这个堕落、物化的时代，诗人应肩负起拯救灵魂的天职，以个体面对大众，唤醒普遍的良心，而宗教的提升与净化功能恰恰是我们中国人所欠缺的。”[①] 庞清明有诗集《时辰与花园》与《跨越》，代表作有组诗《南方乡镇》、长诗《殇或碎片》。作为民刊《第三条道路》的主编和“第三条道路”[②]的代表诗人，庞清明在精神的漂泊之途，坚守花园守望者的身份：“直到一只喜鹊驾临/接着是另一只/整个花园一团和气/喜鹊的影子无限/直到灵魂半夜着火/盲目的守望者倒提灯笼”（《花园守望者》），始终以人性的思考和宗教的情怀去寻觅“永恒花园”。

黄礼孩是著名民刊《诗歌与人》的主编，先后推出“70后”、“中间代”及“完整性写作”[③] 等诗歌概念。作为基督徒诗

---

① 庞清明：《通向花园的漂泊者——庞清明答林童问》，庞清明、林童主编：《第三条道路：2003年·诗歌卷》，第三条道路诗歌学会2003年版，第212页。

② “第三条道路”是21世纪中国第一个诗歌流派，是对当时“知识分子写作”和“民间写作”的一种纠偏和纵览的产物。主张“坚持独立写作的精神，包容性，多元性，开放性，独立性”的创作理念。至今共出版三部《第三条道路写作诗歌——九人诗选》和一部《第三条道路：2003年·诗歌卷》。2003年6月，庞清明和林童两人创办了第三条道路网络论坛、第三条道路诗歌网站。

③ “70后”指的是20世纪70年代出生的诗人。2000年1月黄礼孩主编的《诗歌与人》第一期推出“中国70年代出生的诗人诗歌展”（第一回）。诗刊较为全面和集中地推出了全国的“70后”诗人，不限于一个圈子和地域。安琪在《他们制造了自己的时代》一文中评论说：“至少对广东青年诗人黄礼孩来说，他精心策划的这场疾风暴雨终于掀起了诗坛的另一个崭新革命——《诗歌与人》：中国70年代出生的诗人诗歌展。这本收录了55位70年代出生诗人的厚达144页的民间诗刊的出现，标志着中国70年代出生诗人的真正崛起。”“中间代”诗人大多出生于20世纪60年代，诗歌起步于20世纪80年代，成熟于20世纪90年代。2004年6月黄礼孩主编的《中间代诗全集》（上下卷，共2560页，收入了82位诗人共计2200多首诗作）由海峡文艺出版社出版。“完整性写作”按照黄礼孩的观点就是“回到永恒性、神圣性方面去面对世上的万事万物”（《找回诗歌写作的尊严》）。

人，黄礼孩奉行“写作是采集光的过程，我用光照亮自己”的诗学观。他的《爱比雪更冷》中有这样的句子，“爱的光线向内心移动之时/沉默与表达对我/都是一个缓慢的词”。从黄礼孩的诗集《我对命运所知甚少》中可以深切地感受到，他以博爱和谦卑对旷野之树、流水、小动物、大海、白雪等自然万物进行温柔的探视，持久于心灵的纯净和旷野的自由之美：“我一直在生活的低处”，所以“我知道再小的昆虫/也有高高在上的快乐”（《飞鸟和昆虫》）。在自然中发现神性的存在，在神性的光芒中叩问着人类的灵魂。

谭延桐是一位类似于西蒙娜·薇依的认信基督却没有受洗的“隐藏的基督徒”[①] 作家。其写作涉及诗歌、散文、小说和诗论四种形式，而成就比较大且已引起广泛关注的当属诗歌和散文。诗集主要有《空巷》、《涸辙之芒》和《夏天的剖面图》，散文集主要有《笔尖上的河》、《时间的味道》、《尘间花朵》和《又红又绿》。谭延桐熟稔《圣经》，奉行真的诗歌必须是“有灯有光，有火有焰”。因此，从他的诗歌中可以时时感受到许多《圣经》般语言的力量和神性，并有了生命经过搏斗之后的幸福：“日子/被火光从昏暗中一一挖了出来/擦掉了尘迹，并被赋予一个新的名字：节日/灯蛾扑火，是为了抓住火光中的精神/和燃烧的幸福”（《神曲：上升的道路》）。组诗《因为身

---

① 西蒙娜·薇依，法国的基督教思想家，是一位基督徒，但是却一直没有受洗，没有参加教会。刘小枫曾评论她说，虽然西蒙娜·薇依的行为导致“她的基督徒身份至少从形式的意义上讲是成问题的”，但由于她认信基督耶稣，并“以自己的爱的生命成为了受洗的存在”，因此“她是一位真资格的基督徒，甚至比一些在形式的意义上有基督徒之名的人更是基督徒”（刘小枫：《走向十字架上的真》，上海三联书店 1994 年版，第 195、198 页）。而神学家冉诺则把这种无基督徒之名却有基督徒之实的人，称为“隐藏的基督徒”（杨剑龙：《旷野的呼声——中国现代作家与基督教文化》，上海教育出版社 1998 年版，第 71 页）。

体里有一个上帝》[①] 则更有一股灵光涌动的激情和赞叹。

在基督徒职业作家中，老酷是在 2005 年 8 月才受洗成为基督徒的作家。原名杨静，笔名又有杨竞、杨敬等。据他自己讲述，他曾经是一个狂放不羁的充满苦难传奇的自由写作者，但现在他是一个谦卑的简单的传道人。[②] 因此，他一方面把他已经完成但还未出版的第一部基督教文学作品《越疼越深》称为“福音小说”。[③]《越疼越深》是一部体现基督教“罪与赎”精神的颇有自传色彩的长篇小说。另一方面进行福音小品《女性与婚姻主题查经》系列创作。虽然这是一些生命见证和信仰心得，但因为本身所拥有的强烈的文学意识和浓郁的审美特性，我们仍然把它归属于中国基督教文学。

总的来说，中国基督徒职业作家是“用一个基督徒的目光打量这个堕落的世界”，[④] 试图在信仰缺位、生命虚无的生存困境中，以充满诗意化的哲学言说和充满哲学化的诗意表述面对着世界的存在、质询着意义——个体生命的终极家园。从而获取一种中国文学一直缺失的神性的维度。因为在精神的世界，神性的维度是上升的维度、超越的维度。他们所提倡的正是一种在“神性启示”下的“良心”写作。

其次，所谓基督徒非职业作家就是不以文学写作为职业的基

---

① 包括《想让耶稣摸一摸孩子》、《香柏树的同义词》、《圣物》、《这些都是有用的》、《因为身体里有一个上帝》、《水车拍打着》和《善跑的未必能赢》7 首诗。

② 在 2006 年 4 月 6 日与笔者的通话中，他一再强调他的身份变化。他在信主之前出版了《林中响箭》（杂烩集子，中国电影出版社 2000 年版）、《爱情鬼话》（小品集，宁夏人民出版社 2002 年版）、《有多少爱可以再来》（长篇小说，中国文联出版社 2004 年版）以及《爱情杀手锏》（短篇小说集，文化艺术出版社 2005 年版）。

③ 老酷已把此小说提纲、草稿惠赠于笔者。

④ 北村：《我与文学的冲突》，《当代作家评论》1995 年第 4 期。

督徒作家。也就是说，这些作家仅仅把文学写作作为一种表现基督信仰的生命感悟和永恒意义的理想追求的方式，并不是以此为职业，虽然文学写作在他们心目中往往占据着极其神圣的位置。按照中国基督徒作家的职业身份来看，有文化思想评论者、教师、画家、编辑、记者、牧师、学生、图书策划人，等等。当然，有的基督徒非职业作家拥有不同的职业身份。

其中，文化思想评论者的数量较多。其主要代表有江登兴、傅翔、朱必圣以及萧潇等。其中，除了萧潇是河北人，其他三个都是福建人。江登兴1974年生于福建山乡，成长于东海之滨的厦门，现居于北京。曾任小报记者、《草原部落》编辑。热爱大海和草原，追求自由与信仰。作品较完整地结集于《江登兴自选集》，约25万字。2000年与人合著有《另类童话》，收入《草原部落休闲文丛》，吉林文史出版社出版。有书评数十篇，散见于海内外报刊。作为新锐批评者和图书策划人，江登兴立足于当下中国的精神危机，在深刻地审视中国传统文化和自觉地反省自我个体缺失中发出对生命永恒的叩问。他的《青春忏悔录》和《大学忏悔录》因此成为中国忏悔文学的重要代表。另外，他的《圣诞夜的沉思》系列以冷静而理性的文风对“信仰”进行了深入的探讨。

北村曾经说傅翔、朱必圣和谢有顺①是站在启示的线即由《圣经》启示出来的线上的评论家。② 并且对他们的评论特点作

① 据笔者了解，谢有顺并没有真正的基督教文学创作，其所谓的思想随笔理论逻辑太强而文学性不足，不能归属于基督教文学范畴，但谢有顺对中国基督教文学的呐喊意义是无法磨灭的。

② 北村曾经认为人类有三条线，一条是感性的线，即以东方文化为代表的线；一条是理性的线，即希腊文化，现在它造就了西方文化的没落；另一条是启示的线，即由《圣经》启示出来的路。

了如下的概括："在这三个人之中，谢有顺可能写得最成熟，逻辑的力量很强；朱必圣最深刻；那么傅翔也许是最勇敢、最自由的了，也可以说，他是一个最不具备理论家气质的理论家。"[①] 傅翔、朱必圣的基督教文学创作也大致如此。傅翔的《我的乡村生活》是一部《忏悔录》式的自传。他说："作家正是缺乏真诚与勇气才把自己如此真实的一面移花接木于虚构的主人公身上。从这点上说，我正是因为不满于这种现状才决定写自传的。"[②] 作品以真实的"我"的身份大胆而深刻地暴露了作者童年的种种劣迹和心灵深处的阴暗之处：纵火、偷西瓜、打架、贴"大字报"、手淫、遗精、单相思以及对母亲的性幻想，等等。以真诚的忏悔和自由的心灵细细地咂摸着生命中的每一次欢喜和忧伤，以感恩和挚爱记述着自己的乡村生活，并不断获取温暖、安慰和力量。这是一篇真正的心灵传记。另外，诸多表现乡村生活的散文如《云顶的山庄》、《山里人家》、《山行》、《村庄之恋》、《真的春池》等都是傅翔回归生命、回归本真的心灵之作。

供职于福建人民出版社的朱必圣，是一位被评论界视为始终在北村身边"闪烁不定"的评论家和诗人。这不仅在于他和北村是福建同乡、厦门大学校友、同时皈依基督，也不仅在于他写作了诸多有分量的北村评论文章，还在于他和北村一样积极地从事着中国基督教文学的创作并且成绩卓著。朱必圣的诗歌散布于国内外报刊，并没有结集出版。"红袖添香"网站"朱必圣文集"中收录了朱必圣现有诗歌 242 首。朱必圣是一个"只走启示之

---

① 北村：《重要的指证》，《厦门文学》2004 年第 4、5 期合刊。

② 傅翔：《我的乡村生活·序言或自传的理由》，广州出版社 2004 年版，第 2 页。

路，走旷野之路”[1] 的诗人。因此，其诗歌以孤独的火焰和永恒的天光一方面深刻地洞察人类生存和精神的荒野景象，另一方面则升腾或苦难或冷漠或虚无的生命，从而达到对永恒的领悟和持守。

萧潇是中国基督教文学中传记文学的代表者。她是给《圣经》人物和圣徒作传。《爱的成就——圣母玛丽亚传》透过玛丽亚鲜活的生命历程歌颂其圣洁的品格和博大的爱心。对爱情的憧憬、丧夫的凄惨、对十字架上的儿子的悲哀、恐惧和无助、对复活的怀疑、希冀以及欢愉，都证明玛丽亚不再仅仅是一个圣洁的符号，而是一个鲜活的生命。《爱的使者——基督圣徒传》是作者和 12 位同样具有诗人气质的圣徒之间的心灵约会。作品一方面展示了基督教爱的光辉，使人领受至纯之爱的精神洗礼，另一方则注重对个体圣徒生命情感的演绎回味，恰如作者在序言中所说：“‘圣’者并不在遥远的天边，并不是虚无缥缈的传说，他们就在我们的生活中。他们像每一个人一样，有‘七情六欲’，遭遇过各种磨难和坎坷，经历过许多诱惑和挑战。正是在滚滚红尘中，他们见证了爱，流布着爱，使茫茫人海、浩荡历史浸满了天国之爱。”[2]

文化思想评论者的身份使得以上基督徒作家在进行基督教文学创作时，更自觉地触摸中国传统文化的缺失，洞悉人性的幽暗，更有意识地去探讨信仰失落、艺术与源头的关系、良心与良知、罪恶与赞美、艺术的陨落等精神命题，更理性地解读、开掘信仰资源。

---

① 闻中：《福建诗人朱必圣系列访谈》，出自“红袖添香”网站中的“闻中文集”。

② 萧潇：《爱的使者——基督圣徒传·序言》，社会科学文献出版社 1998 年版。

在基督徒非职业作家中拥有教师（尤其是高校教师）身份的也比较多。主要的代表作家有汪维藩、齐宏伟、吴尔芬、林鹿、周伟驰和梅瑛。汪维藩是中国最大的基督教神学教育机构——金陵神学院的教授和《基督教文化评论》的副主编。生于1927年，江苏泰州人。其基督教文学创作主要体现在灵修文学方面，是目前中国灵修文学最重要的作家。其主要的代表作是《野地里的百合花》、《圣日默想》、《求你寻找个仆人》、《荆棘篇》和《归途集》。汪维藩热爱圣乐，能填词，能歌唱，加上他对中国文学深厚的修养，使得他的灵修文学具有强烈的音乐性和优雅动人的审美风格。

齐宏伟1972年出生于山东的一个贫困落后的小山村，读研究生期间即1997年受洗皈依基督教，有学术专著《心有灵犀：欧美文学与信仰传统》。[①] 曾用“小约翰”笔名发表了《野麦子》、《家》、《哭泣的查拉斯图特拉》（四首）、《偶在的呢喃（外一篇）》等诗歌和四幕荒诞喜剧《买笑》。诗集《野麦子》即将由大众文艺出版社出版。齐宏伟主张知识分子不单单具备批判意识和批判使命，还应该担负赞美的使命，不单单只做“牛虻”，还应当有些做“蜜蜂”。[②] 而他就是一个赞美型诗人，其《野麦子》就是漂泊者回家后的深情赞美之作：“有一个声音虽不明确/却是心灵深处最弥久的感动/被呼唤的时候/才知道已期待好久”，“这一声音犹如斧钺/这一触摸犹如闪电的欢歌/这斧钺向天劈去/这

---

① 北京大学出版社2006年出版，本书从比较文学的角度，带着信仰的情怀，放眼西方文学中“上帝之死”事件，深刻地透视了人类生存的困境和人性幽暗的意识，深情地讲述了伟大的信仰传统对大师们文学创作的巨大影响，热情地呼唤文学回归文学之为心学的灵性境界。

② 齐宏伟：《牛虻与蜜蜂：再思知识分子使命》，出自“世纪中国”网站，2003年2月20日。

闪电向棺木击去/于是/我看到天开了/那无限深邃的天空/原来封闭着/我看到死被吞灭/那无限悲凉的虚无/原来也是虚无呀”(《家》)。

吴尔芬是与北村同乡同岁并深受其影响的小说家，厦门大学客家研究中心副主任。主要作品有长篇小说《雕版》，第一部犯罪心理小说《九号房》，短篇小说集《迷途》。《雕版》[1] 和《九号房》是优秀的基督教文学作品。《雕版》围绕着唐氏家族兴衰，影射了四堡的雕版印刷的兴衰。“雕版就是我的家园”，但是这个家园脆弱得不堪一击。而最后主人公的皈依基督教暗示着新的家园的建立。《九号房》虽然没有勇气暴露作者自我的心迹，但这部具有自传色彩的心理小说还是在极其细腻的细节中挖掘出人性的罪恶。

林鹿兼有基督徒、作家、自发画家[2] 和成都大学教师四种身份。林鹿原名侯永毅，1962 年出生于四川成都。林鹿这个笔名取意于《圣经》中的“诗篇”。意即心灵的小鹿，也是寻求上帝

---

① 《雕版》获得福建省第 17 届优秀文学作品奖暨第 13 届黄长咸文学奖一等奖，并被改编成电视剧。

② 《中国图书商报》书评周刊主编宋文京如此描述林鹿的“自发画家”特点：“林鹿不是先素描再透视再解剖再构成再色彩地一步一步地重复美院学子的功课，她甚至没有太多美术史的深切知识”；“林鹿之所以成为自己，是因为她是本体论切入，她画画是为了寻找寄托，是为了体验生命的层次，是为了用画笔来描绘她的信仰，是为了感恩。绘画对她而言，不是要寻求技巧的突破、表现的完美，而是指向她无时无刻的心灵需求，是她丰沛而细腻的情感的外化形式，不是以描摹为旨归的，从一开始就是超越具象、刻画心灵的，在她的心中应该是存在着一个巨大的愿景图式，这一图式既是她要追寻描绘的终归画面，更是她浸淫于绘事的源泉和内在动力”；“林鹿的虔诚信仰也使得她的画有了一层既通透又神秘的光芒，她生活在别处，居人间而心仪天国，于是笔下也略具神性，视野更单纯，色彩更明亮，便刻意地远离俗尘，便时时心存感激，有了体恤人群的大悲悯”（《母爱星空雨》，文化艺术出版社 2004 年版，第 285—286 页）。另外，林鹿的绘画作品集《画话——林鹿星空》，2003 年由天津美术出版社出版。

的小鹿。在《母爱星空雨》这部散文集中，作者以文和画表达了对母爱的感怀之情、感恩之心。语言纯净澄明，如一泓清泉。另外，作品集《三千年不老的情歌》即将由大众文艺出版社出版。

周伟驰1969年出生于湖南常德，宗教哲学博士。有学术专著《记忆与光照——奥古斯丁神哲学研究》，[①] 翻译国内第一本《沃伦诗选》和《英美十人诗选》，有诗歌《追忆苍茫时刻》、《不愿当诗学教授的康德在哥尼斯堡》、《话》、《电车总站》、《剪枝》、《对某个但丁或叶芝的疑问》、《飞机猛地下沉时》、《信念的制造》、《九二年五月赴京复试后沿京广线返穗途中》、《羽毛十四行》，等等。周伟驰的诗歌论述痕迹较为浓重，信息密度大，哲理之诗情、悲悯之爱意游贯其中。现担任中国人民大学基督教文化研究所副所长、教授的梅瑛，创作了《圣经人物传记》。此传记在忠于《圣经》生命精神的基础上，以丰富合理的想象和灵动飞扬的文字描绘出34位颇有个性的精神性人物的灵与肉的搏斗，具有一定的审美张力和自由的审美空间。

空夏是一个拥有记者身份的基督徒非职业作家。原名邹荣柱，1992年在贵阳受洗成为基督徒，创办基督教网站“福音传播联盟”和“空夏工作室”。有自选文集《拒绝还是倾听》、《兄弟，我在这儿》、《傲视苍茫》及与友人诗合集《7诗人诗选》等。另外还有个人诗集《指尖的火焰》、《指尖的柔情》和《指尖的眼睛》（诗画集）。空夏曾说：“在基督的目光下，我将勇往直前，像一只鹰，横扫整个世界”（《空夏心路》）。的确，在生与死、存在与灭亡、呼喊与沉寂、抗争与屈服之中，空夏如一只翱翔的苍鹰傲视苍茫，“抓住悬在旷远高空的真理之光——正义、

---

① 此书由社会科学文献出版社2001年出版，共21万字。这是国内第一本系统地研究奥古斯丁神哲学本体论和认识论的专著。

民主、平等和博爱”（《空夏自白》），而当“一只鹰穿过云层/阳光灿烂，一切如此平静”。

出生于新疆伊犁，曾当过教师、记者、总经理的那岛也是一位优秀的基督徒非职业作家。有散文集《受伤的苹果》和诗集《奶酪和歌》出版。在这些作品中，流浪者那岛以灵魂飞翔和想象彩翼时刻触及家乡新疆伊犁，在人与自然、人与人之间纯真朴实的和谐关系中，向上帝发出由衷的歌唱。

另外，在基督徒非职业作家中还有牧师和神学院的学生。严格地说，他们并不能称为真正意义上的作家。但是他们那发自内心的自然而简单的生命感悟却似乎又是一般作家所无法企及的境界。这样的作家和作品很多，简单罗列如下：盛足风的《碎饼碎鱼》系列，翁溯利的《圣经人物速写》系列，邵升堂的《田间的默想》系列，计文的《牧场漫笔》系列和《超越生死》系列，钟时计的《灵程奋进》系列，黄广尧的《青草地》系列，山坡羊的诗歌《信仰》、《祈祷》、《牧师赞》、《依托》、《爱的花圃》、《圣婴》、《倾述》、《中国走向了辉煌》、《一个婴孩诞生了》、《如果没有基督的爱》、《心语》、《在上主的爱内》、《迎圣婴》，施成忠的《祈求》、《牧羊人之歌》、《受难·复活》、《圣诞繁星篇》、《巴别塔》、《受难篇》、《我的牧人，你在哪里?》，文亦平的圣剧《博士行》，李泓的圣剧《第四博士》、冯海的《圣乐》，[①] 林有湘的散文《人类的归途》，意贞的《灵修随笔》，陈思竹的《思竹随笔》（以上作品主要发表于《天风》）以及诸多布道文学、喻道故事，等等。

最后一种身份是基督徒网络作家。实际上，他们可以归入基

---

① 《圣乐》包括《圣乐》、《甜》、《生之眷恋》、《宁静》、《黑羊（一）》、《黑羊（二）》、《家园》、《彩虹路》、《归回》和《共舞》10首诗。

督徒非职业作家之列。[①] 但是由于其身份的独特性即以虚拟化的身份（主体显性消失和隐性在场）出现在虚拟化的网络空间、群体的庞大性、写作的原创性使得我们不得不重视它。当然，由于文学底蕴的参差，他们的作品良莠不齐。比较优秀的基督徒网络作家主要有茉莉花、典雅之爱、沐雪冰蕊、离箭红尘、喜善、梦月、琴焰、沧桑、天涯、弛骏、天堂鸟、安心草、梅竹、书念、野地百合、美伶、疏影、黛宁，等等。这些作家比较注重通过精神性、个性化、形象化、自由与想象的审美方式来表达信仰体悟和生命体验。

茉莉花的文学创作主要包括自选的两部《茉莉花随想集》和两部《茉莉花诗歌集》。除了《歌诗的赞美》、《依恋》、《燃烧生命》等部分诗歌有一定的文学审美性，其他诗歌意象都过于干枯，充斥着过多神学语句。而随想集中描写大自然的作品写得却是自由飘逸又不失某种精神深度：于圣洁的白雪中期待生命火焰的降临；从泡饮绿茶思索人应该以什么样的生命形体给世界留下一缕清香；从雨后彩虹感悟上帝的救恩；从每一朵唱着生命之歌的花儿体味到造物主的挚爱；从涌动不息的大海感受活泼的灵动和永恒的生命。典雅之爱主要进行小说创作，有小小说《收刀入鞘》、短篇小说《一个死去的朋友》、《柏林墙的消失》、《生活的苦舟》、《台阶》、《陆新影的故事》以及《月亮岛短篇故事集》。作品对婚姻、生存、死亡、人性等重大的精神命题进行了颇有勇气的探索，但往往浅尝辄止。

沐雪冰蕊和离箭红尘的古典文学修养比较高，他们的作品在

---

① 把传统媒体发表的文学作品放在网络上，比如说大量的文学作品收藏站点或作家自己的博客，这样的作家不是网络作家。网络作家必须是利用互联网原创文学作品的所谓“网人”。

很大程度上体现了信仰思索和文学表现的圆融结合。在沐雪冰蕊的《女人与书》、《我和祖国》、《海》、《我听着教堂的忏声》、《花儿开在大堂》等诗歌中，爱之流往往潜伏于干净、朴实但又韵味十足的文字之下。而其长篇小说《归宿》则是以清丽的文笔展示主人公紫瑞追寻深厚的生命源头的精神漫游。离箭红尘擅长以中国古典诗词的审美形式来表达哲理性思考。长诗《四季之歌》有古典诗歌的韵律感和音乐感、《神灯明天涯》则是七首十六字令，另外还有《如梦令二首》、《满江红·今生愿》，等等。喜善也是一个注重诗歌结构形式的诗人。但是有时候过分刻意地关注，在一定程度上恰恰削弱了内在的生命张力，《在光中》、《叩门》、《默然爱我》、《如今》、《祈祷》、《别》、《感恩》、《如果》、《上帝的爱》、《良人啊我要永远跟随你》等都存在这样的缺失。

《请你答应永不放弃可以吗》和《我接过正午的阳光》[①] 是梦月的代表作。诗人喜欢在“我”与“你”（上帝）的交流对话中“接过正午的阳光”，使自己的生命从此空灵透明。天涯在诗歌《对话》中诠释了梦月诗歌的表现特色和内在意蕴：“与人的对话使你快乐/与神的对话使你深刻/甚至使你感到忧伤/一种圣洁的忧伤。”实际上，天涯的《岁月如歌》、《跋涉》、《各各他路上的脚步声》等皆是与上帝对话的心灵抒怀之作。琴焰的《爱情的门外客》和《蹒跚天路》[②] 连续发表于《信仰网刊》第7、8

① 《请你答应永不放弃可以吗》包括《请你答应永不放弃可以吗》、《你的身体，你的血》、《我躲过所有树荫》、《我要爱你……》、《我没有听见你的声音》、《当我离开城市》、《门牌号码》、《你对我说……》、《我们靠着这些生存》、《我是亮的》和《我知道……》11首诗；《我接过正午的阳光》、《其实，你远离我》、《你让我睁开眼睛》、《我没有想的那么好》、《如果你承认我》、《我知道，我还是暗淡的》、《因为我真的爱他》和《我眼看着你忧郁你叹息》8首诗。

② 《爱情的门外客》包括《爱情的门外客》、《高歌之海燕》和《欣赏痛苦》3首诗；《蹒跚天路》包括《蹒跚天路》、《歌唱自由》和《化蝶》3首诗。

期。其诗歌最大的特色是在朗朗上口的话语式语调中暗藏着生命的哲思，在阴郁的底色上镶嵌着灿烂的色调。在诗歌《圣诞序曲》、《于无声处》、《隐居》、《蓝调：青春舞曲》和《准备预言》中，诗人沧桑向往“永久的隐居”（与自己灵魂相处），喜欢大海（大海是灵魂栖息的家园）、“曙光”（神性之光），向往自然的神秘和超越时空的永恒，预言生命的更新，如此，沧桑把诗歌让位给了生命。

赞美是爱的结果，基督徒网络作家们比较擅长以内心的赞美赋予日常行为以一定的精神形式和生命意味。弛骏的《为爱祈祷》、《生命之春天》，天堂鸟的《飞吧，鸽子》，安心草的《凝聚》、《追随你》，梅竹的《感恩》、《永生船》、《良人，我要与你同去》，书念的《凤仙花》，野地百合的《走过黑夜》，美伶的《谢谢》，疏影的《因神爱我，永不落空》，黛宁的《盼望》、《天父》、《神友爱》、《十字架与爱》等都是诗人一连串长长的赞美生命、赞美存在、赞美造物主神迹的灵魂闪光的诗意表述。

基督徒网络作家的文学创作率真、自由放逐自己的灵魂，并且表现出对终极意义的探索热情。但是我们也应当看到，这些作家往往由于过分急切地表达自己对上帝的渴求以及得救后的狂喜，而在一定程度上忽视了文学的审美特性，这是一个很大的局限。如何突破这一局限，在诗艺和内在精神结合的途径上、个人隐秘心灵的表达和人类终极关怀的价值取向上更深刻地寻找到一个触及点和敏感点，是基督徒网络作家、包括当今所有基督徒作家所共同面临的问题。

2. 台湾、香港地区基督徒作家

由于20世纪台湾、香港文学生存环境的特殊性，几乎所有的宗教影响都无法以单一的宗教信仰形式出现，而表现为多棱的文化折射。[①] 而在这种庞杂的宗教文化中，基督教文化则与台湾、香港文化、文学有着天然的亲和，[②] 相对来说基督徒作家占的比例较大，且他们对中国内地基督教文学的理论倡导和文学实践是自觉而深入的。台湾基督徒作家主要有蓉子、张晓风、王鼎钧、杏林子、陈映真、张文亮和陈韵琳等；香港基督徒作家则有苏恩佩、梁锡华、思果、胡燕青、谷颖、罗菁、文兰芳和小麦子等。

我们先来看台湾基督徒作家的情况。蓉子是台湾诗坛上“开得最久的菊花”。[③] 蓉子本名王蓉芷，1928 年出生于江苏省的一个教会家庭，一家三代都是虔诚的基督徒。蓉子从小学、初中至高中一直接受完备的教会学校教育，1949 年去台湾，1950 年开始诗歌创作。1953 年出版的诗集《青鸟集》，是 1949 年以来台湾第一个女诗人诗集。此后又陆续出版 15 部诗集和散文集，包

---

① 尤其台湾的宗教活动异常兴盛。目前，仅正式登记的、有组织活动的有 11 种，即道教、佛教、回教、基督教、天主教、大同教、天理教、理教、轩辕教、天地教、一贯道。未登记的也很多，主要有白莲教、救世教、夏教、摩门教、真空教、望教、存在教，等等。

② 王列耀曾经对基督教文化与香港文学产生亲和关系的原因作了如下的剖析：首先香港实行的资本主义制度与基督教文化精神有着天然的亲和力；“圣者”俗化的亲和力。如《文艺》杂志的创办，展示了基督教文化“入世”的倾向；中产阶级的壮大，尤其是中产阶级中学贯中西的学者群的壮大，使得香港文化理念、主体学养，均生发出对基督教文化精神的亲和力（《基督教文化与香港文学》，《世界华文文学论坛》1998 年第 4 期）。

林治平在《基督教与中国论集》一书中说：“台湾教会发展情势，可以 1965 年为教势发展盛衰的分界点——1965 年以前是基督教在台湾蓬勃发达的增长期，而为民间宗教的停滞期；1965 年以后，台湾社会越来越走上现代化之路——可是却自那时起进入发展停滞期，甚至有反成长”（《基督教与中国论集》，台湾宇宙光出版社 1993 年版，第 111 页）。而笔者所论及的绝大部分台湾基督徒作家恰恰成长或成熟于台湾基督教蓬勃发达时期（1945—1965）。

③ 余光中：《女诗人——蓉子》，《蓉子论》，中国社会科学出版社 1995 年版，第 2 页。

括:《七月的南方》(1961)、《蓉子诗抄》(1965)、《童话城》(儿童诗，1967)、《日月集》(与其丈夫罗门合作)、《维纳丽莎组曲》(1969)、《横笛与竖琴的晌午》(1974)、《天堂鸟》(1977)、《蓉子自选集》(1978)、《雪是我的童年》(1978年)、《欧游手记》(1982)、《这一站不到神话》(1986)、《罗门、蓉子短诗精选》(1988)、《千泉之声》(1991)和《蓉子诗选》(1993)。[①]《青鸟集》时期的蓉子是个爱做梦的少女，她充溢着蓬勃的青春活力去寻觅“青鸟”的理想王国。但是残酷的现实只是给这个纯真的女孩一个“乱梦”和一只“碎镜”,[②] 而作为基督徒的博爱情怀此时成为一种无形的推动力，使她超越个人的精神痛苦而开始思索人类生存的普遍困境:[③] “她的新作不再是理想国度内飞来的青鸟，而是现实的风雨中的一只风信鸡。”[④] 蓉子说：“一个具有宗教信仰的人从事艺术工作的话，他应该记得把信仰先融化在生活

---

① 1995年中国社会科学出版社编辑出版了一套《罗门、蓉子文学创作系列》大型丛书，包括《蓉子诗选》、《蓉子散文选》、《罗门长诗选》、《罗门短诗选》、《罗门论文集》，还有专家对他们的评论集《蓉子论》、《罗门论》以及周伟民、唐玲玲研究他们的学术专著《日月的双轨》。

② 蓉子说:“现实所给予我的是人海的无休止的浪涛冲激，善美人性的沦丧，物欲的嚣张，我为此而感到窒息的痛苦与孤寂，脚底下又是不停的战争，离别与流亡——这些流动的生活——感情与思想。这一份憧憬，一份抑郁及忧愤，使我不自禁的要写诗。”(周伟民、唐玲玲:《日月的双轨：罗门、蓉子创作世界评价》，中国社会科学出版社1995年版，第177页)。

③ 蓉子曾经说:“一个诗人在最初写诗的时候，多半是从自我的感情出发；然而随着时间的过去，年龄渐长，就不能老写他一己的世界和个人的梦，使终究能超越个人生命的领域而与人类与万物相感通，宗教家的博爱情怀，在此正是一种无形的推动力，当诗人具有这种宗教情怀的时候，她/他的诗才不至于囿于极端的、狭隘的个人主义”(周伟民、唐玲玲:《日月的双轨：罗门、蓉子创作世界评价》，中国社会科学出版社1995年版，第189页)。

④ 余光中:《女诗人——蓉子》,《蓉子论》，中国社会科学出版社1995年版，第4页。

中，而不是直接说明他的信仰或观念。”[1] 所以，她的诗歌没有玄妙莫测的基督教教义的词汇，却始终深情抚摸着现实生活之脉深层涌动着的浓浓的基督教博爱精神的潜流。诚如有的学者所言：“这一站不到浪漫神话，到的是比神话更真实的人生，充满着爱和悲悯的境界，那么自然而亲和地浮现在我们的眼前，痕辙已换，风也转调，但是‘维纳丽莎’的微笑，始终肯定了艺术、肯定了人类的灵魂。”[2]

张晓风是一位散文、戏剧、小说[3] 三栖的基督徒女作家，1941 年生于浙江金华，1949 年抵台北，毕业于台湾东吴大学中文系。张晓风尤以散文成就为文坛瞩目。1977 年台湾评论界推其为“中国当代十大散文家”之一，称赞她“笔如太阳之热，霜雪之贞。篇篇有寒梅之香，字字若璎珞敲冰”。[4] 余光中更称她是“亦秀亦豪，腕挟风雷”的“淋漓健笔”，突破了中国现代女性散文狭隘的“闺秀天地”。[5] 出版有散文集《地毯的那一端》(1966)、《给你，莹莹》(1968)、《愁乡石》(1971)、《步下红毯之后》(1979)、《你还没有爱过》(1981)、《再生缘》(1982)、《我在》(1984)、《从你美丽的流域》(1988)、《玉想》(1990)、《我知道你是谁》(1994)、《“你的侧影好美”》(1997) 和《缘分

---

① 周伟民、唐玲玲：《日月的双轨：罗门、蓉子创作世界评价》，中国社会科学出版社 1995 年版，第 190 页。

② 郑明俐：《这一站，到哪里》，《蓉子论》，中国社会科学出版社 1995 年版，第 42 页。

③ 张晓风戏剧作品有《画爱》(1971)、《第五墙》(1972)、《武陵人》(1972)、《自烹》(1973)、《和氏璧》(1974)、《第三害》(1975)、《位子》(1977) 和《晓风戏剧集》(1977)。小说作品有小说集《哭墙》(1968) 和《晓风小说集》(1976)。

④ 楼肇明：《星约·情冢·诗课——张晓风散文论》，《张晓风散文》，浙江文艺出版社 1997 年版，第 372 页。

⑤ 余光中：《亦秀亦豪的健笔》，《中华现代文学大系·评论卷》，九歌出版社 1989 年版，第 754 页。

的馨香》(2001)等。张晓风通过以基督教文化精神的认知视角和来自于中国传统文化的审美经验相融合的诗性解释学,[①] 表达对自然和生命的敬畏和感恩、对安顿心灵之精神家园的追觅与对生命本体和存在本体的神性阐释。其神性、诗性互释的艺术思维形式以及圆融纯美的审美表现形态,使得张晓风成为中国文学和中国基督教文学中成就斐然的代表。

王鼎钧也是1977年由台湾评论界推选的"中国当代十大散文家"之一。其主要的贡献在于他和余光中创造了散文的阳刚之美,"余为雄健豪放,王为沉郁顿挫;余将更多的注意力投注在情感内涵及表达方式上,王则更为关注民族审美心理、文体体式之变异,及散文容量空间的拓展上。但他们两人可谓珠联璧合,共同为完成对现代散文传统的革新,奠定了坚实稳固的基石"。[②] 王鼎钧,笔名方以直,1925年生于山东临沂一个传统的诗礼耕读人家,14岁受洗归主,是一个虔诚的基督徒。[③] 1949年到台湾并开始正式的文学创作,现已出版散文集《情人眼》(1970)、《王鼎钧自选集》(1975)、《开放的人生》(1975)、《人生试金石》

---

① 曾经有人问及张晓风创作的主题,她回答:"我里面有什么,涌出来就是什么。像T.S.艾略特,他的每一篇诗,每一曲戏都充满'基督教'。如果有人分析'我',其实也只有两种东西:一个是'中国',一个是'基督教'。"张晓风认为对她影响最大的两本书是《圣经》和《论语》。她说:"在生命早期所读的书,对一个人的影响特别大。《圣经》和《论语》,是我少年时期所接触到的书,我说对我影响比较大,说得更确切一点,应该是指在内容方面,而不是在语文方面影响我。所谓内容方面,是指让我认识一些属于永恒的真理"(杨剑龙:《旷野的呼声——中国现代作家与基督教文化》,上海教育出版社1998年版,第241页)。

② 楼肇明:《谈王鼎钧的散文》,《王鼎钧散文》,浙江文艺出版社1994年版,第1—2页。

③ 在《天心人意六十年》一文中,王鼎钧说:"我从小跟着母亲上教堂,于今信主六十多年,虽然国事家事天下事一再发生极大的变动,时代思潮和个人的人生观不断出现修正,我仍然是一个基督徒。"

(1975)、《我们现代人》(1976)、[①]《碎琉璃》(1978)、《灵感》(1978)、《情话》(1979)、《海水天涯中国人》(1982)、《别是一番滋味》(1984)、《山里山外》(1984)、《看不透的城市》(1984)、《意识流》(1985)、《左心房漩涡》(1988)、[②]《两案书声》(1990)、《昨天的云》(1992)、《怒目少年》(1995)、《随缘破密》(1997)、《心灵分享》(1998)、《千手捕蝶》(1999)、《有诗》(1999)和《风雨阴晴》(2000)[③]等。作为一名基督徒作家，王鼎钧在不同的文章中（比如《心灵分享》中许多的作品）多次强调宗教信仰与文学创作之间的密切联系，[④]他明确地说："世上任何人都可以非薄宗教，惟有作家不必也不宜，他们是我们的先行者，夸张一点说，是我们的同修。他们揭示人生的智慧，连带附送艺术的智慧，我们探求艺术的奥秘，顺势窥见人生的奥秘"(《上帝的手套》)。而王鼎钧的散文作品恰好是其观点的最佳佐证。

在台湾文坛上，有一位缠绵病床四十多年、却不断地以其日臻高华洗练的文笔吟唱着"生之歌"直至生命结束的基督徒作家杏林子（1942—2003）。杏林子原名刘侠，因是陕西扶风县杏林镇人，故以杏林子为笔名。杏林子 7 岁随父母迁居台湾，12 岁罹患类风湿性关节炎，从此终身与病魔为伍直到去世，16 岁受

---

① 《开放的人生》、《人生试金石》、《我们现代人》"人生三书"，尤其《开放的人生》在当时 18 个月之内印行 20 次，奠定了王鼎钧散文家的稳固地位。

② 此书是 1988 年台湾"10 本最有影响力的书"之一。

③ 此书在台湾出版时被称为"散文魔法书"。2004 年山东文艺出版社出版了《风雨阴晴》。

④ 王鼎钧在《高，更高》一文中说："很可能，音乐离上帝最近，美术离上帝稍远，文学离上帝最远。文学家向上帝招手，美术家与上帝握手，音乐家与上帝挽手—牵手。音乐是上帝的语言，美术是上帝的手巾，文学是上帝的脚印，我们顺着脚印寻找上帝，想像上帝。"

洗成为基督徒，由基督教信仰中体验到生命的价值和尊贵，1977年开始撰写“励志小品”散文。有散文集《生之歌》（1977）、《杏林小记》（1979）、[①]《北极第一家》（1980）、《生命颂》（1981）、《谁之过》（1982）、《另一种爱情》（1983）、《皓皓长安月》（1983）、《凯歌集》（1983）、《母亲的脸》（1985）、《重入红尘》（1985）、《我们》（1985）、《心灵品管》（1985）、《行到水穷处》（1986）、《种种情怀》（1986）、《山水大地》（1986）、《杏林子作品精选》（1986）、《感谢玫瑰有刺》（1989）、《相思深不深》（1993）、《阿丹爸爸》（1995）、《生之颂》（1995）、《生命之歌》（1998）、《在生命的渡口与你相遇》（1999）、《探索生命的深井》（2000）、《真情是一生的承诺》（2000）、《美丽人生的22种宝典》（2000）、《打破的古董》（2002）等四十多部。杏林子的散文立足于基督教文化精神的支点，通过对自然——“上帝的画室”的观察、联想和体悟来解读生命、自由、爱情、死亡、权力、责任、苦难、幸福以及永恒等重大的精神命题。其散发出来的爱和喜乐激荡万千心灵。

陈映真出生于一个基督教信仰的家庭，父亲对基督教信仰的虔心追求对陈映真的影响是宿命性的。[②] 陈映真曾经这样说：“初出远门作客的那一年，父亲头一次来看我。在那次约莫十来分钟的晤谈中，有这样的一句话：‘孩子，此后你要好好记得：首先，你是上帝的孩子；其次，你是中国的孩子；然后，啊，你是我的孩子。我把这些话送给你，摆在羁旅的行囊中，据以为

---

① 此书从1979年初版到1989年10年间共印行54版。

② 陈映真曾自述道：“我对基督教粗浅的理解，来自我的父亲陈炎兴先生……我的父亲始终生动、有生命的信仰生活，是使我一直到今天能尊敬一种真诚的基督教信仰的主要依凭”（陈映真：《一面严重歪扭的镜子》，《〈曲扭的镜子〉自序》，《陈映真文集》，中国友谊出版公司1998年版）。

人，据以处事……’记得我是饱含着热泪听受了这些话的。即使将‘上帝’诠释成‘真理’和‘爱’，这三个标准都不是容易的。然而，惟其不容易，这些话才成为我一生的勉励。”[①] 父亲的话不仅塑造了陈映真博爱、宽恕、薄己厚他、悲天悯人的宗教式人格气质，而且在一定程度上决定了陈映真的精神构成：“他既有基督教人道主义、民族主义和民主主义思想，也有社会主义思想，这些思想都在他以后的作品中反映出来。”[②] 而基督教人道主义无疑又是陈映真整个精神构成和文学创作的思想基石。无论他的处女作《面摊》、成名作《将军族》、充满忧郁感伤色调的《我的弟弟康雄》，还是1975年以后的《夜行货车》、《上班族的一日》、《云》、《赵南栋》等文学作品都流注着浓重的基督教人道主义思想光芒。

从台湾基督徒作家张文亮及其文学创作中，我们可以确认基督教信仰与科学研究是和谐一致的，它不仅符合科学，而且大大地超越科学。张文亮为美国加州大学戴维斯分校博士，台湾大学生物环境工程学教授，环境生态学者，也是《校园》杂志与《佳音》杂志的专栏作家和热衷于推广科学的基督徒。对于为何写作，张文亮坦承：“我写作，是想排解深深的忧郁。对我而言，写作的笔，是舀除忧愁的水桶；写作的纸，是倾倒水桶的田地。”[③] 张文亮的文学创作主要包括三类：一类是传记文学。主要记录了许多科学大师经过长期认真的，甚至是痛苦的寻索才皈依基督的生命历程。至今张文亮已经撰写了68位基督徒科学家的生平传记，现已公开出版的大致有“科学大师系列”8本小册子、

① 陈映真：《鞭子与提灯》，《〈知识人的偏执〉自序》，《陈映真文集》，中国友谊出版公司1998年版，第182页。

② 王晋民：《台湾当代文学史》，广西人民出版社1994年版，第324页。

③ 张文亮：《牵一只蜗牛去散步》，中国工人出版社2004年版，第3页。

《科学大师的求学、恋爱与理念》、《我听见石头在歌唱》、《我看到大山小山在跳舞》、《法拉第的故事》、《我是旷野的小花：南丁格尔的生命历程》、《法政捍卫者的忧伤与荣耀》，等等；还有一类是诗歌。出版诗集《阳光会告诉我们回家的路》，收录60余首短诗，是对1999年台湾地震灾难的生命见证；一类是散文小品。《牵一只蜗牛去散步》和《昨夜，我与一只橘子摔跤》均由台湾著名的校园书房出版，在台湾当年销量在30万册以上。2004年中国工人出版社将这两本书引进，合成一本，以《牵一只蜗牛去散步》为名在中国大陆出版。面对后现代城市化个人生存困境，张文亮以基督信仰为精神资源，于平凡的生活中追寻幸福的踪迹："因为爱，所以天空蔚蓝/因为信仰，幸福从平凡的生活中浮现。"[①]

陈韵琳1959年出生于台湾，浙江上虞县人，1981年毕业于台湾大学历史系，现为《宇宙光》杂志编辑，创办"心灵小憩"文学网站。1978年处女作散文《芝山的故事》发表于《中央日报》副刊，同年于同报发表第一篇小说《小木屋》。主要作品有小说集《冷莹莹》(1982)、《两把钥匙》(1984)、《假象敌》(1997)、《虚拟》(1997)、散文集《走出框框的人生》(1997)和评论集《过招》(1997)。陈韵琳对于宗教与艺术之间的关系有着公开的阐释，她在详细地分析莫扎特的音乐之后总结说："不是艺术可以取代宗教，而是宗教真实的体会与深度，赋予艺术一种非凡的内涵，因而走向超越的向度!"[②] 其引起台湾文坛关注的中篇小说《失根的树》是对理想假象的本相还原和对超越价值的执著追问。"根"是生命之根、神性之根。而引起台湾教会争议的《双面亚当》则通

① 张文亮：《牵一只蜗牛去散步》，中国工人出版社2004年版，第3页。

② 陈韵琳：《超验的艺术——谈莫扎特的音乐》，出自"信仰之门"网站，2002年11月14日。

过深刻地体会信仰深层的内涵对台湾教会教条假象的无情剥除，从而真实地呈现出超越价值的精神向度。[①]

接下来我们进入香港基督徒作家的精神世界。苏恩佩是一位颇具传奇性的基督徒作家。1970 年她被发现患有多年的甲状腺癌，在与病魔搏斗期间，创办了《突破杂志》。“与其诅咒黑暗，不如燃烧自己”，苏恩佩以内在坚韧的生命力和满怀的爱意去看待生活中的一切，直至 1982 年复活节去世。苏恩佩的文学作品集主要有《苏恩佩文集》（两册）、《巴士渡轮》和《死亡别狂傲》。代表作则是《死亡别狂傲》。作品所表现出来的生命的深度体验以及幽雅的艺术特质使之成为中国基督教文学的优秀之作。

梁锡华、思果、胡燕青和谷颖都是香港基督教《文艺》杂志发掘出来的基督徒作家。梁锡华，原名梁佳萝，广东顺德人。曾任教于加拿大圣玛利大学，1976 年返回香港。为《圣经》研究专家，并深受《圣经》和《论语》影响。[②] 从小就受洗归主，但

---

① 对于台湾教会的“教条主义”（这也是台湾基督教发展走向沉滞的一个重要原因），许多作家都对此有异议。陈映真（后来脱离教会）就说：“我之所以离开教会——最大的原因，还在于我感觉到教会太出奇地漠视思想和学术、文化的重要性。相形之下，天主教在外界看来‘僵化’、‘仪式化’的条件下，却有不可忽视的学术力量——这却是天主教文化自由丰富的信仰生命，使他们能自由出入于‘世俗’的文化与知识。”张系国因为失望于基督教教会，而“改信罗马天主教”（王列耀：《台湾的宗教与台湾的作家》，《华文文学》1999 年第 1 期）。同时，作家们还通过文学创作暗斥台湾教会，陈映真的《万商帝君》、张系国的《皮牧师正传》、朱西宁的《画梦记》以及七等生的小说都潜伏着一个共同的主题，即剥除教条和假象，直指信仰的核心。

② 梁锡华曾说：“基督教的《圣经》和儒家的辉煌要籍——《论语》”，“受它们影响过的人多少呢？算不来。要是算得来，那个数字应该有几十亿，以后一定还有”，“《圣经》和《论语》的教训，不是我能全部接受的，其中好些榜样，我也不愿无条件跟随，但总的来说，是教训也好，是榜样也好，许许多多，光耀万丈，至少在我心中，永远是明确的路标和人生苦海的慈航”（梁锡华：《光辉万丈》，转引自王列耀：《基督教文化与香港文学》，《世界华文文学论坛》1998 年第 4 期）。

后来因为离婚而脱教，[①] 这对他的文学创作尤其是长篇小说创作颇有影响。梁锡华的三部长篇小说《独立苍茫》（1985）、《头上一片云》（1985）和《香港大学生》（1994，包括《大学男生逸记》和《研究生逸记》）皆以暴露讽刺的笔调直指教会与传道人的虚伪、教条与假象，传达出自己的信仰观即真正的信仰内涵和教会中所呈现出来的信仰并不等同，甚至于有本质的差别。此时作者的宗教指向已经发生了变化，即“作者在绕了一个圈子之后，却在无意识中回到了基督精神”。[②]

思果（1918—2004），本名蔡濯堂，另有笔名方济谷，童年多病失学，自修成才。思果曾任香港《读者文摘》中文版编辑，“台湾十大散文家”之一。其散文集主要有《私念》（1956）、《沉思录》（1957）、《艺术家肖像》（1959）、《河汉集》（1962）、《思果散文选》（1966）、《林居笔话》（1979）、《香港之秋》（1980）、《沙田随想》（1982）、《霜叶乍红时》（1982）、《晓雾里随笔》（1982）、《雪夜有佳趣》（1983）、《黎明的露水》（1984）、《剪韭集》（1984）、《啄木集》（1985）、《思果自选集》（1986）、《思果人生小品》（1989）、《橡溪杂拾》（1992）、《想入非非》（1994）、《远山一抹》（1996）和《林园漫笔》（2001）（以上皆在香港和台湾出版）。大陆现出版了思果的《偷闲要紧》（1995）、《如此人

---

① 夏志清在《当代才子梁锡华》一文中说：“锡华从小即受惠于教会人士。中学年龄失学，免费为他补习英文，准他听一门课的倒是三四个美国人，想来都是教会人士；教他法文的则是一位‘慈祥得像圣母’的白衣修女。我们可以想象，既有好几个洋人爱护他，少年失学的锡华感激之余，也就信了教，且热心为教会服务。想来他赴加留学费用，头几年都是教会供应的。他的头任太太，想来同陈最亨娶的王玛利一样，非常热心教会事业，连丈夫也分不到半点的爱。黄连的日子过得久了，锡华终于决定同太太离婚，也脱离了教会”（转引自王列耀《挥之不去的宗教情结——论香港作家梁锡华的长篇小说》，《暨南学报》1999年第2期）。

② 王列耀：《挥之不去的宗教情结——论香港作家梁锡华的长篇小说》，《暨南学报》1999年第2期。

间》(1999) 和《尘网内外》(1999)。思果奉行天主教，著有灵修作品《神修曦想》(1998)。他说：“我信奉天主教，自以为一生得益最大，获得真幸福，多亏这个信仰。”[①] 因此，他认为散文家一定要温柔敦厚，“不可以太愤世嫉俗，总包涵一些，看到一些光明，给人一点鼓励”。[②] 而思果的散文创作正是以基督教文化精神为视点去俯瞰人世间的看似琐屑实质关涉生命之根的万事万物，包孕着淳厚的人情味和释然的灵性。

胡燕青曾用笔名北岳，1954 年出生于广州，8 岁随父到香港定居，现在香港浸会大学（教会大学）语文中心任教。胡燕青出版有诗集《惊蛰》(1981)、《日出行》(1988) 和《我把祷告留在窗台上》(1995)，散文集《小丘初夏》(1987)、《彩店》(1989) 和《心灵开敞》(1989)，等等。作为一个基督徒作家和教会大学的教授，胡燕青还非常关注中国基督教文学的整体状况和理论宣扬。她曾多次举办关于基督教文学方面的讲座。比如她在 2001 年 6 月 23 日举办的“文学是心灵的飞跃”专题讲座上，以《从鲁益师谈基督教文学创作》为题所写下的大纲，就深刻地探讨了基督教文学创作的一些核心性问题。其主要观点表现在两个方面：一是精确地表达基督教信仰信息的作家，不是思辨性或逻辑性的表述，乃是呈现性或隐喻性的流露，然而这又不损基督教信仰信息的精确性；二是一个真正的基督教作家至少有两个层次，第一个层次即有意识地用文学来呈现个人信仰概念的基督徒是一个基督徒作家，但不一定是伟大的基督徒作家。第二个层次则是有意识地用文学来呈现真实生命的基督徒是一个伟大的基督徒作

① 思果：《偷闲要紧》，辽宁教育出版社 1995 年版，第 229 页。

② 思果：《香港之秋》，转引自刘登翰主编《香港文学史》，人民文学出版社 1999 年版，第 641 页。

家，因为他的文学水平充分而自然地成为读者的部分。以上的观点谨慎而有深度，颇有启示意义。

另外，还有几位香港基督徒作家，由于资料缺乏只能简单介绍。谷颖，原名黄帼坤，出生于澳门，广东中山人，幼年随父母定居香港。有作品集《戏衣》、《自爱中苏醒》、《书签里的爱》和《开心有妙计》等十余部。罗菁，香港浸会大学语文中心导师，经常和胡燕青主持基督教文学方面的讲座。1998 年其在台湾校园书房出版的《天堂街角》获得汤清文艺奖。① 文兰芳目前为《突破》杂志社的编辑部主任，著有散文集《寻根篇》。小麦子，原名麦宝琳，土生土长的香港人，《宗教教育》自由撰稿人，主要进行灵修文学、散文的创作。主要作品有《心灵的归宿》(1985)、《天上人间》(1991)、《小天使的透视》(1995)、《伊甸园外》(1995)、《心情故事》(1999)、《灵修小厨》(2002) 以及《妈妈、妈咪亲子灵修》(2004)，等等。其中，《灵修小厨》荣获了 2003 年第一届香港基督教金书奖金奖，在一年多的时间内重印 3 版。2004 年内蒙古人民出版社以《花香常漫——女性灵修小札》为书名出版了此书。而《妈妈、妈咪亲子灵修》又获得了第二届香港基督教金书奖“原创儿童及亲子类”金奖。

由于特殊的政治境遇和特有的文化情绪，大多数的台湾、香港基督徒作家们往往着力强调他们的双重甚至多重身份。特别是“中国人”和“基督徒”这两种身份自由而和谐地融合于他们的文学观念之中，使得他们的基督教文学创作具有浓厚的中国传统文化的底蕴。可以说，他们在基督教文化精神和中国传统文化精

---

① 汤清是香港著名的神学翻译家，曾编译《奥古斯丁选集》、《路德选集》、《亚历山大学派选集》，等等。汤清夫妇 1979 年设立香港基督教汤清文艺奖，目的为奖励并培植华人基督徒以中文创作，宣扬基督福音。其文艺奖包括散文、小说、戏剧奖等。

神之间找到一条可以相连的艺术通道，借助于这个艺术通道，他们寻觅到自己的生命源泉和精神之门。

3. 海外中国基督徒作家

海外中国基督徒作家是20世纪八九十年代怀有留学、陪读、探亲、教学、经商等不同目的而移居海外尤其是北美（主要指的是美国和加拿大）的中国大陆知识分子中的一个特殊群体。[①] 主要代表有施玮、宁子、范学德、海平、叶子、天婴、姚张心洁以及樊松坪，等等。其中，除樊松坪旅居英国伦敦、姚张心洁旅居澳大利亚以外，其余作家皆移居于北美。

施玮是中国基督教文学自觉的创作者和突出的贡献者，江苏苏州人，曾在北京鲁迅文学院学习，1991年毕业于复旦大学中文系作家班。1996年年底施玮移居美国，2002年毕业于美国西南三一神学院，获圣经研究神学文凭。施玮曾说她是在经历了“梦想破灭”、“愤世嫉俗”、“幽闷自闭”、“沉迷虚玄”、“追逐潮流”、“放纵寻欢”直至处于“找死”[②] 的生命状态下才最终遇见真光，得以重生。[③] 施玮于1999年复活节受洗成为基督徒。在神的“女儿，来！把你的生命和艺术给我”的呼召下，施玮开始

---

① 在20世纪90年代的美国，有人估计说30%的中国大陆留学生成为基督徒，一些以大陆学人为主体的教会也应运而生。但大复兴之后却是荒凉，一些著名的大陆学人牧师估计说，20世纪90年代信主的大陆留学生，目前已经有50%—90%不去教会了，一些大陆学人教会风风火火后很快因为纷争而瓦解。

② 在《生命的长吟》中有这样的诗句：“整个一生都像是骑着一匹惊奔的烈马，看见的只是一片模糊/这使我无比地厌倦生存，厌倦每一个动作，每一丝浑浊的气息/难道就这样生活在似是而非之中，浪费我们尊贵的语言和生命/没有真正的黑暗，供我们创造绚丽的幻梦/也没有真正的光明，为我们照亮大自然本身的缤纷/我们只是一些黏土造就的物品，鬼魂与天使轮番通过我们说语。”

③ 施玮：《生命的诗歌见证生命的主——〈生命的长吟〉跋》，《信仰网刊》2006年第23期。

自觉地进行中国基督教文学的创作和中国文学的复兴使命。[①] 施玮的基督教文学创作涉及小说、诗歌、散文、散文诗和戏剧。小说有短篇《躲藏》、《日食》，中篇《斜阳下的河流》、《纸爱人》，长篇《放逐伊甸》、《红墙白玉兰》、《柔若无骨》、《柔情无限》和圣经诗体女性小说《伯大尼的马利亚》、《抹大拿的玛丽亚》、《驼背的妇人》、《在叙加的井旁》。诗歌（皆为组诗）有《03 年四月诗抄》、《冬梦》、《歌中的雅歌》、《海上的声音》、《历史与女子》、《神迹的喻示》、《十字架上的耶稣》（1—28）、《午夜随笔》、《战争时期的钢琴师》、《霸王卸甲》、《海在近旁》、《灵》、《人到四十》、《生命历程的呈现》、《水面》、《鲜红的郁金香》、《北京生活系列》、《锋芒》、《古墓 1994》、《婚姻》、《另一种情歌》、《十字架上的耶稣》（33 首）、《散落的情绪》、《诗与昼夜》、《宋词与女人》、《想念中国》、《大峡谷》、《戈壁散记》、《关于苦难》、《九九归零》、《命悬一线》、《施玮的冬天》、《天国》、《一天结束/自言自语》、《神州》等。散文有《诗，生命，女人》、《趋向高原》、《人与“已”》、《一个穿红衣的女人》、《你心是否忧伤——遇见耶稣系列之一》、《你是否穿着红舞鞋——遇见耶稣系列之二》、《圣诞老人——遇见耶稣系列之三》等。散文诗有《十架七言——纪念耶稣在十字架上说的最后七句话》。戏剧则有《创世纪》。施玮是一个多产而又有深度的作家，她“不仅是靠灵气写作的作家，更是一个靠思索和对生命的诚实与严肃来写作的作家”，也因此她被称为“中国宗教文学的开创性作家”和“华文基督教文学的先锋”。[②]

---

① 施玮：《女儿，来！把你的生命和艺术给我》，出自“施玮工作室”。

② 梅菁：《放逐与家园——读旅美作家施玮的长篇小说〈放逐伊甸〉》，《信仰网刊》2004 年 9 月第 19 期。

施玮的大多数作品是在全美大型基督教文艺季刊《蔚蓝色》上发表的。《蔚蓝色》（2003 年创办）的创办者、社长以及主编就是基督徒作家宁子。宁子 1982 年毕业于南京师范学院中文系，1989 年年底到美国陪读，1991 年信主并受洗成为基督徒。1992 年受到上帝的呼召："奉献你的笔!"于是以"宁子"为笔名开始了基督教文学创作。主要作品有散文、报告文学、诗、艺术评论等，并先后发表于《海外校园》杂志、《世界日报副刊》和《中央日报副刊》等。1998 年完成基督教研究硕士课程，获神学硕士学位。宁子已经出版的散文集有《心之乡旅》（1995）和报告文学集《寻梦者》(1997)。已经完成且即将出版的著作有：散文集《灵魂的高度》、信仰生活与艺术书简与札记《大地之窗》和报告文学集《寻觅梦中的微光》。[①] 宁子对于基督教文学有着自己独特的理论见解。她认为人生有三种状态，即"现实状态"、"理想状态"和"神圣状态"。而只有在第三状态即"神圣状态"里，"生命，生活，思想，艺术都分得了大美。这大美放射着神圣的光辉"，而"当我们的生命与上帝的生命有了神圣的接触，当我们的灵魂被上帝带进了'第三状态'之中，我们无论从哪个方向出发都可以奔向神圣"。文学应该进入"第三状态"，只有这样，文学才有资格叩问灵魂。而基督教文学就是"第三状态"文学。她说："基督教文学没有外在的形式标签，它的精髓在于连接于耶稣基督的活的生命，而那活的生命也在一颗颗不起眼的生命性生活的芥菜种之中，而'田地就是世界'。"[②] 解读宁子及其文学作品，我们可以深刻感受到"第三状态"的那种坚定而高雅

① 以上的书宁子皆寄赠予笔者。

② 2005 年 7 月 21 日宁子给笔者的信，这封信已发表于《蔚蓝色》2005 年第 12 期。

的气质、美好而神圣的生命以及真实而浩大的灵魂。

范学德 1955 年生于辽宁省，1991 年秋移居美国，1998 年夏毕业于美国慕迪圣经学院，现从事布道和文学写作。范学德的文学创作主要表现在三个方面：一是以小品文格调所写的默想录。即姊妹篇《我为什么不愿成为基督徒》和《我愿成为基督徒》。前者描述的是一位无神论人文主义者归信路途的艰辛，后者则是记录他在归信之后成长中的挣扎。二是散文。有散文集《心的呼唤》和《撞击心灵》。三是小说。代表作是《耶稣外传》，此小说最大的特色在于写出了作为一个人的“耶稣”形象。四是忏悔文学。《文革忏悔录》系列发表于 2003 年至 2005 年的《信仰网刊》。范学德自称“基督徒君子”，他对此解释说：“当我把‘基督徒’与‘君子’合为一个词使用时，是要表达：华人基督徒‘在基督里’成为新人了；但这一新人并没有背弃中华文化所追求的理想人格，反倒不仅承继这样的追求，并且在过程中成全了它，又超越了它。”① 因此，在他的文学作品中，既弥漫着浓重的基督教精神，又潜伏着丰厚的中国文化质素。

海平是旅居加拿大的基督徒作家。虽然其职业是儿科医生，但是海平却喜欢用蕴意于心的灵性和感动，写下与神同行的生命足迹和贴心的触感绮念。因此，我们可以读到一篇篇声情并茂的祈祷文，如《静思夜祷》、《圣餐礼：默想和祷告》，渗透亲情之爱的《父亲》、《家》、《父亲的背》，尽情挥洒爱之感动的《生命中的感动》、《因为爱，感动于心》、《感动在爱的至高处》、《守候那永恒的温暖……》，还有对死亡深刻解读的《感触死亡》系列。海平的散文简单纯粹，写出了一个原汁原味的自我心灵。

海外中国人的生存状态和精神世界是部分基督徒作家非常关

---

① 范学德：《基督徒君子》，《信仰网刊》2004 年第 11 期。

注的话题，也因此成为他们文学创作的中心意旨。其中，叶子和天婴是影响比较大的两位。叶子生长于北京，大学主修国际经济法，毕业后从商，现居住在美国马里兰州。几经浮沉，在一段生离死别的经历后皈依基督信仰。叶子深感许多人在物欲横流、真情迷失的时代，灵魂何等迷惘，挣扎寻索却不知方向。于是创作了诸多的基督教文学作品，有长篇小说《依然等你在杨树下》、《忘忧草》（上、下两部）、《回家的路》（上、下两部）、《雪在烧》（上、中、下三部）、《一千个理由》（四部）等，中篇小说《想念》、《有一位神》、《神童》等，短篇小说集《花开的声音》。中、长篇小说皆连载于《海外校园》，短篇小说集《花开的声音》则由校园书房出版社出版。叶子的小说往往以自己比较熟知的商界朋友为主人公，记录他们的悲欢离合、虚无软弱、心灵漂浮无所依，直至在绝望的死地认识生命本源的心路历程。天婴在海外华人文学中的最大影响在于她创作了长篇小说《流泪谷》。这部小说是作者根据对一些海外中国基督徒的系列调查和访谈写成的。小说不仅描写了海外中国学人在灵命成长过程中遭遇的各种困境，而且对信仰的实质作出了深刻的反思，引起了海外华人的强烈共鸣。海平就说：石谦（主人公）的确折射出华人教会“众生百像”中的一像，“我仿佛一下子变成为他，正在经历着他所经历的，承受他所承受的，思考他所思考的，最后，疲倦劳累他所疲倦劳累的”。[①]

姚张心洁毕业于中央戏剧学院戏剧文学系。在电台做文艺编辑多年，作品曾获国家乌金奖。1998 年移居澳大利亚，开始着手婚姻问题研究。现为全职太太，自由撰稿人，婚姻问题辅导员（义务）。2005 年 8 月，知识出版社出版了姚张心洁的长篇小说

① 海平：《忙、盲、茫——评析小说〈流泪谷〉人物石谦》，《信仰网刊》2003 年第 10 期。

《上帝的花园》。[①] 与叶子和天婴关注的焦点不同，姚张心洁的创作指向在北京工作的中国台湾人与外籍华人的家庭生活状态和婚姻问题。对于小说的创作动机和表现内涵，姚张心洁说："经济的高速增长使生活方式、婚姻状态发生了转变。婚外性行为变得很普遍，传统的家庭受到挑战。越来越多的人相信'爱情的力量'，它被用来解释一切问题，甚至成为道德规范的基础，其实这是很危险的。原因很简单，人并不完全，出于人的爱也不完全，人性中的比较、贪婪、嫉妒掺杂在道德观念中会使社会秩序变得混乱。"而在她看来，挽救婚姻的最好办法就是"饶恕"和"爱"。[②] 小说写得简洁流畅，触及中国社会一个极为尖锐的精神问题。

樊松坪是一位求学于加拿大后来移居于英国伦敦的海外中国基督徒翻译者、[③] 诗人。20 世纪 70 年代生于北京，毕业于北京师范大学日本语言文学系。2002 年至 2003 年间在加拿大多伦多大学东亚系进修古典汉学研究，期间皈依基督信仰，并开始灵修题材的诗歌创作，部分英文灵修诗歌登载在北美基督教文学网站等处。2003 年在北京出版第一本灵修题材诗文集《无限的温柔》，2004 年作家出版社出版其诗集《被爱选择》，另还有《青鸟的瞬间》即将出版。在其诗歌中，樊松坪以一个心灵舞者的身份，在一块石头、一抹光线、一根芦苇、一片雏菊、一粒奇异的

① 该小说已被录制成有声读物，2005 年 12 月中旬在中央人民广播电台文艺之声中波 747《星空夜语》（每晚 9：05—10：00）播出。

② 姚张心洁认为："饶恕包括饶恕自己和饶恕他人，饶恕自己使我们脱离罪恶感；饶恕他人使我们脱离伤害我们的人，他们依然处于溺水的状态，我们却可以爬上岸来，甚至可以想办法救他。爱的果实只结在懂得饶恕的生命里。任何成功都不能弥补婚姻的失败"（姚张心洁：《〈上帝的花园〉疗救婚姻》，《北京晚报》2005 年 12 月 2 日）。

③ 曾经翻译过日本阿刀田高的长篇小说《V 的悲剧》及美国加德纳的长篇小说《恐怖的继承人》，《紧张的同谋》，由群众出版社分别于 2000 年、2001 年出版。

种子、一声鸽哨、一只青鸟、一朵沉潜在塘底的睡莲、一双孪生蝴蝶、一位旋转的舞娘以及天空、黄昏、雨夜、月亮等生活意象中感悟神性的魅力，追问生命的源头。诗歌写得大气而不失温柔细腻，于浓浓的诗意之中蕴涵反思性的品质。

海外中国基督徒作家由于直接地接触和亲身感受到基督教对于西方文明存在的意义，再加上去国离乡的情愁，使得他们更加容易接受基督教文化精神。在中西文化的对比中，这些海外中国基督徒作家们逐渐形成了一种拯救中国文化、中国文学的理念，即“中国文化的新生命是耶稣基督，它将成为一个光明的文化，并且神将借着这个全新的、出死入生、出黑暗入光明的文化，来复兴人类文化中的生命之光”。[①] 他们试图把耶稣基督的这颗“生命之种”撒进中国文化、中国文学的土壤之中，使得中国文化、中国文学能够复苏兴盛。因此，他们站在现代茫茫的荒原之上，在众声喧嚣的回忆之中，自省自责，高声呐喊，以一种基督徒的激情和奇异的语言召唤着中国文化、中国文学新时代的降临。

以上是对中国大陆、台湾和香港地区和海外三大板块的中国基督徒作家们的详细梳理。同样，就如序言中所分析的那样，当这些中国基督徒作家的个体生命向着基督信仰的彼岸而去，借助汉语言文字将他由此获得的生命情感的先验性感觉表现为具体的文学文本，纯正的中国基督教文学就产生了。因为“对基督徒作家来说，生命若非连接在一棵更大的生命之树上，他所写就只是文字，而不是文学，因为在文字与文学之间相隔着的是一种枝子与树的生命关系，而‘枝子’离了‘树’就不能结果子”。[②]

---

① 施玮：《女儿，来！把你的生命和艺术给我》，出自“施玮工作室”。

② 2005 年 7 月 21 日宁子给笔者的信，此信发表于宁子主编的《蔚蓝色》2005 年第 12 期。

虽然基督徒的文学创作是基督教文学的中坚力量，但如果把基督教文学局限于或等同于基督徒的文学创作，那么这种看法就是片面的、狭隘的。在中国基督教文学的作家群落中，还存在另一种身份即"非基督徒作家"。"非基督徒作家"的情况也相当复杂，大致包括两种，其中之一就是始终没有成为基督徒的准基督徒作家。主要代表有史铁生、海子、苇岸、海啸等。这些作家并没有皈依基督教，但是他们的精神世界和文学作品中却有着浓重的基督教文化色彩和准神学的意味。这种色彩和意味主要来源于他们对基督教文化精神的热情呼唤和积极汲取。他们从基督教文化精神中获取了一个审视自我、人类、文学、生命和大地的神性视点。

史铁生对于宗教与艺术之间的关系有着深刻的认识，他说："好的宗教必进入艺术境界，好的艺术必源于宗教精神"，[①] "文学就是宗教精神的文字表达"。[②] 史铁生正是通过诸多作品如《原罪·宿命》、《命若琴弦》、《钟声》、《礼拜日》、《一个谜语的几种猜法》、《关于詹牧师的报告文学》、《我与地坛》、《病隙碎笔》，等等，将自己的"从不屈获得骄傲，从苦难提取幸福，从虚无创造意义"[③] 的过程哲学之思倾泻在博大精深的基督教文化精神中，并由此获得生命的超越向度和审美的神性之维。海子[④]（1964—1989）的生命和诗歌都充满着神学意义，以致奔赴死路

① 史铁生：《给杨晓敏》，《灵魂的事》，百花文艺出版社 2005 年版，第 240 页。

② 史铁生：《自言自语》，《作家》1988 年第 4 期。

③ 史铁生：《好运设计》，《灵魂的事》，百花文艺出版社 2005 年版，第 22 页。

④ 有的学者甚至认为："海子是中国文学史上第一位伟大的基督教诗人，第一位伟大的诗人先知！虽非受洗的基督徒，但他的灵魂环绕在上帝的身旁，他从上帝的启示中获得灵感，中国人最熟悉、最司空见惯的尘世之物：村庄、河流、山冈、草原、月亮——自然还有麦子、太阳，在他笔下突然一闪，世间的尘埃、破片逝尽，神性之光闪闪辉耀，人所该行的大道笔直敞亮"（刘光耀：《中国文学的歧路——从一个诗人看中国文学的现在与未来》，《维真学刊》1998 年第 1 期）。

时还带着《圣经》。海子对于中国诗歌神性之维的缺位表示了深沉的担忧和深刻的反思：“我们缺少成斗的盐、盛放盐的金斗或头颅、角、鹰。”因此，他把诗歌当作一场生命烈火的燃烧，“怀抱各自本质的火焰，在黑暗中冲杀与砍伐。我的诗歌之马大汗淋漓，甚至在流血——仿佛那落日和朝霞是我从耶稣诞生的马厩里牵出的两匹燃烧的马、流血的马——它越来越壮丽，美丽得令人不敢逼视。”[①] 海子以泣血般的激情和孤独的歌唱自觉地呼喊着神性时代的降临。声称“生活在梭罗的‘阴影’中”[②] 的苇岸(1960—1999)，作为一名真正的“上帝之子”，以一种敬畏、震惊、皈依、臣服、信赖之情，唱出了来自于原生态的大地的情歌，正如有的评论者所言：“苇岸先生在苍茫大地上行走、劳作、生息，他是大地神圣的最后一位守望者。”[③] 苇岸的代表文集主要有《上帝之子》、《大地上的事情》和《太阳升起以后》。海啸原名邓力群，湖南隆回人，1973 年出生，提倡诗歌的“感动写作”。[④] 感动写作不是一种创作方式和表现手法，它是诗人观照生命时的一种态度、取向和精神旨归。其唯一的旨归和全部意义，就是重构精神元素和诗歌文本。而海啸汲取了基督教文化精神质素来实现中国诗歌的一种纯粹的皈依和生命的救赎。其“海啸三部曲”即长诗《祈祷词》、《击壤歌》和《追魂记》正是这样的感动写作。[⑤]

当然，由于这些准基督徒作家们并不是全心全意地接纳具有

---

① 海子：《海子诗全编》，上海三联书店 1997 年版，第 907、883 页。

② 苇岸：《大地上的事情·自序》，中国对外翻译出版公司 1995 年版，第 2 页。

③ 袁毅：《最后一根会思想的芦苇——追忆苇岸先生》，《书屋》2001 年第 10 期。

④ 海啸：《感动写作：21 世纪中国诗歌的绝对良心》，海啸主编《2004’新诗代年度诗选》，北京学苑音像出版社 2003 年版。

⑤ 在表现形式上，《祈祷词》的七章诗题恰好与创世纪的七日相对应，《追魂记》题记使用了《圣经·诗篇》上的一句话：“我们//已到极处。”

严格教义的基督宗教，所以他们的“神”往往又并不是基督宗教里的“上帝”，而是“精神”：“认识了神，他有了一个更为具体的名字——精神。在科学的迷茫之处，在生命的混沌之点，人惟有乞灵于自己的精神”,[①]“神的本身就是意味着永远的追求，就是说正是因为人的残缺，证明了神的存在”。[②] 自然，这种“精神”又来自于深刻的基督教文化精神。因此，当他们进行神圣的精神之旅时，必然会关注到终极价值意义的问题时，这本质上又逼近基督宗教的信仰。恰如神学家蒂里希（Paul Tillich，1886—1965）所说：“‘上帝’……是与人有终极关系的东西的名字，这并不是说，首先有一个叫上帝的存在物，然后要求人应当终极地关切他，这只是说，与一个人有终极关系的任何东西，对那个人来说就成了神，而且这话可以反过来说，只有对于一个人来说是神的那个东西，那个人才会给予终极的关怀。”[③] 可以说，这些准基督徒作家们是立足于对生命终极价值的探寻的支点之上来积极地汲取基督教文化精神元素，并化解成为自身精神谱系中不可或缺的组成部分，甚至是构建自身精神结构的主导性力量。

坦率地说，把第二类非基督徒作家归属于基督教文学作家之范畴的行为，是具有冒险性的。主要原因在于他们对基督教文化精神的汲取只是相对于某些具体的作品而言，并没有进入作家的精神谱系，或者说，即使进入其精神谱系也只是处于边缘状态，

① 史铁生：《我二十一岁那年》，《灵魂的事》，百花文艺出版社 2005 年版，第 253 页。

② 史铁生：《有一种精神应对苦难时，你就复活了》，《当代作家评论》2003 年第 1 期。

③ ［英］约翰·希克：《宗教哲学》，何光沪译，北京三联书店 1988 年版，第 131—132 页。

因而更谈不上影响作家的整体创作。但是，另一方面，我们又不能忽视其单个作品中那些占有支配地位的基督教文化精神元素。在这种情况下，我们只能采取一个折中的态度，即当我们谈及这个单个作品时，我们可以把这个作家称为基督教文学作家。而当一旦脱离于这个作品，其归属性就会有所改变。实际上，一个作家身份的确定是无法脱离其具体的文学创作的。从这个角度出发，这样的处理策略或许显得圆滑，但也有一定的合理性。因此，这类作家作品如张锐锋的《沙上的神谕——以色列笔记片断》、白洛的《迷惘的钟声》、唐敏的《圣殿》、叶延滨的《西斯廷教堂启示录——献给米开朗基罗》、灰娃的《是谁背叛神的意志 灭了蛐蛐知了王国》、胡发云的《死于合唱》等也进入了中国基督教文学的研究视野。

从以上的描述可以看出，中国基督教文学作家群落是相当庞大的。且作家们不同的人生阅历、不同的思维方式以及不同的美学观念，决定他们皆以各自独特的艺术表现和审美风格来呈现出不同的信仰经验和生命体验，从而使得中国基督教文学——这株轻吟着爱的话语的野地里的百合花摇曳多姿、灵动飞扬。

二 书写形态

安德列·布列东（Ander Breton）说："名字必须发芽，否则它即名不副实。"[①] 令人欣慰和喜悦的是，"中国基督教文学"这个名字已经"发芽"成长，并且以其丰富的书写形态和强劲的

① ［法］雅克·德里达：《书写与差异》，张宁译，北京三联书店 2001 年版，第 117 页。

生长势头证明了其存在的合法和价值。当然，基督徒的文学创作是基督教文学中极为重要的组成部分。尤其是各类基督教诗文更是异彩纷呈。主要文学样式有赞美诗、灵修诗文、祈祷诗文、布道文、书信文学、忏悔诗文、圣经故事、圣徒传记文学、使徒书信、圣者言行录、圣诞剧本、生命见证、圣乐诗歌、宗教叙事诗、宗教诗剧、宗教舞蹈诗剧、宗教读书笔记、圣徒访谈录、梦幻故事、喻道故事、奇迹剧、神秘剧、圣母剧、道德剧，等等。在笔者看来，中国基督教文学主要呈现出六种书写形态，即灵修文学、圣经文学、救赎文学、母爱文学、游记文学和大地文学。鉴于在中国文学发展史上，后三种文学形态已经存在且成熟（当然，对于中国基督教文学而言，这三种形态又有其独异光彩），而前三者书写形态却是新生事物，以下主要对后三种文学形态进行梳理阐释，而对于前三者书写形态则进行专章论述。

1. 基督教母爱文学

在中国人的集体无意识中，有一种强烈的母爱崇拜倾向，母爱也因此成为中国文学亘古不变的永恒母题之一。与中国古代文学较多地把母爱纳入封建道德的思维模式、五四母爱书写陷入叛逆与回归的悖论、张爱玲审母意识的确立、母爱的政治化、时代化以及当下母爱的世俗化等表现不同，中国基督教母爱文学特别是基督徒所创作的母爱文学更注重“因寻踪母爱而寻见基督。而一切寻找基督的人，则又以基督似的母爱去爱一切人，爱野花和小鸟，爱山川与大地”。[①] 也就是说，这类文学关注的不仅仅是母爱本身，更是把母爱进行了某种神性升华，挖掘出母爱所蕴涵的深刻的宗教精神以及生命哲学。“人世间一切美妙无私的爱，

① 汪维藩：《中国的母爱文学与母爱神学》，《金陵神学志》1995 年第 1—2 期。

包括母爱在内，都能帮助我们更好地理解神。”[①] 正是从这样的创作视点出发，中国基督教母性文学成为中国母性文学长河中一朵奇异的浪花。

林鹿的《母爱星空雨》是一部典型的基督教母爱散文集。兼有作家、自发画家和基督徒三重身份的她以流丽柔美的绘画和轻盈透明的文字讲述了母爱的种种故事，从心灵深处表达了对星空般长阔高深的母爱的感怀之情和感恩之心。在林鹿看来，母爱是蒙上天之大爱的印记，是无限星空的种子。她坚信：“你我都活在星空之下，你我也都有内在的星空/创造外在星空的大手，与创造你和我的，是同一双大手/你我的星空之歌，他在倾听着。”所以，我们在一个个母爱故事的开首或结尾总能惊奇地看到她开启潜能的天窗，满盈于幸福之雨，总能感受到一种在神之怀抱中的恬然之情：“如今的心态就如婴孩般柔软，喜爱独处和安静，不与人争辩，也不奢望人能理解，安适、无怨、欣然，只有暗暗的感谢。”恰如《诗篇》131：2 所描绘的“我的心平稳安静，好像断过奶的孩子在他母亲的怀中；我的心在我里面真像断过奶的孩子”；柔美之情：“我真如一朵花儿一般缓慢地舒展着自己的花瓣，任洁净的露珠凝结着，我静着，为明天储蓄着营养”；喜悦之情：“他的大手引领她的心灵向上、向上，没有止境地向上作无限飞升，深深陷入恩典海洋中的她，从此激情之源永不枯竭”；敬畏之情：“没有十字架的同死，就无法体验复活。仅仅肉体的生就归于虚空，就没有完全，就是半途而废”；以及感恩之情：“那最初的生命之舞，除了生命的创造者，没有谁看到过，因为是在里边发生。我用红、黄、蓝三色，来表现生命在源头的动力

① 丁光训：《女性、母性与神性——一九八六年在南京金陵协和神学院的神学演讲》，《丁光训文集》，译林出版社 1998 年版，第 230 页。

劲舞”。这些就是“曾经有很久，迷路又受伤的小鹿”在找到灵魂溪水之后，从敞开的心、透明的灵中自然流淌出来的歌。

鲁西西喜欢在日常的生命细节的知觉刺激中品味那无所不在、透明纯洁的母爱：从追随“我”的凹陷的眼睛、慢慢的脚步声以及她的不断祈祷中，诗人感受到母亲“心里装着她耕过的地，和认识的人”，“母亲的爱是水做的，永远不断绝。/母亲的生命像水晶”（《母亲》）；不经意的一句问候，竟使得母亲“她的哭越来越明显，就像饥饿的人得到美食”（《去三峡的路上》）；而当死亡降临到母亲的身上，“我”的“心里充满了生动的现场记忆”：“你说的话还在，/但嘴唇没有了。//你穿的衣服还在，/身体没有了。//你穿的鞋，/有脚伸进、伸出的印痕，/但脚没有了”（《献给母亲的哀歌》）。而这恰恰证明了“正是宗教徒所熟悉的日常生活在他们的体验中被提升为崇高，处处他都能发现暗含的寓意，甚至最习以为常的姿势都能够暗示着一种精神的行为。甚至道路和行走也可以被升华为具有宗教的价值，因为每条路都能象征‘生命之路’，象征着一次‘朝圣’，象征着一种对‘世界中心’的进发”。[①]

在海啸的笔下，“母爱”是“悬挂在我灵魂的家园”的那盏灯：“给我温暖/给我希望/并且照亮远方的虔诚”，而对所有的人来说，如果“没有体验过灯的温暖/是一种悲哀和苍凉”（《灯》）。因此，作者决意“母亲，今夜我以诗歌赎罪，以血/以漫游在尘世，最后一滴泪水/向你乞愿，向你告别/向孕育巨大悲伤的河流/致以感恩，向每颗卵石的边缘/还有浪波，你蜡染的脸/剥夺恬静”（《祈祷词》）。廖琪的长篇小说《东方玛利亚》以《圣经》

---

① ［罗马尼亚］米尔恰·伊利亚德：《神圣与世俗》，王建光译，华夏出版社2002年版，第106页。

中著名的所罗门断案故事为背景因素，于传统文化与基督教文化相交融的临界点上塑造了一位东方式的玛利亚——母亲形象。其中，母亲临死之前对于自己身份的忏悔震撼人心，那是母爱的极致，也是一个基督徒试图擦拭并磨光心灵之镜，以获取上帝拯救的精神意向的自然流露，从而使得作品具有一种超越现实、超越肉体的精神之美和悲壮之美。张晓风的《母亲的羽衣》则给我们讲述了一个“羽衣”和“粗布”的带有神话传说意味的母爱故事：曾经拥有美丽羽衣的仙女为了做一个母亲，心甘情愿地锁住羽衣，换上了最黯淡的人间粗布。虽然她会用一种忧伤、依恋的目光去时时抚摸柔软的羽衣，但“她不能飞了，因为她已不忍飞去”。宁子在《爱的真谛》开首就如此表述：“恋爱的时候，我们享受爱，而真认识爱却是从做母亲开始。”因为“爱必须负伤流血趟过死河才知道自己是否有力量去拥抱生命”。

对于基督教母爱文学的大多数作家而言，母爱是神赐予母亲特别的恩赐。母性的温柔、关爱、忍耐、良善以及默默无闻、无私奉献等都是基督形象性格的集中表现。他们坚信“上帝没有让女人在葡萄树下像摘果子一样摘下一个孩子，上帝让女人经过死荫地，就像让他的儿子走过各各他。上帝只把爱交托在入死出生的爱里”（宁子《爱的真谛》）。只有来自精神深处的宗教信仰与虔诚，才使得作家们的“母爱”超越政治与时代的牵绊，超越时间与空间的局限，化为他们人格中重要的精神成分，获得稳定与恒久的质地。也正是如此，我们从中国基督教母爱文学作品中读到了神圣的母爱，同时也领略到母爱所散发出来的神性光辉。

2. 基督教游记文学

中国基督教游记文学作为一种游记文学，因流荡着一种独特的基督教文化精神而拥有了一个特别的身份：作家凭借自己的游踪，对一些基督教艺术（基督教艺术即是对基督信仰的象征性视觉呈现）诸如名城胜迹、教堂、墓地、雕刻、绘画等进行考察与观照，从而通过个体体验对生命、存在、宇宙作出哲理性的反思与叩问。中国虽然存在着基督教艺术，[①] 但与西方的基督教艺术相比，其精神底蕴远远不足，创新意识相当缺乏，[②] 艺术表现极为稚嫩。而这对于那些执拗地寻求先哲之魂魄、追问精神之本体的作家们来说，是无法产生创作的冲动的。因此，中国基督教游记文学主要是域外游记文学。

台湾基督徒作家蓉子对"教堂"极为痴迷，因为在她的心目中，"教堂的尖顶上，/有我昔日凝聚的爱，信仰与希望，/今夜的钟声复使它们飞翔，/飞翔在这黑暗的海面"（《钟声》）。因此，教堂不仅成为她诗歌的典型意象，而且成为其基督教游记文学表现的中心对象，同时与之有关的基督宗教的器物、雕塑、绘画、组织、教义、神谕、典籍以及相关历史等皆进入了作者的玩味视野。

作者不是停留于一般的记游、写景、述感、抒怀，只写耳目能及的事物，只写一个横断面，而是通过一块蕴涵着基督教文化的精神透镜观察历史中的现实和现实中的历史，以垂天的羽翼翱翔于自由的时间和自由的空间之中，品尝于永恒之际所获取的怆然之感、神圣之爱以及先哲之魂。《圣彼得大教堂》就颇为细腻

---

① 如顾卫民的《基督教宗教艺术在华发展史》，香港道风山基督教丛林出版社2003年版；2000年9月中旬至10月底在维也纳昆士顿博物馆举行"中国基督教艺术展览"；2004年11月9日以基督教艺术为主题的艺术院——无锡爱德艺术院在江苏无锡成立；也有一些诸如于加德之类的基督教艺术家。

② 如有的学者就如此批评中国教堂："五十年来，耗费巨资和人力去翻修和重建的大量中国教堂仍然墨守着西方中世纪教堂建筑模式，在教堂建筑本色化上几乎交的是白卷"（宇汝松：《亚洲教堂建筑处境化的启示》，《基督教文化学刊》2001年第6辑，宗教文化出版社2001年版，第228页）。

地描述了圣彼得大教堂的历史、传说，作者不厌其烦地用各种数据来展示大教堂外观的广袤、殿堂的宏伟、雕绘的精美以及祭坛的繁多，给人以强烈的情感震撼："置身其间时，有置身在无涯暖阳中的感觉——你正漫步在圣彼得广场那硕大惊人的光和影之中"，"建筑虽大，却是深而不幽，远而不玄，充满了力与美，被誉为教堂中的教堂"。对作者而言，花圣玛丽亚大教堂则是最美丽的。因为它"多彩却不俗丽，尤其在阳光的照耀下，光影色泽互映，予人温和又鲜明的感觉"。尤其是教堂里的"怜伤圣母子"雕像更是让人感叹人世的沧桑和对基督信仰的坚执（《花圣玛丽亚大教堂》)。而超凡脱俗的圣天使堡，给予作者一种强烈的冲动，诱使她进入个体生命本体的沉思境界："当人类的始祖亚当和夏娃听信了蛇的谗言，违背了上帝的命令，于是被逐出人类本可自由乐居、无罪无忧的'伊甸园'；而且永不能再回那乐园，因为在园子里面，上帝安排了天使和发着火焰的剑把守要径。"走进米兰的道姆大教堂，作者深刻地体悟到历史的悠远和意义的永恒："由于历经五个世纪的风沙，如今教堂的形象，已颇为陈旧苍老，外壁不可再如当初那样洁白光辉灿烂，但仍旧予人庄严伟大的感受和一座具有历史性的大教堂的意义和功能"(《道姆大教堂》)。同样，面对着米开朗基罗的雕塑名作"摩西像"，作者浮想联翩，感叹摩西的"愤怒"："这样的心胸，这等的气魄，试问有几人能企及?"同时感受米开朗基罗艺术的魅力："怕也只有米开朗基罗这般艺术上的巨人，才能充分地刻画出他那无比强人的精神，和经天纬地的力量——面对数十万骚动的大众，他独自站在神的一边"（《摩西与大卫像》)。

张锐锋的《沙上的神谕——以色列笔记片断》是一个"历史里的单独的旅行者"以"笔记"的方式记载难忘的以色列之旅。作者通过搜索历史与现实在心灵中碰撞的种种回声，体味跋涉在生命旅程中的独特感悟。有两个片段尤其令人瞩目：一是对耶路撒冷石头意味世界的深入探究和理性思考，不仅能把人带入悠悠不尽的历史时空，更能让人感喟渗透其中的厚重的文化精神："石头本身就是一部完整的教义，它给予人以一颗顽强的心。它赋予人以耐久力和承受力。我们从犹太人的历史中，处处可以看到石头的印记，石头已经稳固地置放在这个民族的精神之中了，正如希伯来人的《旧约》中所说：匠人所弃的石头，已经成为了房角的头块石头。"二是对耶稣形象的深刻解读，作者一方面以一种惊叹的情绪表达了对耶稣神性精神的某种认同，但更多是从人的角度对基督的本义作出了人性的阐释："他以为，在人性里并不存在绝对的忠实，因而他只能面对一切人的背弃，他只能成为一个绝对的孤单的人，这正是基督的本义。"从这些表述中我们可以打捞出些许生命的感慨、悲壮的追寻以及永恒的代价。张锐锋的作品是一个具有强烈的历史意识的作家、思想者对一个异域民族精神的追寻史、反思史。

"较之于其他文学形式，旅行文学的时—空间的转移和变化，极易产生自我—他者的身份意识和历史的比照玄想。"[①] 中国基督教游记文学正是通过历史意识的强烈介入，在时空交错之中挖掘出西方文化的灵魂——基督教文化精神，并以此为精神支点，对中国传统文化进行深刻的反思。宁子的《灵魂的高度》就是把代表中西文化精髓的两座古老建筑——巴黎圣母院和北京故宫进行一种"灵魂高度"的比照和评骘：仰望巴黎圣母院的巨大拱形屋顶，"我"体悟到的是"上帝给予我们的自由"以及巨大的心灵震撼，以至于"我不能够思想，仅仅能够感受，在感受中代替

① 周宪：《旅行者的眼光与现代性体验——从近代游记文学看现代性体验的形成》，《社会科学战线》2000年第6期。

思想的是由我心灵深处发出的赞美。此刻，瞬间的感受要比长久的思想更有深度”，而俯视故宫，“我”只是惊讶其“整体的恢弘”以及帝王的“威严”，悲叹城围之人。而走出本土文化视阈的局限，达到对西方文化精神的历史思考和潜在意义的发掘评价，这无疑是一种现代性体验。

2. 基督教大地文学

中国基督教游记文学与中国基督教大地文学虽然有其共同的内容，即在自然世界中流荡着基督教文化精神，但两者侧重点不同：前者主要是通过对西方的基督教艺术的游览观照，展现异域民族历史中的现实和现实中的历史，追索异域民族的精神史和心灵史；后者则是作家沉入中国大地，进入自我的本质性生存，从而寻觅到自我生命的魂根。从事这类文学形态书写的作家有苇岸、傅翔、海子、骆一禾、盛慧、张晓风、庞清明等，主要以苇岸、海子以及张晓风为代表。而这三位作家的创作恰好体现了中国基督教大地文学的三种不同书写风格：“伤感”、“素朴”和“喜乐”。

海子和苇岸是朋友，都是英年早逝（海子 25 岁自杀、苇岸 39 岁病逝），都崇拜梵高，在他们生命写作的背后都存在着“伟大诗歌的宇宙性背景”① ——基督教文化精神，都受到梭罗的《瓦尔登湖》的影响，② 都有一个乡村大地情结。作为农民的儿

① 海子：《诗学：一份提纲》，《不死的海子》，中国文联出版社 1999 年版，第 293 页。

② 海子自杀时携带的四本书中，其中一本就是《瓦尔登湖》。海子曾说，1986 年读到最好的书就是梭罗的《瓦尔登湖》，并把它推荐给苇岸看。苇岸说：“由于海子的传播，我读到了这本有生以来对我影响最大的书”（苇岸：《我认识的海子》，《太阳升起以后》，中国工人出版社 2000 年版，第 146 页）。

子，海子和苇岸自然地将乡村大地当作生命与艺术激情的源泉，试图拨开大地上的一切“覆盖”之物，沉入大地之中。海子和苇岸都是不适合在20世纪生存的作家，他们虽然生活在都市，但是海子是都市浪子，而苇岸则是都市的边缘人。在工业文明异化的困境中，天然地眷恋乡土自然、拒斥工业文明和为汲取生命的灵性淳朴诸种因子聚合，决定了他们的情感天平不自觉地向未被现代文明浸染的乡村和大地倾斜，并把之作为灵魂的家园和栖息地。“大地”，或者确切地说“麦地”是海子与苇岸对中国乡村的神性把握。但是由于性格结构和心灵世界的差异，他们呈现出不同的书写风格。

海子是忧伤的。他以一种类似于“亚瑟王传奇中最辉煌的取圣杯的年轻骑士”① 的身份凝视着他的乡村大地，但是他的乡村大地已然不是他心目中的“圣杯”。于是，他在痛苦质询和伤悼农耕文化和乡村乌托邦在强势的现代文明的冲击下逐渐走向衰亡的忧郁情怀下，以一种记忆想象和审美虚拟向往、歌颂原始、纯洁、充满神性光辉的乡村大地，以寻求生命的栖息之处。正如海子在《诗学：一份提纲》一文里谈到对大地和长诗《土地》的认识：“在这一首诗《土地》里，我要说的是，由于丧失了土地，这些现代漂泊无依的灵魂必得寻找一种替代品——那就是欲望，肤浅的欲望。大地本身恢宏的生命力只能用欲望来代替和指称，可见我们已经丧失了多少东西。”② 诗人忧伤地“歌唱”大地，正是因为痛惜大地的被遗弃，而漂泊的灵魂又必得皈依。此时的“大地”俨然已具有海德格尔式的隐喻意味。它向我们昭示着生

---

① 骆一禾：《海子生涯·代序一》，《海子诗全编》，上海三联书店 1997 年版，第 2 页。

② 海子：《诗学：一份提纲》，《海子诗全编》，上海三联书店 1997 年版，第 889 页。

存的意义和生命的价值，引导我们走进浮华与沉沦的背后，它让我们深入生命之“根”：“果实 牵着你的手 大地摇晃/麦穗的纹路 在你脊背上延伸 如刀刃 如火光/大地在深处 放射光芒”（《土地》）。

如果说，海子以一种忧伤的情怀审视着“受伤的麦子”，那么苇岸则是以一种婴儿般的目光[①]追随着麦子、花朵、蚂蚁、胡蜂、蝴蝶、麻雀、喜鹊、啄木鸟、野兔、雪花、雨水、阳光、月亮、星星、日出日落、优美绿色植株及其摇曳风姿的投影。如果说，海子是亚瑟王传奇中最辉煌的取圣杯的年轻骑士，为了取到“圣杯”而宁愿死于大地的话，那么，苇岸则是“自愿选择做一名挑战城市文明战车的——20世纪斗风车的堂·吉诃德”，而甘愿成为大地的观察者、体验者、歌唱者、守望者。他是一个有着强烈生态意识的作家，他渴望着人与大地的和谐、人与自然的亲和。因此，他带着一种感恩的情怀和敬畏的心理，“以高度的心灵克制力和宁静平衡的美感，摹写了大自然万事万物在时光流逝中的变迁、繁衍、生长，表现了时间、存在与人性的永恒性”。[②] 苇岸试图通过他的朴实而美好如圣歌般的文字，从神性—文学的途径引领人们尊重和皈依大地，在对人类原乡的深情回望中既合目的性又合规律性地接受“它的光和热，同时也接受它的信任与大度”（梭罗语），从而臻于“诗意地栖居”的境界。

无疑，中国基督教大地文学是充满着浓浓的诗意和神性的光

---

① 苇岸说：“我希望我是一个眼里无历史，心中无怨恨的人。每天，无论我遇见了谁，我都把他看做刚刚来到这个世界的人”（苇岸：《一个人的道路》，《太阳升起以后》，中国工人出版社2000年版，第236页）。

② 袁毅：《大地上的一生·编后语》，《上帝之子》，湖北美术出版社2001年版。

辉的，但是海子是伤感的，苇岸是素朴的，而张晓风则是喜乐的。“喜乐”是建立在张晓风的文学观和生命观之上：“不是命名者，不是正名者，只是一个问名者”的身份，“问名者只是一个与万物深深契情的人”（《问名》）来“为山作笺，为山水作注，为大地作系传，为群树作疏证”（《杜鹃之笺注》）。于是，我们有幸从《画晴》、《秋天·秋天》、《林木篇》、《杜鹃的笺注》、《咏物篇》、《星约》、《雨天的书》、《常常，我想起那座山》等一系列为天地万物作注传达的诗性篇章中，感受到她为大自然造化之美所作的虔诚阐释：“那些嫩枝被成串的黄花压得低垂下来，一直垂到小楼的窗口。每当落雨时分，那些花串儿就会变得透明起来，美得让人简直不敢喘气”（《雨天的书》）；领略到自我、大地与神性融合的喜悦之感：“我起来，走下台阶，独自微笑着、欢喜着。四下一个人也没有，我就觉得自己也没有了，天地间只有一团喜悦、一腔温柔、一片勃勃然的生气。我走向天畦，就以为自己是一株恬然的菜花。我举袂迎风，就觉得自己是一缕宛转的气流。我抬头望天，却又把自己误为明灿的阳光。我的心从来没有这样宽广过，恍惚中忆起一节经文：‘上帝叫日头照好人，也照歹人。’我第一次那样深切地体会到造物的深心。我就忽然热爱起一切有生命和无生命的东西来了。我那样渴切地想对每一个人说声早安”（《画晴》）；品味到那来自于生命深处的感恩之情：“由于天地的仁慈，她俯身将我们抱起，而且刚刚好放在心坎的那个位置上。山水是花天地是更大的花，我们遂挺然成花蕊”（《常常，我想起那座山》）。

“大地的存在是人类灵魂存在的隐喻形式，每一种精神或心理的属性，都通过物质的隐喻‘再现’出来。”[1] 中国基督教大

---

① 耿占春：《隐喻》，东方出版社1993年版，第163页。

地文学不仅把“大地”作为艺术作品的本源，更是作为人类生命的魂根。尤其在20世纪的世界文坛格局里，伴随着都市文明缺点的日益凸显，人的完整性受到严重异化，回归自然乐园与回归本真人性已然成为一股不可阻挡的潮流，从这个意义上说，中国基督教大地文学对大地的皈依，就暗合了世界艺术潮流的脉动，提供了某种具有未来意义的现代化文化因子。

三　传播途径

中国基督教文学的传播主要有三种途径：教会内部传播、报刊出版传播和网络空间传播。虽然这三种传播途径往往是共时存在的，但仍然存在着一条线形的发展历程。考察这个发展历程，一方面可以解读基督教在中国的传播，另一方面也可以从中窥探到中国知识分子（包括中国作家）对于基督教文化精神的观念变化。

1. 教会内部传播

虽然说“文化大革命”的结束和“新时期”的开始意味着中国文学体制又进行了新的组合，但是由于这种组合是在“乍暖还寒”的历史氛围和“心有余悸”的心理背景之下运作的，因此，“新时期”之初的文学体制“集中体现了‘新时期’国家的现代性文化想象和文化意志，在对知识分子合乎其文化意志的文化创造进行鼓励和接纳的同时，它还起到明确的‘边界功能’，即对迥异于国家的现代型设计和文化想象进行了或者是严厉的批评或者是迅速有力的清除的反应和处理，这些方面，往往表现为‘文学体制’和知识分子之间的共谋、裂隙与冲决，而两者之间的复杂关系又会在很大程度上影响知识分子写作的基本面貌和历史命运”。[①] 在这种文学体制影响下的中国基督教文学的生产以及传播，[②] 就如刚被解开裹脚布一样，淤塞已久的血开始流动，但是还没有在全身流通起来，而且随时可能会在某个重要的部位产生某种更大的堵塞，以至于会影响到生命的安危。[③] 诚如刘小枫所分析的那样：“五十年以来，伴随着思想改造运动，知识界的文风向社论语态统一，词汇的选择和修辞及论说方式逐渐丧失了私人性格。文风的转变表明的是思想改造运动的实际效力，它一直持续到八十年代（至今仍然没有完全失效，只是部分语域的失效）。”[④] 因此，此时的中国基督教文学传播主要是在刚刚恢复的教会内部传播。

基督教认为，耶稣基督有两种生存形式，一种是作为被钉上十字架者和复活者的天国——历史的生存形式；一种以教会为自己的尘世——历史的生存形式。《使徒行传》记载，耶稣基督复活升天之后、五旬节之时，使徒们开始见证基督传扬福音，建立基督的教会。而在教会内部传播的中国基督教文学主要是布道文学。

---

① 许志英、丁帆主编：《中国新时期小说主潮》上卷，人民文学出版社 2002 年版，第 22 页。

② 当然，有些基督徒作家由于在文学体制认可的边界之内潜在地表现基督教文化色彩，其文学生产和传播并没有受到文学体制的规约，如程乃珊。

③ 《桥——中国教会动态》1984 年第 4 期编者小语：“近来，国内一些宗教研究工作者，对宗教已有进一步的了解，而且看出前人工作的缺点，这是可喜的一面。不过一般来说，他们还是偏于一口咬定宗教是‘颠倒的世界观’，于是倾向于消极及否定的态度，使信教群众对他们是否能够真正‘正确地认识宗教现象’，是会耿耿于怀的。”另外，文学创作界对于基督教文化思想也是以疑惑甚至否定的态度居多。如对礼平《晚霞消失的时候》的批评争论以及作者本人的自我检讨反思。

④ 刘小枫：《〈读书〉与读书人的变迁——写在〈读书〉刊行十五年之际》，《读书》1994 年第 12 期。

教会必须有布道的使命，因为在教会的职事中，最重要的是布道。布道方式丰富多样，任何信徒，只要向别人传讲福音，或是宣讲耶稣基督的事，或是教导人明白真理，或是见证基督的救恩，都是布道。而运用文学语言、文学技巧把布道的过程表现出来的就是布道文学。优秀的布道文学以散文体居多，往往能洞察对方的精神需求和内心挣扎，采用或者温雅气息的言辞、或者生动形象的比喻、或者诚恳坦率的对话、或者浓郁真切的抒情等文学表现策略，其最终的目的是使对方在获得审美快感的过程中自然获取属灵生命的长进：它们“有火焰般的灵感，泼辣的生命力，更有动人的艺术去表现出来，叫人听着不但觉得可歌可泣，并且觉得它是天上来的徽音，给人以一剂清凉散，烦恼全消，或给人以发电机般的力量，使人鼓舞踊跃。这样的一篇布道文，可以抵得上一部几十万字的长篇小说，或一个 5 幕 11 场的长剧，因为它不是枯燥的说教，而是一首有力的歌曲，有极大的文学价值”。①

毋庸讳言，中国新时期以来的优秀布道文学作品并不是很丰富，可是幸而有以下几部布道文集：李志刚的《丰盛的生命》，王矶法的《恩典与真理》，计文的《说地谈天》、《超越死亡》，季剑虹的《空与满》，谢炳国的《与你分享》，倪光道的《灵程启导》，沈承恩的《赞美上帝》，史奇珪的《史奇珪圣歌作品集》，等等。由于新时期以来特别是初期的文学体制的强大规约、整体知识分子的心理抵制以及传播主体的边缘地位（这三个方面是相互影响、相互制约的），布道文学的传播不得不把受众主体拘囿于没有多少文化但却有着强烈的饥渴、虔诚的心灵和惊人的热情的生活在社会底层的农民，尤其是妇女和老人。根据受众主体的

① 朱维之：《基督教与文学》，上海书店 1992 年版，第 188 页。

特点，他们的布道文学作品或者立足于中国传统文化的根基，通俗易懂、亲切传情；或者保留了现场讲道口语的特点，声情并茂、情真意切；或者是说地上的故事、谈天上的真理的喻道故事；或者于深刻的名言警句和生动的故事寓言中进行死之思考和生之追寻；深入浅出、雅俗共赏；或者融高度的形象性与浓越的情感性、严密的逻辑性与强烈的主体性于一体。以上布道文集虽然没有形成中国特色的独具一格的布道风格，但是基本达到赫尔德的布道要求："静默中的伟大、庄严而非诗的华丽、雄辩而非西塞罗的辞令、有力而非戏剧般的迷人艺术、智慧而非诡辩。"[①]将思想者的深湛、宗教徒的热情和文学者的光彩进行虽非完美但却很好的融合。

传播主体的受众意识决定了布道文学的传播只能局限于各地教会内部传播。因此，我们所看到的以上几部布道文集都是中国基督教两会或者各省基督教两会编印，常常没有出售价格的标志（即使有，也是成本价格），有"内部交流"或者"如果需要请索求"或者"仅供信徒使用"等字样。也就是说，布道文学虽然存在于文学体制所圈定的边界之内，但还"没有资格"像其他文学作品那样变成商品，并参与到商业经济的运作规则之中。这固然保存了文学思想的某种纯度，但同时带来的是传播渠道的单一和交流空间的逼仄。更令人担忧的是，布道文学的文学价值功能时刻有丧失的可能。而其中的原委就是一般的农夫村妇实际上是不能成为文学的读者的。在此，笔者绝无鄙视农民的意思，但是，布道文学的受众主体的知识水平、文化修养以及奉行的希望借助宗教来治病疗伤等实用哲学，使得他们并不是文学的阅读者，充其量只是文字的阅读者。因为真正的文学

---

① 梁工主编：《基督教文学》，宗教文化出版社 2001 年版，第 83 页。

厌恶并拒斥实用主义。

2. 报刊出版传播

进入20世纪80年代中后期以来，中国大陆的基督教氛围发生了很大的变化："社会层面对基督教意识至少在城市区域有明显减弱，基督教的认信在已成为社会基础意识的无神论语境中自发蔓生。尤为引人注目的是文化知识界中出现了宗教意向和对基督信仰的兴趣。这一精神意识之趋向在文学、艺术、哲学和人文科学领域中，尽管实际上不仅不具普遍性，而且显得脆弱孤单，但确有增长的趋势，以至于某些教会权威人士声称，基督教将在教会之外得到更大的发展。"[①] 但是就像康德（Kant，1724—1804）所言，就宗教的精神统治而言，我们现在还不能说我们已经生活在一个"启蒙了的时代"，而只能说生活在一个"启蒙运动的时代"（注：着重号为笔者所加），一个"腓德烈的世纪"，因为只有腓德烈大王"才能说出一个自由国家所不敢说的这种话：可以争辩，随便争多少，随便争什么，但是必须听话"。这是一个给你思想自由、精神自由的同时又设下不可逾越的界限的时代。这个时代通过思想自由、精神自由"逐步反作用于人们的心灵面貌（从而他们慢慢地就能掌握自由），并且终于还会反作用于政权原则，使之发现按照人的尊严——人并不仅仅是机器而已——去看待人，也是有利于政权本身的"。[②] 应"腓德烈的世纪"的需要而建立起来的文化制度、文学体制，同样给予了基督教文化以及中国基督教文学"可以"的权利，并且自身也积极参

① 刘小枫：《"文化"基督徒现象的社会学评注》，《这一代人的怕和爱》，北京三联书店1996年版，第215页。

② ［德］康德：《什么是启蒙运动》，《历史理性批判文集》，何兆武译，商务印书馆1990年版，第28—30页。

与基督教文化精神的传播，[①] 但是同时又时时给予“警告”必须“要听话”。

因为有了文学体制慷慨许可的“可以”的权利，作为参与组建文学体制的重要因素，报纸杂志与出版业开始与中国基督教文学发生了某种互动关系，这一方面打破了基督教文学教会内部传播的狭小空间和单调的传播渠道，另一方面也使得中国基督教文学的生产与传播纳入了整个中国文学产生与传播的大的轨道：不仅缓和了原有的基督教文学创作本身的拘谨不安甚至畏畏缩缩的窘境，而且基督教文学积极地参与了中国新时期以来文学价值的重新建构，并潜在地影响着文学批评的话语形态和方法选择。20世纪80年代中期以来，大陆发表基督教文学的期刊杂志非常繁多，笔者翻阅了大量的报纸杂志（主要是综合类和文学类）后，发现以下35种期刊杂志曾刊登过大量的基督教文学作品，有几个刊物还开辟了某些基督徒作家专栏：《天风》、《花城》、《芙蓉》、《十月》、《青年文学》、《山西文学》、《小说月报》、《钟山》、《清明》、《收获》、《上海文学》、《厦门文学》、《福建文学》、《萌芽》、《人民文学》、《山花》、《芳草》、《长城》、《绿风》、《诗神》、《诗选刊》（原《诗神》）、《诗刊》、《星星诗刊》、《散文诗》、《美文》、《诗歌月刊》、《流放地》、《中国诗乡》、《扬子江诗刊》、《诗林》、《杂文报》、《今朝》、《汉诗评论》、《散文》、《诗歌与人》（民刊，主编为黄礼孩），等等。

遗憾的是，除了《天风》、《花城》、《金陵神学志》（研究神学的学术刊物，偶尔也刊登些基督教文学作品）三个期刊以外，

---

① 有学者统计，从1985年至2002年中国官方出版社出版的有关基督教的书籍超过了300本，这些书籍涵盖教会历史、基督教神学、基督教伦理学、圣经介绍等二十多个方面，对中国人的宗教观产生了重大的影响。（王忠欣：《从中国背景理解基督教文学》，《开放时代》2003年第5期）

其他期刊对于基督教文学作品常常有种“讳疾忌医”的心态，虽然也登载某些基督徒作家的基督教文学作品，但是这些作品的基督教精神往往是潜在的，且在作家简介中也并不标明作家的宗教身份、精神信仰（北村似乎是个例外），甚至在策划的作品欣赏中往往或者有意无意地回避作品的宗教主题，或者干脆只是考察作品文学技巧的变革。这其中的原因是相当复杂的，一方面或许是“慑于”文学体制发出的“要听话”的“警告”，但是另一个令人颇感意外的拒绝发表或者标明基督教文学作品的原因竟然是：基督教文学是对人的灵魂世界的深度思考以及对终极意义的积极追求，这和当下文学读者要“消解深度”、“零度意义”的审美情趣和审美需求是相违背的。而期刊要生存下去，必须以读者为上帝。如果说这样的“原因”是“可理解”而“不可笑”的话，那么，我们就不得不佩服《天风》和《花城》的坚守思想、开拓意义以及探求人类精神家园的勇气、执著和信心了。

《天风》是一份中国基督教向国内外公开发行的杂志，1945年创刊，后来停刊，在中国基督教协会成立的同年即1980年10月复刊。1980—1984年为双月刊，1985年至今为月刊。[①] 《天风》是新时期以来中国大陆基督教文学作品的主要发表园地，先后开设了“葡萄园”、“随感录”、“青草地上”、“守望之声”、“访问记”、“灵里交通”、“青年园地”、“香花畦”等文学性很强的专栏。就文体形式而言，在此刊物上发表的基督教文学作品主要有三类：一是灵修文学。此类作品的数量最多，质量最高。如汪维藩的《野地里的百合花》、《求你寻找仆人》、《荆棘篇》、《圣日默

① 1985年对于《天风》来说意义非凡，这不仅是因为它从双月刊改为月刊，更重要的是从这一年开始，《天风》取消了以往的“免费赠送”而以低于同时期其他期刊的价格出售，这标志着《天风》从隐匿性空间向公共性领域积极转型的开始。

想》，黄广尧的《青草地》，钟时计的《灵程奋进》，周联华的《荆棘中的玫瑰》，计文的《牧场漫笔》，盛足风的《碎饼碎鱼》，邵升堂的《田间默想》以及思竹、意贞的灵修随笔系列等都连载于《天风》。二是戏剧。戏剧成为众多基督徒作家表达信仰的最佳载体之一，而且形式变化无穷，在《天风》上发表的戏剧作品就有圣诞剧、圣经故事剧、宗教剧、叙事剧、抒情剧、道德剧、诗剧、音乐舞蹈诗剧、神秘剧、小品剧、快板剧，等等。三是诗歌。发表此类作品的基督徒作家非常多。如程乃珊、山坡羊、翁溯利、文亦平、施成忠、空夏、陈韵琳、单渭祥、史奇珪，等等。另外，在《天风》上发表的基督教文学作品还包括喻道故事、小小说、寓言、随感录、报告文学、圣经人物传记、游记、对联等形式，可谓精彩纷呈、变化多端。当然，作为一种宗教期刊杂志，与其他的一些期刊杂志相比，《天风》的传播空间还是相当狭小的。大致说来，主要有三个传播空间，一是各地教会，二是神学院，三是宗教研究所（绝大多数设有哲学系的高校也不订阅《天风》）。进一步说，通过《天风》传播的中国基督教文学的宗教价值得到了几乎是淋漓尽致的挖掘与体现，而其文学意义却很少有人问津。也就是说，作为一种特殊的文学样式并没有进入读者的阅读视野和批评者的批评空间。而这种缺陷幸好有以上的文学期刊尤其是《花城》作了一部分（注意：仅仅是一部分而已）的弥补。

自 1979 年创刊以来，《花城》就一直正视人类所面临的生存挫折、生存焦虑和精神困境，在形而下的时代，执著于形而上的“现代流向”，[①] 呼唤精神自由、生命力度和终极关怀，而这种呼唤正是体现了它的先锋性和探索性的办刊主旨。也正是如此，有

① 从 1987 年第 3 期开始，《花城》推出“现代流向”的特色栏目。

的学者将《花城》的风格概括为“彼岸性”，并认为“由于《花城》以及中国其他刊物的意义坚守，有一些暗哑的声音开始发亮，有生长的气息开始正冲出地表”。[①] 中国基督教文学正是经过《花城》的传播“开始发亮”，“开始冲出地表”。《花城》发现并张扬了北村——这个在中国基督教文学中具有先锋性和标杆性的作家的宗教精神和文学精神。1992 年 3 月，北村皈依基督信仰，1993 年第 3 期《花城》就发表了“精神的报告文学”（北村语）《施洗的河》，并同年由花城出版社出版。这是中国文学史上一件引起轰动的精神事件，它标志着中国基督教文学已经正式冲出历史的迷雾，发出自己的声音。随后《花城》又连续出版了《孙权的故事》、《北村诗 8 首》、《安居》、《他和我》、《东张的心情》等北村的文学作品。

《花城》对于北村的基督教文学作品意义的展示与挖掘是有着翔实而周密的策划的。仅以《花城》1994 年第 1 期和 1998 年第 2 期为例。这两期的执行编辑都是亲手操办“现代流向”的文能，他是中国文坛上一位知名的编辑。有学者如此评价他以及他的编辑立场：“他对于那些从灵魂深处生长出来的语言感同身受，他对于那经由沉思静虑过后的字眼有几经狂热的敏感”，文能渴望通过《花城》把“思想者的恢闳之气吸引过来，借以扫除浮靡无聊之风”“使人类日渐暗哑的声音恢复到它的洪亮深沉，这是具有远见卓识的”。[②] 在这个编辑立场的指导下，这两期《花城》无疑就具有了精神的深度和哲学的品位。先看 1994 年第 1 期的《花城》，共有七个栏目，其中“中篇小说”发表了北村的《孙权的故事》，其主题是“罪恶—忏悔—救赎”。而除了“长篇小说”

---

① 艾云：《〈花城〉的彼岸性》，《当代作家评论》1994 年第 6 期。

② 同上。

和“中篇小说”以外，其他五个栏目或者为评骘北村小说提供的另外两种可资比较的宗教书写形态，即史铁生的短篇小说和张承志的散文；[①] 或者干脆就为《孙权的故事》作一个理论注解，在“现代流向”栏目中刊登了墨哲兰的《“忏悔”的皈依》，其对于小说价值的判断也就不言而喻了。而发表于“花城论坛”的《无神的庙宇——20世纪神话诗学问题》，单从标题来看，似乎与北村的神性书写相冲突，但实际上“大凡最古老的宗教经典都有这样的特点：把世俗的历史和超世俗的宗教信仰和神话传说完全无意识地结合在一起。这反映了远古时代的人根本没有想到要区分它们”，[②] 从中可见编辑的良苦用心和深厚的理论根基。同样，1998 年第 2 期的《花城》发表了北村的《东张的心情》和北村随笔《失了味的盐》，还同时刊登了多次评论北村及其作品的基督徒评论家谢有顺的散文《怯懦在折磨着我们》、蔡翔的《有关“自由”问题的阅读笔记》。这些文章主要是反思当代中国的精神立场。而这种反思正好与北村的良知写作和其小说所展示的文化心理、人类困境相互辉映。

出版社也参与了中国基督教文学的生产与传播，它通过一系列的文学策划和商业运作，将文学史上的失踪者——中国基督教文学作品进行逐步的身份还原，使之逐渐地成为一种社会读物。除了北村（如果没有先锋时代的光芒，或许北村的神性写作也不会引起极大的关注）以外，许多不为人所知的中国基督徒作家开始走进了人们的阅读视野。其中，大众文艺出版社以“叩问文

① 涂险峰发表于《文学评论》2004 年第 1 期的《神圣的姿态与虚无的内核——关于张承志、北村、史铁生、圣·伊曼纽和堂·吉诃德》中就对三种宗教书写形态进行了深入而独到的比较评价。

② 张庆熊：《基督教神学范畴——历史的和文化比较的考察》，上海人民出版社 2003 年版，第 20—21 页。

丛”为名，已经或者将要出版黄梵的《第十一诫》、丹羽的《归去来兮》、齐宏伟的《野麦子》、北村的《北村诗集》、林鹿的《三千年不老的情歌》和施玮的《放逐伊甸》。这是中国出版史上第一次明确为众多中国基督徒作家所出的系列丛书，其意义不容忽视。另外，新华出版社出版了张晓风的灵修小品文《缘分的馨香》，中国工人出版社出版了张文亮的《牵一只蜗牛去散步》，海风出版社出版了黄礼孩的诗集《我对命运所知甚少》，文化艺术出版社出版了林鹿的《母爱星空雨》，内蒙古人民出版社出版了小麦子的女性灵修小札《花香常漫》，中国社会科学出版社出版了萧潇的《爱的成就——圣母玛丽亚传》等基督教文学作品。这昭示着中国基督教文学作为一种文学样式存在的合法性。

在香港地区，刊登中国基督教文学作品的期刊也比较多。其中《文艺》对中国基督教文学的发展功不可没。它是由热爱文学的基督徒如黄道一、何世明、余达心、黎海华等发起，以香港基督教文艺出版社为基地创办起来的。《文艺》主要致力于探讨沟通“宗教”与“文艺”之间的关系，培养了一大批基督徒作家，如梁佳萝（即梁锡华）、胡燕青、谷颖、思果等。尤其是编选了《梁锡华小集》、刊登了他的《基督教文学的辨与辩》以及《基督徒的创作历程》等论文，扩大了基督教文学的影响。正如王列耀所评论的那样：“《文艺》在不以信仰取代艺术的基础上，仍然从尊重文学、发展文学的角度出发，沟通着宗教与文学的关系，沟通着基督教文学、基督徒作家与社会大众的关系，达到了把《文艺》办成读者与作者对话场所，文艺垦丁们的园地，社会与教会的桥梁的目的。”[①] 就出版社而言，在香港有专门的基督教文艺出版社，在台湾有校园书房，它们都出版过大量的有很高艺术价

① 王列耀：《〈文艺〉杂志与香港文学》，《香港文学》1996年第141期。

值的中国基督教文学作品，在北美则有宁子创办的大型基督教文艺季刊《蔚蓝色》。

3. 网络空间传播

一种新的技术的出现，其意义可能只是技术性的，而不具有哲学和文化的内涵；也可能是价值性的，将带来观念改变以至革命。网络技术的出现无疑是属于价值性的。就文学而言，网络技术的横空出世以及骤然发展增添了文学两端的张力，一方面文学赢得了前所未有的传播空间与传播速度，另一方面，文学撤销了作品发表之前的一切审查机制，获得了传统文学孜孜以求的文学创作最为重要的自由感。而历史似乎在一刹那发生了某种飞跃——长期以来受到压抑或者一直处于潜在状态的中国基督教文学找到一个喷发口，一下子冲决而出。无疑，中国基督教文学也是网络文学的一种，但是它绝少在一些诸如“榕树下”、“花招”、“橄榄树”、“黄金书屋”等一些著名的文学网站上传播，而是有自己特有的传播领域。

可以说，关于基督教和基督徒的网站多如繁星，但是从整体上来说，虽然在各个网站中也偶有文学作品出现，但是绝大多数作品要么是沉没于神学术语之渊，要么是即兴之作，缺乏灵动的生命感悟，真正有个性的基督教文学作品是少之又少。但是有三个基督教福音类综合性网站应该是个例外。一是“旷野呼声”。这是一个专门的基督教文学网站。此网站设立了“信仰诗选”、“信仰随笔”和“小说杂文”三个专栏，发表了大量基督徒作家的文学原创作品。其中，施玮的散文诗《十架七言》，茉莉花的《一颗心》等诗歌，典雅之爱的短篇小说《麦子》、《台阶》以及《月亮岛短篇故事集》，沐雪冰蕊的长篇小说《归宿》等都是优秀的中国基督教文学作品。二是“福音传播联盟”。这是由基督徒作家空夏创办的一个网站。此网站专设了“基督徒作品”和“空夏家园”，旨在“力求通过对爱的倾诉展现神的博爱、悲悯及对人类的永恒关怀，力求通过艺术弘扬人类的追求，展现在诗、文的王国中努力向上的精神漂泊者的心声”。其涉及的主要基督徒作家有空夏、施玮、鲁西西、黄礼孩、于贞志、林思涵、沙光、黛宁、王少农、喜善等。三是“信仰之门”。这是一个以“让信心穿越恒心，从信仰观照世界”为宗旨的著名网站，办有《信仰网刊》，其主编为站长思路和基督教学者、作家范学德。文学的繁荣是由两部分构成的：文学文本与文学评论。任何一种文学形态的繁荣都必然是两方面繁荣的组合。深谙此道的《信仰网刊》不仅在“诗性空间”发表了北村、鲁西西、施玮、北岛、江登兴、范学德、陈韵琳、海平、海啸以及空夏等基督徒作家的作品，还专辟了“文化视角”，专门刊登关于基督教文学的一系列评论文章。另外，为了给基督教文学作品的解读提供一个神学的背景，网刊还专设了“信仰史话”以及“神学文献”等。可以说，《信仰网刊》已成为中国基督教文学作品传播的一个重要园地。

如果说以上的三个网站是基督徒作家的集体家园的话，那么“施玮工作室”、“空夏翔鹰工作室”以及“鲁西西、刘尔威母子工作室”则是基督徒作家的个人天地。在这个天地里，作家可以按照自己的个性全面地展示创作历程、文学观念、思想动态以及精神世界。如在“施玮工作室”中，作者专门开辟了“生命长吟”、“短章组诗”、“诗剧与‘神州’”、“中短篇小说”、“散文随笔”、“长篇小说连载”、“友情和唱”以及“联系作者”栏目。内容丰富、生动、翔实。另外，还有一种迥异于个人工作室的私人化空间，就是近年来颇为流行的博客。博客（Blog，即 web＋

log）即个人互联网发布方式，也被称为“网络日志”，通常表现为一个以个人为单位的经常更新的发表信息的 Web 页面。与个人工作室相比，博客更注重平等自由的对话交流。当博主将自己的博客的链接地址告诉其他人的时候，他们之间就形成了典型的人际传播过程；即使告诉不认识的人，同样也是这种性质的人际传播。人际传播在本质上说是个人之间交换精神内容（意义）的活动。[①]“物以类聚，人以群分”，这种现象体现在互联网的博客上尤其明显。比如，中国基督徒博客主要聚集着一些基督徒，或者是对基督教信仰有着浓厚兴趣的人，或者是从事基督宗教研究的学者，等等。目前，中国基督教文学作家中北村、丹羽、江登兴、天婴、那岛、徐徐、基甸、茉莉花、毗努伊勒等都拥有自己的博客。基督徒作家的博客，给作家与作家之间、作家与读者之间进行心灵的对话与精神的交流提供了一个自由平等的平台。不仅可以让作家与读者双方都找到更深远的自我价值，而且使得中国基督教文学得到了广泛而有效的传播，对于中国基督教文学的成长有着深远的影响。

在网络空间传播的网络文学大多数是原创性作品。文学的自由精神恰恰体现在原创性方面。从某种意义上来说，原创性可以视为人们想象力、激情——人们内在生命的说明。但是原创性也是一把双刃剑。率真、自由——网络文学的本来极为正常合理的情感价值取向在很多情况下被扭曲，异化成为纯粹的游戏冲动和娱乐奴隶。[②] 自我表现欲望的驱动和追求绝对的自由，使得各式

---

① 郭庆光：《传播学教程》，中国人民大学出版社 1999 年版，第 85 页。

② 网络高手宁财神说他的写作目的就是：“为了满足自己的表现欲而写、为写而写、为了练字而写、为了骗取美眉的欢心而写，当然最可心儿的，是为了在网上度过的美丽而绵长的夜晚而写”（杨新敏：《网络文学刍议》，《文学评论》2000 年第 5 期）。

各样的心态四处散播，加剧了本就浮华的时代的精神污染。与其他网络文学更多地沉溺于游戏冲动相比，中国基督教文学更重视精神深度的挖掘与表现，守望着自己的精神乐土，更具有乌托邦式的诗情和神性的情怀。

第二章

中国圣经文学

实事求是地说，纯正的中国圣经文学创作是微乎其微的。而中国圣经文学要想成为一种成熟的文学形式、一个丰盛的文学园地，则需要更为艰辛、更为孤独的原创性耕耘。这种原创性耕耘要求不论作家如何进行内心格斗、精神折磨甚至是灵魂撕裂，生命意识必须是纯洁挚爱、无穷流动的。"生命的产物独立地和生命相对抗，代表了生命的成就，表现了生命的独特风格。这种内在的对抗是生命作为精神的悲剧性的冲突。生命越是成为自我意识，这一点便越是显著。"① 这是一个很少有人能企及的创作境界。令人欣慰的是，当下有一些作家以真的信念、真的性情和真的生命正努力地接近这个创作境界，或者说有一两位作家在某个时段已经完全沉浸于此。其中，施玮、鲁西西、萧潇、北村等堪称中国圣经文学的翘楚。

---

① ［德］西美尔：《现代人与宗教》，曹卫东等译，中国人民大学出版社 2003 年版，第 38 页。

一　中国圣经文学的命名描述

笔者提出“中国圣经文学”这个文学命名并不意味着要寻找一个“在场的形而上学式”的关于中国圣经文学的定义，因为正如德里达所认为的那样“在场的形而上学”只不过是一个神话，而是试图在比较否定之中描述并彰显中国圣经文学的具体内涵和基本特征。毕竟命名的一个重要意义在于，命名的对象从混沌之中浮现出来，它的单独存在为一个响亮的概念所肯定。

《圣经》是西方文化根基和经典的基督教圣书。归根结底，中国基督教文学作家是从《圣经》中获取基督教文化精神元素的。从泛化角度而言，中国基督教文学就是中国圣经文学。如果这样理解的话，“中国圣经文学”的命名就失去了必要性，其独特性就会被湮没。因此，笔者所说的“中国圣经文学”是中国基督教文学的一种特殊的书写形态，是一个狭小的概念，它必须是直接选用圣经素材的。圣经素材是中国圣经文学存在的前提和基础，是判定某部作品是否是中国圣经文学的底线。当然，并不是说，凡是取材于圣经的作品就是中国圣经文学，作为中国圣经文学还存在着一个核心性因素，即必须是在圣经的生命视界中体悟和感知人的生命存在。

歌德在论莎士比亚时曾发出这样的感慨：莎士比亚给我们的是银盘子装着的金橘，我们通过学习，拿到了他的银盘子，却只能把土豆装进去。我们也不禁这样发问，《圣经》给了中国文学作家的是银盘子装着的金橘，我们通过学习，是否拿到了这个银盘子？或者这样问，拿到了银盘子后我们装了些什么？土豆？西红柿？还是金橘？或者还可以这样问，我们是如何看待这个银盘子里的金橘的?

先来看这个“银盘子”。新时期以来的诸多作家可能会对《圣经》的宗教教义表现得不以为然甚至非常反感，但对《圣经》的文学形式因素特别是语言风格却颇为赞赏，尤其是在既成的形式功能开始丧失之际。“如果出现丧失了功能的形式，这是因为现在的思想和行为不再与正在转化中的结构相对应，人们正在创造一种新的理性，即一种新的能具备功能的结构。”[①] 如此，《圣经》则被这些作家们视为一种重要的形式资源，参与他们寻求“新的能具备功能的结构”形式的艰辛历程，并发挥了积极的作用。譬如，莫言在创作《丰乳肥臀》时曾仔细地研读了《圣经》。喜爱语言“繁复”风格的他也非常看重《圣经》的那种舒而不缓、简而不浅的语言特色。小说中有一段描写马洛亚牧师对母亲感人肺腑的赞美,[②] 完全是从《旧约·雅歌》里摘引的。这一方面使得作品洋溢着浓浓的充满着肉感的男女情爱，这种情爱带有一种人类未进入成年阶段的莽撞、纯真的气质，这是一种现代人所无法模拟的情感和气质；另一方面，由顿呼比喻的修辞、平行对称的结构、清新可触的情感以及温柔有力的抒情所融合起来的雅歌式的语言文体，使得人物形象更加形神兼备、情趣盎然，产生韵味无穷的艺术魅力。还有马原——这位被人看成设置叙述圈套高手的作家，曾对格非说：最好的小说应该是兼顾大众的，他总是举《圣经》为例，认为《圣经》是世界上最好的小说。[③] 马原有意无意地接受

---

① 陶东风:《文体演变及其文化意味》，云南人民出版社 1994 年版，第 279 页。

② “……我的妹子……我的佳偶……我的鸽子……我的完人……你的大腿圆润好像美玉，是巧匠的手做成的……你的肚脐如圆杯，不缺调和的酒……你的腰如一堆麦子，周围有百合花……你的双乳好像一对小鹿，就是母鹿双生的……你的双乳，好像棕树上的果子累累下垂……你鼻子的气味香如苹果；你的口如上好的酒。”

③ 林舟:《生命的摆渡——中国当代作家访谈录》，海天出版社 1998 年版，第 24 页。

了《圣经》的那种简约而含蓄、平淡而强劲的语言风格，并开始抛弃以往小说的那种“离事物越远越好”的“能指游戏”，特别“强调小说语感，用明白如话的节奏感极强的现代白话写作”。[①] 再譬如余华20世纪90年代的文学作品，依稀可见“放逐—漫游—还乡”的圣经式叙述结构。[②]《呼喊与细雨》中孤独的“我”似乎永远处于被驱逐的境地，漂泊于“细雨”的绝望之中，但一个“哭泣般的女人”却在不断地“呼喊”着“我”走出“细雨”，去迎接阳光和雨露，播下生命的种子。而《许三观卖血记》则是《马太受难曲》的中国版本和现代诠释，“主人公不断丧失某种有价值的东西”，[③] 又重新寻找生存苦难中的温馨，最终生命返宫，重新确立了生命的价值和生存的意义。如此，“放逐—漫游—还乡”已然成为余华小说叙事的深层结构。

以文学的生成机制视之，莫言、马原、余华虽然在某种方面和某种程度上，证明了中国新时期文学中的反传统，并以此建构一种新的文学传统，有着潜在的《圣经》根源。但是他们仅仅是把《圣经》作为形式资源，而且只是各取所需，仅仅获取了一些零星碎片、边边角角而已。《圣经》的生命精神并没有在其作品中体现，或者说没有占据支配性的地位，这样的文学作品自然不是中国圣经文学。实际上，中国圣经文学在获取圣经素材之后，其文学表现并不会拘泥于《圣经》的文学形式。相反会因作家自身个性创作而显得丰富多彩，但其内在的生命境界是与圣经精神相

---

① 林建法、徐连源主编：《灵魂与灵魂的对话——中国当代作家面面观》，浙江文艺出版社2004年版，第63页。

② 从表象来看，《圣经》的叙述结构显得杂乱无章，但其内在却隐含着一条的相当连贯明晰的叙述红线，即“放逐—漫游—还乡”：人类由于不断地违背上帝的旨意，背负着“原罪”而不断地遭遇“放逐”，“漫游”于充满苦难的旷野异乡，最终决定精神“还乡”，投入上帝的怀抱。

③ 余华：《重复的诗学》，《当代作家评论》1996年第4期。

通的。诚如中国圣经文学作家施玮所言，中国圣经文学与《圣经》的“种子”是一样的，“里面的生命本质是一样的，但形式不可能一样，表达的方式不可能一样，关注点不可能一样”。[①] 或者说，形式只是进入生命天梯的一个外部轨道，而我们判定一部作品是否是中国圣经文学是不能依据“轨道”，而要凭借“天梯”。

退一步来说，即使拿到了“银盘子”，但却装上了“土豆”或者其他什么东西的话，那也不是真正的中国圣经文学。“金橘”才是中国圣经文学的生命之魂。仅以王蒙的《十字架上》为个案来分析。

王蒙对于《圣经》应该说是相当熟悉的，他在《白先生的梦》、《白衣服和黑衣服》等作品里都恰到好处地引用并演绎了《圣经》中某些语句和意象。而他对于耶稣十字架上受难的故事印象尤其深刻。“远在上小学时代听老师讲到十字架的故事的时候，我就为之惋惜不已并战栗不已”，这虽然是他的短篇小说《十字架上》中的一句话，但却是王蒙的真情告白。但王蒙是属于刘小枫所界定的“解放一代”[②] 的作家。他有着“解放一代”所特有的那种强烈的革命身份的认同感：“我的第一身份是革命者”，[③] 而这种认同感的强化期正是作为右派作家的王蒙个人生命周期的一个重要阶段。因此，他虽然“多经社会磨难，依然很难在知识类型以及价值意向上失范于意识形态的话语和组织运作”，[④] 这就决定了他的《十字架上》所表现的内容与《圣经》

---

① 2005年5月6日施玮给笔者的信。

② 主要指“三十—四十年代生长、五十至六十年代进入社会文化角色，至今尚未退出角色的一代”（刘小枫：《这一代人的怕和爱》，北京三联书店1996年版，第125页）。

③ 王蒙：《“我只是文化蚯蚓”——王蒙在南京大学与师生、记者的对话》，《羊城晚报》2000年7月20日。

④ 刘小枫：《这一代人的怕和爱》，北京三联书店1996年版，第129页。

中的十字架故事是截然不同的："小说本身没有对基督教进行批评，也没有对基督教进行赞扬，也根本不是这个内容。"并且对于某些宗教界学者对作品的喜爱，王蒙表示了吃惊和不解。[①] 实际上，王蒙是借助由耶稣殉难演化而来的"十"字——这个基督教文化强大生命力的根株，来探讨反思在具体的历史进程中国家、民族以及个人的生存处境和苍凉心态，"十"字成为他解构传统意义话语和建构新的意义话语的精神资源之一。可以说，作品是在十字架这个"银盘子"中，装上了一个沉重的"颇有醒世警世作用"的革命"土豆"。

首先，从引言"另传一个耶稣"明确可见，作者并不是信徒，并不是想创作出基督教文化经典中的耶稣形象，而是以耶稣自况"我就是耶稣"来观察描摹世间芸芸众生的各种精彩表演；其次，西方十字架的故事被置于中国的现实背景之下。作者运用耶稣行神迹来反衬的叙述策略，批判了处于政治癫狂状态的人对所谓具有"特异功能"的人的"现代迷信"。作者用较长的篇幅描述了以色列人和犹太人的内部纷争，来讽喻"文化大革命"时期中国人对于权力话语的无限迷恋和沉醉的病态心理："人们恶狠狠地相互斗红了眼"，"把压倒对方看得比维护自己的生命还重要"，而"这就是我们的民风民俗"。作者表面上是在叙述西方的耶稣受难的故事，但他总是在不经意间把我们的目光拉到中国"文化大革命"的社会场域中："耶稣，快发挥你的威力让我的洋洋得意的邻居的三层楼房倒塌！如果他的房屋倒塌不了你就发动一次地震吧！断层地震，不容含糊！砸死他！砸死他！即使陪着死一百人也要砸死他！"而这恰恰是鲁迅所批判的中国人喜欢在

① 王蒙、王干：《文学与宗教》，《王蒙王干对话录》，漓江出版社 1992 年版，第 24 页。

黄鹤楼上看别人翻船的看客心理的真实揭示，也因此具有了巨大的历史深度。“这是鸦片！这是毒品！它麻痹我们的意志，污染我们的心灵……打倒它！揭穿它！批臭它！”充斥于作品中的具有强烈的造反意识的“文化大革命”语言也在时时提醒我们，这是发生在中国的十字架故事。最后，颇耐人寻味的是第九部分“拟《新约·启示录》”。一方面“拟”字再次强调作者的创作态度，另一方面，通过具体形象地描绘着四头牛的“后蹄乱踢，捕风捉影，奔尘作烟”的丑态，批驳“文化大革命”中各种言论的荒谬绝伦，尤其在所谓中国出路这个严肃的问题上，更是让人啼笑皆非：“在出路问题上都推荐对方红烧，大体认为红烧要放酱油放番茄放葱姜蒜花椒八角咖喱，焖在高压锅里将给对方带来更大的痛苦，给自己带来莫大的喜悦。”一个国家、民族的未来就这样成为一场所谓的“红烧”争论，这是对特殊情境下中国国民性格缺陷的大暴露和大讽刺，这是一种戏谑智性的敞开。

王蒙是个坚定的理想主义者和社会改革家，他绝对不允许各色鬼魅力量的为所欲为。因此，王蒙虽然确实很细腻、很丰富地走进了耶稣的内心世界，“接近”了“十字架”的奥妙：既是“受难”，又是“荣耀”。但他只是借用了耶稣的眼睛透视人间的政治闹剧和人性悲剧，在沉痛、扼腕叹息之余，批判颠覆“文化大革命”话语意义功能之后，他迫不及待地要重新确立能代表新的话语意义功能的形象，并使之能很快地转化为坚定的社会行动者和革命者。而这个形象表面上是十字架上的耶稣，但实际上是具有强烈的责任感和使命感、始终坚守启蒙重任和批判精神的“我”，体现了中国知识分子在历史的转折关头所具有的精英意识、启蒙立场和拯救使命。

从以上的分析我们可以确定王蒙的《十字架上》并不是中国圣经文学。虽然说当中国知识分子处于思想低迷、精神困惑之际，《圣经》总是不失时机地给予一定的精神“援助”。但是这种

“援助”常常是局部的、碎片的精神飘影，甚至被作家们误读、改造。当被问及《奶与蜜》为什么要引用《圣经·出埃及记》时，阎连科说“这可能是为了获取某种照应关系”。[①] 的确，对于一部分作家而言，《圣经》中的某些精神元素恰好与他们的精神表现发生了某种意义上的对应契合。于是，这些精神元素就成为作家们“获取某种照应关系”的精神资源之一。但这种带有强烈横移意味的精神资源，由于中西文化背景的差异，常常又会给中国作家们带来些许意想不到的尴尬，使得其精神的表现有穿凿附会之嫌，甚至因为自我生命的过度缺席而导致圣经的精神资源沦为某种符号，从而丧失了文学自身存在的价值和意义。就像舍勒所认为的那样，精神虽然是一种高级的形式、存在和价值范畴，但如果没有个体生命的支撑，那么精神就会显得软弱无力。因此，他认为：“精神与生命这两个原则在人身上是互为依托的：精神把生命观念化，而只有生命才有能力把精神投入到行动中，并把精神变成现实。无论是从最简单的行为刺激起，还是一直到完成一件我们认为具有精神意蕴的产品上，都是如此。”[②]

那么，中国圣经文学的“金橘”到底是什么呢？克尔凯郭尔曾经形象地把《圣经》比喻为“镜子”，而这“镜子”就是“上帝的言辞”。那么，如何来照镜子呢？作为虔诚的基督徒，克尔凯郭尔极力地反对“看镜子”、“观察镜子”，而特别主张“要在镜子中自己观照自己”。[③]《圣经》是上帝的言辞，也是生命的留

---

① 姜广平：《经过与穿越——与当代著名作家对话》，广西师范大学出版社2004年版，第113页。

② ［德］马克斯·舍勒：《人在宇宙中的地位》，李伯杰译，贵州人民出版社1989年版，第67页。

③ ［丹麦］克尔凯郭尔：《基督徒的激情》，鲁路译，中央编译出版社2001年版，第8—9页。

言。它以一种特殊的方式即神圣的十字架事件凸显着个体的生命意义：在人和上帝的相遇中，个体重新理解自我，获得一个超越有限性的神性维度，并进而从生命的绝境和虚无的内核之中突围出来，于是，“曾消散于宇宙之无边的生命意义重又聚拢起来，迷失于命运无常的生命意义重又聪慧起来，受困于人之残缺的生命意义终于看见了路”。[①]《圣经》的这种对于个体生命意义的极力尊重和凸显，才是《圣经》提供给中国作家的“金橘”。而这对于那些在技术化、欲望化逐步膨胀，追寻生命意义的信念和能力却日益萎缩的时代中，执著寻求永恒的终极价值和生命意义的中国作家而言，无疑具有极大的诱惑力。中国圣经文学作家正是在《圣经》的生命之镜中观照个体生命存在的本身，形成了以生命本体论为核心的文学观。

在此，必须要强调的是所谓圣经的生命视界并不是固守圣经的教义内容，而是其蕴涵着的生命精神，而且这种精神具有流动性和灵动性。正如朱维之在《基督教文学与文学》一书中所说：“文学每随时代而演化，基督教也随着时代在不断地演化。文学青年万不可以为基督教是一成不变的，它在过去悠久的历史中，不知演化了几多次，现在正要演化为新时代的基督教，跟新时代的文学将趋于同样的步调。”[②] 中国圣经文学作家往往抛弃了传统教义的某种羁绊，将作家的精神心理结构和审美心理结构作用于《圣经》典籍，并不断通过作家个体生命情感和审美体验的彼岸化，不停地重塑圣经生命精神，使之具有现代性的多元内涵和生机勃勃的生长能力。

---

① 史铁生：《宿命的写作——在苏州大学〈小说家讲坛〉上的书面讲演》，《当代作家评论》2003 年第 1 期。

② 朱维之：《基督教文学与文学》，上海书店 1992 年版，第 6 页。

中国圣经文学必须去寻求《圣经》所给予中国作家的“金橘”——对个体生命价值的张扬，但是优秀的中国圣经文学应该能够有效传达这样的生命观念，具有强烈的审美感染力。也就是说，“金橘”应该用“银盘子”来盛才更能显出其亮色和力度。因此，我们反对中国圣经文学成为圣经神学术语的奴仆。中国圣经文学作为一种独特的文学类型，必然要具有“文学性”的审美品格。如果失却了这个审美品格，那么圣经文学（基督教文学同样如此）的精神价值和审美价值将无法实现，我们的研究意义也就不复存在。当然，使得中国圣经文学合法性存在的最后一个条件是必须用汉语进行创作。

总之，在笔者看来，一部用汉语创作的文学作品如果取材于《圣经》，并且是在圣经生命视界中审美地传达个体的信仰感悟和生命意义，那么这样的作品就是中国圣经文学甚至是优秀的中国圣经文学。

二　圣经精神形象的汉语书写

瑞士神学家巴尔塔萨（Hans Urs Von Balthasar，1905－1988）是20世纪西方最重要的神学美学家。他的神学美学要求读者一定要由言入象，即从《圣经》的语言进入由语言所呈现的形象。并且只有通过一种按照神学原则认为所是的形象，我们才进入了审美之维。这里的神学原则认为所是的形象显然不是我们世俗社会中的某种客观形象，而是神学中的精神形象。巴尔塔萨说：“只有在精神空间——不管该空间是已经敞开，还是刚刚开启——之中的形象，才是真正的形象，才有权获得美的名称。而且由于这个世界中的精神总是处在天堂与深渊的断决之中，所以一切形象美都会处在这样一个问题的阴影之中：即哪一位主的荣耀照射着形象。当然，即使是悄无声息地观照物的精神达到共通的观照者的精神，将来不是表现为个人的精神，就是表现为对美的现实生命并没有影响的时代精神和时代野蛮思想，艺术作品如果被过多无聊的目光所触及，就会失去活力。”[①] 形象是文学的魅力之源。中国圣经文学的作家们正是将自己的情感能量投射到圣经精神形象之中，并在其间确认自我、展示自我的情感需求和生命欲望。这是一种在圣经之镜之中的自我凝神观照。显然，这种观照既不是对象性的“认识”，也不是功利性的“实践”，而是“一种爱的能力，是表明对艺术品的在场，是全身心地呈现于它的行动……最终的目的在它自己身上重新创造出艺术品，但是与艺术品相一致。一种价值只有在精神中使之诞生或出现才完美地存在”。[②] 笔者以为，中国圣经文学主要塑造出三种《圣经》精神形象，即创世纪形象、十字架形象以及诸多人物形象。

中国圣经文学作家们似乎都比较喜欢阅读《圣经·旧约》，施玮就曾借《被逐伊甸》中的主人公表达了这样的观点并道出了原委：“戴航读《圣经》的时候比较喜欢旧约，那些似乎是可以贴近也可以远离的，可以远远地当作故事，当作一种虚妙的背景而放着。可是新约里的话却常常是贴近而无可推拒，硬生生地扎进里面去，像一个没有礼貌的‘客人’。”的确，阅读《圣经·旧约》常常会使人浸淫于一种梦幻的浪漫主义气氛和浓郁的神秘主义世界之中，而“神秘主义是人的意识发展中两个意识或两个阶

---

① ［瑞士］巴尔塔萨：《神学美学导论》，曹卫东、刁承俊译，北京三联书店2002年版，第45—46页。

② ［瑞士］马塞尔·莱蒙：《存在与言说》，转引自郭宏安《“日内瓦学派”：学派的困惑》，《欧美文学论丛》，第三辑《欧美文论研究》，人民文学出版社2003年版，第131页。

段的相遇之处。一个是原始的，另一个是发展的；一个是神话世界，另一个是启示世界”。[①] 鲁西西和施玮的同名作品《创世纪》就体现了这两个阶段的相遇。对于大多说诗人而言，“神话是诗歌与宗教的共同因素……宗教神话是诗歌隐喻合法的、规模巨大的源泉”，[②] 而对于同为诗人、同为基督徒的她们来说，这种艺术思维方式表现得尤为明显。她们同时选择了创世纪这个神话故事，不仅是因为创世纪作为一个神话故事是与人类起源密切相关的文化现象，又是一个具有普遍性和相通性的精神遗存现象，容易跨时空地引起民族之间、人与人之间的对话，更多的是因为创世纪是上帝对创造物施爱的开始，而“开始”就意味着开放性与敞开性。“这片敞开的领域一开始就埋藏着丰富的神圣财富，诸如上帝身上的和平、极乐和神化、罪的消除、悄悄在场的天堂，亦即真的美用以安慰我们的一切”，“这片敞开的领域是‘诸神’的家园，也是他们所遇到的天赋和本真经验的家园”。[③] 在鲁西西和施玮看来，家园的永恒存在必须通过赞美来实现，她们都渴望自己“成为一个有歌可唱的人”（鲁西西《星期天》），并在赞美歌唱中承纳意义的到场。于是她们创作了《创世纪》。

同为赞美之作，两部作品却表现出不同的策略和风格。鲁西西的《创世纪》是一首只有 9 行的短诗，而且更为独到的是，其内涵的意蕴又仅仅通过三个简单不过的数字即“1、2、3”来传达：“让我先说说 1 吧，这是多美的第一天/我不得不把 1 当作一

---

① ［德］G. 索伦：《犹太教神秘主义主流》，涂笑非译，四川人民出版社 2000 年版，第 22 页。

② ［美］雷·韦勒克、奥·沃伦：《文学原理》，刘象愚等译，北京三联书店 1984 年版，第 208 页。

③ ［瑞士］巴尔塔萨：《神学美学导论》，曹卫东、刁承俊译，北京三联书店 2002 年版，第 20 页。

个音节/凡歌里有1的，这歌就不是孤独的//当我说到2，我们就开始含笑，/因为有了爱情，就有了指望，/特别那爱情，是我们骨中的骨，肉中的肉。//3是众人，土地，是大多数，/这么多的儿女，果园，和香柏树，我爱他们，/但是没有感到心满意足。”简单而不失深刻，“1、2、3”不仅暗示着上帝从无到有的创造过程，而且表征着存在、生命、爱情以及自然之间纵横交错的联系的伟大生成，而这种生成又时刻地显示着上帝的无不在场，显示着神圣源泉的无限流淌。可以说，“1、2、3”虽然是三个单一的数字，但却是诗人心目中最富有形象性的存在，因为这个形象性的存在能够迸发出永恒的美的光芒，使她入迷，让她陶醉，甚至于永远“没有感到心满意足”。

如果说，鲁西西的《创世纪》是一种“含笑”的、缓缓流动着人性之美的轻音乐，那么，施玮的《创世纪》则是一曲高亢的、充满神性力度的大合唱。施玮的《创世纪》是当代中国第一部大型宗教性诗剧。诗剧是一种戏剧体的诗歌，它既有戏剧的外形：戏剧角色、戏剧结构以及戏剧冲突等，更有诗的内蕴：诗情、诗景、诗韵和诗境等。施玮正是在这两者的交叉、融合中演奏她的大合唱的。就结构而言，整部诗剧几乎是《圣经·创世纪》的翻版：全篇由序幕（创世背景）、六幕正剧（创世经过）和终幕（安息日的来源）三部分构成，布局工致而严整，戏剧的仪式化倾向特别明显。但就诗情而言，则比《圣经·创世纪》丰富生动得多。诗剧的整个情感基调相当浓烈炽热，那是创造的狂喜，“存在的意义在狂喜的时刻被体验到……存在的安全感存在于存在的狂喜之中”。[①] 但是在这狂喜之下也有焦灼、痛苦、剑

① ［美］赫舍尔：《人是谁》，隗仁莲译，刘小枫主编：《20世纪西方宗教哲学文选》上卷，上海三联书店1991年版，第167页。

拔弩张，也有宁静、平和、温馨浪漫。旋腾的音乐、狂奔的舞蹈，交织着颤动的光线，情感急促喷涌，而纯真的童声、圣洁的众水之歌映衬着悠悠的笛声，情感平静舒缓。平静与狂喜、宏伟的当下瞬间与和谐的存在幸福不可思议地交融在一起。

鲁西西和施玮都受到存在哲学的极大影响，她们的《创世纪》有一个共同的中心，即向着全部存在探询和歌唱。当她们沉浸于创世纪的喜悦之中，极目所见，都是她们赞美的对象，都可以成为她们歌声的陶醉者。而这正是一个诗人所应当担负的使命。因为“存在必须被开启出来，以便存在者得到显现。但这个持存者恰恰是短暂易逝的”，于是，诗人，这个存在的“看家人”，便义无反顾地承担起“创建”、“转化”的使命。[1] 从这个角度，我们可以解读到鲁西西和施玮圣经文学创作的历史价值和诗学意义。

耶稣在十字架上受难，是整个基督神学的核心。“如果耶稣没有在耶路撒冷被钉十字架而死，他的教诫很可能早已被人遗忘。基督教的崛起是因为耶稣的被处死……”[2] 正是在十字架上，上帝毫无保留地付出了他全部的爱的存在，而耶稣——这位上帝之子正是因为十字架而成了被历史不断言说的永恒存在。十字架上的耶稣无疑也是中国圣经文学极力关注和着力表现的中心。这方面的作品就数量而言是相当多的。但就艺术质量而言，却只有极少部分堪称佳作。主要缺陷在于过度渲染耶稣基督的神性光辉而造成其人性的缺席，耶稣成为一个悬浮于人性之上的无血无肉的超凡象征物，而这必然会成为神与人灵交的关键性障

① ［德］海德格尔：《荷尔德林诗的阐释》，孙周兴译，商务印书馆2000年版，第45页。

② ［英］汉弗雷·卡本特：《耶稣》，张晓明译，工人出版社1985年版，第169页。

碍。这是对耶稣形象的最大误读。但是另一方面，绝大多数非圣经文学的作品又往往把耶稣形象作为一种世俗化和人格化的现实性人物，对于他的教徒身份和道成肉身有着特别的反感。它们只是在耶稣的身上赋予鲜明的现实比附性和民族道德的批判力量。比如王蒙的《十字架上》耶稣形象。这不是神学意义上的耶稣形象，不能和十字架上的耶稣形成积极互动的应答关系。

实际上，“要想理解耶稣基督对他所生活的世界以及以后的基督教世界里的文学意识的影响，我们就必须认识到：他不仅体现了普遍性的原则和永恒的话语，而且是一个有血有肉的、活生生的犹太劳动者，一个有着犹太家系和犹太文本传统的人；一个木匠的儿子，拿撒勒的耶稣。对所有的基督徒来说，正是这种涉及尘世间的、非常具体的历史真实性与他异乎寻常的历史一起构成了他的死与复活的意义的基础，他的一生与他的教诲的基础”。[①] 有三位诗人，即海子、北村和施玮对十字架上的耶稣作出了积极的应答和深度的体验，较为真切地走进了耶稣形象背后的神学意义场域，并把自我纳入上帝和基督的亲密关系之中。

海子虽然不是一个基督徒，但他对《圣经》情有独钟，以至于怀抱《圣经》走向死亡。海子——这位在苦海之中生存的孩子，崇拜着耶稣，歌颂着耶稣，效仿着耶稣，如耶稣受难一样承担着自己必须甚至心甘情愿承担的一切痛苦，并最终追随耶稣而去，成为一名用生命殉葬的歌者。因此，从他的短诗《耶稣》中我们可以窥见到海子那忧伤的影子：“从罗马回到山中/铜嘴唇变成肉嘴唇/在我的身上 青铜的嘴唇飞走/在我的身上 羊羔的嘴唇

---

① ［加拿大］谢大卫：《圣书的子民——基督教的特质和文本传统》，李毅译，中国人民大学出版社 2005 年版，第 40 页。

苏醒//从城市回到山中/回到山中羊群旁/的悲伤/像坐满了的一地羊群。”而《让我把脚丫搁在黄昏中一位木匠的工具箱上》写在“故乡的门前”，“歇脚在马厩之中”，“让我把脚丫搁在黄昏中一位木匠的工具箱上/或者让我的脚丫在木匠家中长成一段白木/正当鸽子或者水中的鸟穿行于未婚妻的腹部/我被木匠锯开，做成木匠儿子/的摇篮。十字架。”诗人心目中的耶稣不是那个无限存在的上帝之子，而是一个需要用“我”的爱来成全他的牺牲的普通的木匠儿子。从这些诗句中，我们甚至可以感受到耶稣（即海子）的那种茫然并痛苦着、执著并孤独着的悲凉心境。

北村是个虔诚的基督徒。在他的眼中，耶稣有着一张清瘦的脸庞，是个渴望人去明白他的“憔悴，苦楚，汗如雨下/甚至内心的波动”的“他”：“所有苦难都和这次有关/需要一次真正的泅渡/我走过他的脊背时/听到他的声音。”“我”读懂了“他”的用心良苦：用孤独和痛苦的生命去构筑人类永恒的天梯——十字架，一条拯救之道。借着它，人可以摘取到生命树上的果实。因此，“他不沉重也不凄凉”。但“他”实在是“痛苦”。面对“他满脸下滴的黄金”，“寂静中我突然心碎”。“我”热切地应和着耶稣对“我”的源源不断的“呼唤”，“我伸手抚摸他的容颜”。于是，瞬间立刻转化为永恒，“他”和“我”成为一体：“像大千世界/只剩下我们两个/彼此忘记了自己的日子”（《他和我》）。自此以后的北村更是把耶稣作为终身的精神“良伴”：“我高兴时/他比我更喜乐/我悲伤时/他比我更卑微/我蒙羞时/他示我予鞭伤/我痛苦时/他便汗如雨下//这是一位什么人物/用这种方式靠近我/于是连我的饮泣/都有他的模样/我可以先叫他弟兄/然后称他为父//我意识到我们是如此相同/好在他乡重逢”（《良伴》）。北村以一种简单而朴素的话语方式，进行了一场艰难而幸福的苦旅之后，终于走过“窄门”（《路加福音》13：24），接通了有限

（自己）和无限（永恒）的通道，进入了美丽的精神家园。

十字架上的耶稣形象在基督徒作家施玮的笔下得到了集中的表现。她创作了散文诗《十架七言——纪念耶稣在十字架上说的最后七句话》以及系列短诗《十字架上的耶稣》（共28首）。前者借有名的十架七言，即耶稣在十字架上说的七句话，以一种诗的情韵、跳跃和散文的自由、飘逸观照在精神空间——十字架上的耶稣形象，并体味那形象之中所蕴涵的“真”。精神即语言。面对人类的哭泣与观看、怯懦与贪婪、侮辱与杀戮，处在十字架上的耶稣以一个哀怜的理由——“他们不晓得”庇护着堕落的灵魂；被讥诮和羞辱围绕的耶稣，“无法掩盖生命的光，却也无法不去靠近你所爱的人”，从此在“乐园”中他又多了一个“兄弟”；作为人的儿子，耶稣为“今后，却无法再将一块无酵饼捧上你的饭桌”而忧伤难过；“我的神！为甚么离弃我”这是作为上帝之子的耶稣在即将走向死亡之际不由自主的长叹；“我渴了”身体机能和精神机能发出了如此祈求，但学者、诗人、帝王以及宣教士却无能为力，只有那个心底洋溢着爱的女人“倾倒自己”，才使得耶稣不再“渴”；在“成了”的光芒四射之时，耶稣所忘不了的是“细腻的爱情”；经过生死撕裂之后的耶稣，最终喊出“父啊！我将我的灵魂交在你手里”。至此，作为上帝的言辞、形象、表达和阐释的耶稣基督，“作为人，他对处于生死之间的历史实存的整个人的表达机制做出了证明，而不管这种实存的年龄和地位如何，是离群索居，还是深入社会”。①

阅读系列短诗《十字架上的耶稣》，同样可以感受到基督徒

---

① ［瑞士］巴尔塔萨：《神学美学导论》，曹卫东、刁承俊译，北京三联书店2002年版，第51页。

诗人的激情，体味到激情之下诗人的深刻领悟：十字架不仅有痛苦和悲伤，也有荣耀之光和浓浓之爱。散文诗《十架七言》主要是个体生命意志通过耶稣语言的顿悟性指向对耶稣的十字架行为作出积极的信仰应答，展示人性深处的神性的真。《十字架上的耶稣》则构筑一种类似宗教存在主义者马丁·布伯（Martin Buber，1878—1965）所说的“我—你”关系，并在“我—你”相遇的情境中，形成积极应答的美妙境界。这样的境界在作品中俯拾皆是。试读数句：“我在我的密室中/向着十架上的你全然伏倒/听见自己的生命化做一缕/无尽的叹息，围绕你”；“我蜷缩在你十架的影子里/你的呼唤如丛林升起/我盼望着林深处的木屋/却感到无力向那儿走去/你的目光是溪流向我蜿蜒/ 流到我的膝上，聚在我的掌心/伸出舌尖尝一滴，心就决了堤/只是向你发出一声呼求的呻吟/只是把疲惫的身躯向你投去/你就拥我在光辉的圣洁里”；“面对十架上的耶稣/我看到了那棵生命的葡萄树/当我被连接上去的那一刻/生命的血流就奔涌进来让我颤栗/不住地哭泣宣告自己不再干枯/腹中涌流的江河源于你可爱的名/哦，你把每一次脉跳都向我传递/你用每一秒钟向我说温柔的话语”。在诗人的眼中，“你”是世界，“你”是生命，而“我”则应当以“我”的整个存在，“我”的整个生命，“我”的本真自性接近“你”，最终栖身于“你”的世界之中。但是，“它”之世界的物质性缠绕和功利性牵绊，使得“我”虽然“心中渴望以忠贞做你的软枕”，但是“顽劣的心反成了你身下的刺芒”。然而，“我”对“你”的炽烈渴仰，又促使“我”不断地反思、不断地忏悔：“越靠近你越看清自己的恶行/因着这罪的庞大我对生命绝望/我在你的审判席前放弃辩护/从灵魂的最深处承认自己是罪人。”终于，“你”的大能和喜乐让“我”获取了丢失已久的本能——“赞美”和“感恩”，“我的灵魂忍不住地纵情歌唱/面对你才知道舞蹈的欢喜”。曾经虚无绝望的“我”积极地主动地应答了上帝之子的深情呼求，并不断地参与了对“它”之世界的反抗、超越行为，最终铸成了“我”之存在之永恒。

朱维之在他那部著名的《基督教与文学》一书中如此评价耶稣：“耶稣不但用口写他底作品，并且用全生命来写他那部最可惊人的诗。这诗是世界上最伟大的牧歌，是最剧烈的，最紧张的，可歌可泣的诗剧。”[①] 然而，中国圣经文学对这首“最可惊人的诗”的吟唱和挖掘是远远不够的，而吟唱和挖掘正是中国圣经文学得以成为一个成熟的文学样式必须努力的重要方向之一。

围绕着耶稣形象的其他一系列人物形象，也时常进入中国圣经文学作家的创作视野。虽然耶稣的诞生是“从来没有的美丽故事”，[②] 但在某些现代中国人眼里，东方三博士的故事似乎比耶稣的诞生更让他们着迷。这三位博士能追随着天上一颗星星千辛万苦找到耶稣，其本身所具有的神性是不容置疑的。但这个故事常常是以圣诞短剧形式被表现出来，其目的也是赞颂耶稣的降临，三博士的个体性格也因此湮没在耶稣的光环之下。文亦平的《博士行》似乎是个例外。作品中实际上出现四位博士，且四位博士的个性都不是静止的、扁平的，而是动态的、立体的。如同为青年人的博士甲和博士丁性格却迥异：博士甲激情四溢，甚至因最先发现新星而洋洋自得，陷入崇尚个人的沼泽之地，而博士丁虽然不失可爱，但却沉溺物质欲望之中，心灵之河面临枯竭；同为壮年的博士乙和博士丙性格也有自身鲜明的特色：博士乙稳健和善，博士丙则冷静现实。就是这性格不同的四个博士为了共

---

① 朱维之：《基督教与文学》，上海书店 1992 年版，第 33 页。

② 同上。

同的理想——寻找那颗新星，而走向漫长而执著的朝圣之旅。比较独特的是作品以季节的转换来衬托四博士的精神之旅："秋夜星空"博士们发现了奇特的明亮的新星，喻指耶稣的诞生；"冬夜风雪"博士们艰难地行进。而这时人物的性格特别是博士甲和博士丁在苦难中发生了很大的变化，获取了灵的升华；"春日朝晖"博士们找到了那颗新星。面对胜利的狂喜，四位博士却形态各异："甲凝视着蔚蓝的天空双手伸上；乙从包袱里拿出礼物黄金、乳香和没药，笑着想着；丁哼唱着欢乐的歌曲，脚似在舞蹈；丙双手不停地交搓着好像要去择取什么物；青年人则双膝跪下连连伏向地面。"直至对于谁最先给新生王送礼的谦让，四博士在体验种种新的复杂情感：不安、紧张、悲切、激奋、狂喜等交织在一起之后，终于寻觅到自己灵魂之根基，个体生命存在之根据。整个作品虽然是以圣诞短剧的形式出现，但准确地说应该是首流动着生命之歌的散文诗。

萧潇的《爱的成就——圣母玛丽亚传》以文学形式为具有上帝"子宫"意味的人——玛丽亚作传。作品中的玛丽亚不再只是一个精神符号，而是一个有着七情六欲的恋人、妻子和母亲。未婚先孕的惶恐不安、儿子诞生时的温柔幸福、逃亡路上的苦难哀告、儿子失踪时的悲凉负疚、丧夫的悲痛欲绝以及面对悬于十字架上的儿子的那种混杂着绝望与希望、痛苦与欣慰的情感，都让我们感受到生命灵魂的跳跃以及爱之火焰的燃烧。作品生动地展示了一个丰盈、感性、饱满、充实的"生命过程"。这是一个现代作家对于圣经人物的精神性体认和心理感应，恰如刘小枫在序言中所说，这是一部"属于感应式写法"的传记文学作品，"我从中得到的，无需是关于这位圣经人物的历史知识，而是被引入那片由玛丽亚开垦的挚爱的田野，获得精神信念上的滋养"，它是"汉语的圣经人物传记写作为数不多的尝试之一”。[①]

如果说，《爱的成就——圣母玛丽亚传》是运用感应式写法描绘圣母玛丽亚的慈爱、圣洁，那么，鲁西西的诗剧《何西阿书》则采用的是一种询问式写法，更多带入个体性的生命困惑，体现作者对于生命价值意义的执著追寻。何西阿是《圣经》中的一个小先知，“先知底天分为诗人，而先知底功能却为教师”，“先知底任务是传达上帝底使命和解释这种使命”。[②] 上帝让何西阿娶了一个道德败坏的女人歌蔑，又在她与人通奸之后领她回家。通常来说，上帝借用何西阿与歌蔑的婚姻来喻表以色列及其与上帝的关系：以色列破坏了上帝所立的约，正如歌蔑破坏了她与何西阿所立的婚约；上帝最终又以大能的爱和恩典拯救并宽恕了以色列，正如何西阿与歌蔑婚姻的复合。鲁西西是一位多情的诗人，也是一位多情的女人。因此，她关注的不是社会、历史和民族意义上的先知何西阿，而是多情诗人兼先知何西阿，探讨的不是先知何西阿之于以色利民族重生之意义，而是多情诗人兼先知何西阿之于个体生命存在之价值。也就是说，鲁西西所写的已经超出一个民族的历史，她已从一个民族的历史中解脱出来，以先知诗人的声音说出人的历史——而这历史的箭头直指未来，她乃是要通过历史说出未来，以使人能从“就像一群群野鹿，/凭自己的意愿四下行走”的蔑花之丛中找到精神家园。

---

① 刘小枫曾经将圣经人物传记的写法分为三种类型：“一是考辨式写法，以种种现代人文科学为工具，探究圣经人物的历史原貌，可谓现代学究式的写法；二是感应式写法，写作者基于对文本的个体性阅读，产生精神上的感应，表达现代人对圣经人物的精神性体认；三是询问式写法，这种写法与感应式写法有相近之处，都基于对圣经人物产生的个体性精神感应，文体也都文学性，有如感兴抒怀。但询问式写法更多带入个体性的生命困惑，通过传记写作询问自己的生命问题”（刘小枫：《爱的成就——圣母玛丽亚传·序》，中国社会科学出版社 1997 年版，第 1—2 页）。

② 朱维之：《基督教与文学》，上海书店 1992 年版，第 55 页。

何西阿的身份是双重的：一方面是作为上帝的使者以一颗宽容和坚定的心寻觅着误入迷途的人："山谷啊，旷野啊，/她原是一只小羊羔，/跳出了羊圈，牧羊人离开了片时，/转回就不见了"，另一方面则作为爱情的歌者去执著地追寻着美丽而忧伤的情之梦："这儿我走一百遍了，/大树小树，见了我，都摇头。/但我要对大树小树说，/只要太阳尚存，月亮还在，/我就要找回我的爱妻。"最终，歌蔑以忏悔的心情和感恩的心灵回归至爱之怀抱。何西阿的坚定是依歌蔑的迷失而存在，其所表现的强度处于后者的不由自主和恣意妄为的紧张之中。而这种紧张却通过轻柔优美的文笔呈现出来，犹如潺潺流水，有迷人的音乐感。和鲁西西诸多诗歌一样，有一种简约之美和澄明之真。难怪鲁西西如此钟爱这部诗剧。她说："我喜欢它的单纯，透明。喜欢它非常执著非常干净的场景和赞美诗般回旋的句子。喜欢男主人翁何西阿坚定的脚伐和女主人翁歌蔑的那颗谦卑痛悔的心。"[①]

非常值得我们关注的是，《圣经》中一些受侮辱受损害的女性形象开始进入中国圣经文学作家们的视线之中，并成为作品的主人公。这些作品从一个侧面证明了一个事实：中国虽然没有应和着世界的理论潮流出现女性主义神学，但却有一些折射女性主义神学理论的具体的文学文本。这些作品在创作上都有一个共同特点，即找到了女性主义和基督神学最本质的交接点：上帝之爱与女性自爱，这是神学中的人性内涵和女性的自我认识与自我实现。代表作家就是基督徒作家施玮。我们将在下面专门论述。

---

① 鲁西西：《中国当代诗人答问录》，出自"鲁西西、刘尔威母子工作室"。另外，2005 年 7 月 11 日在北京某宾馆，鲁西西在与笔者交谈中，多次提到这部作品，并且明确表示她最钟爱这部作品；鲁西西特意把《何西阿书》作为压轴之作选入《鲁西西诗歌选》。

中国圣经文学作家们对于圣经精神形象的关注与表现，凸显的是形象本身所显示的精神之光与神性之美。这正印证了神学美学家巴尔塔萨的观点："我们'观照'形象，然而，真正的观照针对的不是被剥离开来的形象，而是形象身上显示出来的深度，我们将形象看作是存在的光辉和荣耀。通过观照，我们将被这种深度所'陶醉'，并且'深陷'其中，但是，只要涉及到的是美，我们就永远不会越过'平面'形象，'直接'深入到赤裸裸的深度中去。"① 并且通过这些精神形象，作家们反观了自身个体生命的价值和生存的意义，从而获取了神性的精神和神性的灵感。

三 施玮："那片流淌着奶和蜜的土地"

翻检过去的和现时流行的各种中国文学史，要想找到施玮的名字，是绝对不可能的，而翻检当代中国圣经文学史（如果存在中国圣经文学史的话），要想忽略施玮的名字也是绝对不可能的。因为卓越的文学成就使施玮成为中国圣经文学的开创性和代表性作家。

在施玮近 30 年的创作历程中，经历了两次重大的本质性的转变。1999 年以前的她是一位深受中国传统文化影响的诗人，她在第一部诗集《大地上雪浴的女人》中极力地寻觅着"天人合一"的理想境界与"化身为蝶"的消遁禅意。但很快她就发现"对于'我'来说，其实'天'与'自然'已完全失去了它真实的意义，它的存在已经只能依附在我对它理念思考的层面上"。

---

① ［瑞士］巴尔塔萨：《神学美学导论》，曹卫东、刁承俊译，北京三联书店 2002 年版，第 135 页。

这种令人惊悚的发现使她猝然落入了虚空、苍白以及破败不堪的灵魂低谷："整个一生都像是骑着一匹惊奔的烈马，看见的只是一片模糊/这使我无比地厌倦生存，厌倦每一个动作，每一丝浑浊的气息。"在"第一次不以观光的心态去了教堂"看完"耶稣传"的录像之后，施玮说她听见了神的呼召："女儿，来！把你的生命和艺术给我"，"对于我的生命，他（笔者按：神）要我：'坛上的火要常常烧着，不可熄灭。'对于艺术，他要我：'放弃你的审美'"。[①] 于是，1999年4月17日她受洗成为一名基督徒。听从神的指引，施玮以一种先锋的姿态积极进行中国基督教文学的创作，并试图以此在中国发起一场真正的"文艺复兴"。她和许多中国作家一样，跟随着西方基督教文学踪迹，希望能够从中找到适合中国基督教文学创作的因子，"我从一开始四处寻找范文、榜样，想走模仿的捷径"，但不久就发现"大多最优秀的基督教文学是古典文学，无法成为现代新文学的文本范例"。经过痛苦的反思后，施玮决定放弃这种亦步亦趋的模仿，进入西方基督教文学的源头——《圣经》的研究。而且她惊奇地感受到："从中国文化本身来理解圣经，并以中国文字语言来表达圣经思想，并不困难。所有的阻隔与困难其实在于我们绕了一个圈，西方地域文化作为载体把圣经基督教思想带给了我们，但同时它却成为中国文化真正与基督真理，与圣经融合的阻碍。"

至此，从固守中国传统文化到"放弃你的审美"、从模仿西方基督教文学文本到回归圣经源泉，施玮终于认识到中国圣经文学创作必须是"接受圣经的种子"，"让基督在中国这块土壤中长出树，结出这棵树的果子"，而非"摘个果子来批量制造，然后贴上'中国圣经文学'的标签"。中国圣经文学与圣经的"种子"

---

① 施玮：《女儿，来！把你的生命和艺术给我》，出自"施玮工作室"。

是一样的，“里面的生命本质是一样的，但形式不可能一样，表达的方式不可能一样，关注点不可能一样”。[①] 在这样的创作理念指导下，施玮创作了形式丰富多样、涵咏生命线团的中国圣经文学。如中国当代的第一部宗教性大型诗剧《创世纪》，长诗《十字架上的耶稣》，散文诗《十架七言》以及“圣经中的女人系列”诗体小说。尤其是她的“圣经中的女人系列”诗体小说把笔触伸入了“那片流淌着奶和蜜的土地”，“那片流淌着奶和蜜的土地并非安乐国，它不是小人物对于晋升、奢侈、煎肉和懒惰的梦想。它是富饶和自然秩序之梦，是来自自然资源的生命之乡——它是对女性文化价值尺度的回忆，因为乳汁是母亲的产品，蜂蜜来自雌蜂国”，[②] 并以独特的视点、浓郁的诗情和深刻的哲理发出了女性个体生命的长吟，造就了一个奇异且惟一的女性主义神学的中国化的诗意景观。

著名的德国女性主义神学家温德尔（Elisabeth Moltmann Wendel，1926－）在其《女性主义神学景观》中阐述说：最初《圣经》中耶稣的形象是一个女性的关怀者，他以绝对的伙伴身份与女性交往。就连他的十二个门徒也感到惊奇和不解的是，他甚至更偏爱女性。然而耶稣最终父权制化了，连同《圣经》一道，耶稣的光芒渐渐遮蔽了他身边的女性，绝对的伙伴身份荡然无存，女性形象开始成为耶稣背后的潜台词，甚至成为某种“无理性的、诱惑人的东西”。面对女性地位意识形态化的变换以及由此带来的森严的等级制度，温德尔提出“要重新辨认耶稣与女人们的故事”的观点。同时她特别强调要“用非传统的目光来观

① 2005年5月6日施玮给笔者的信。

② ［德］温德尔：《女性主义神学景观：那片流淌着奶和蜜的土地·引言》，刁文俊译，北京三联书店1995年版，第1页。

察《新约全书》中女人们的故事，抛弃习得的发展某某学的思维模式，就能够使我们的知觉变得敏锐，就能够觉察道：在女人们和耶稣之间究竟发生了什么？我们今天看到、觉察到、感到我们从前尚未看到过的东西，因为过去我们不敢投入感觉”，而“没有感觉，就没有意义”。[①] 施玮就是以一种“非传统的目光”，投入丰富而复杂的纯粹“感觉”，重新辨认耶稣与四个女人即伯大尼的马利亚、抹大拿的玛丽亚、驼背的妇人以及在叙加井旁的妇人之间的故事。而这四位女人都是逸出男人所编纂的正典法则之外的，要么是社会文化习俗的反叛者，要么是淫妇，要么是带有严重身体残缺的丑陋者，要么则是被人群弃绝的孤独者。

一般来说，讲述故事即叙事有两种策略，一个好像是自己亲历的事情——“我”如何如何；一个好像是自己亲眼目睹的事情——“他”、“她”或者“你”如何如何。《伯大尼的马利亚》、《抹大拿的玛丽亚》采用第一种叙事策略，而《驼背的妇人》、《在叙加的井旁》则采用第二种叙事策略。不管采取何种叙事策略，四部小说关注的都是纯然女性个体的生命故事，通过深入独特个体的生命渴盼和深度情感触摸生命感觉的个体法则，并探询女性生活感觉和“我在”的价值意义。

《伯大尼的马利亚》的结构是双重的：表层结构是作为叙事主体“我”——伯大尼的马利亚在呢喃叙述个体的“等待—靠近—拥抱”，其对应的内在结构则是女性生命的“酝酿—完善—释放”。“我”的渴望被封闭在等待中 22 年后，终于在一个宁静而平凡的深秋午后超越了世间的一切：“一瓣瓣向外盛开的等待，覆盖了世间的一切；一缕缕向内锥心的沉默，吸聚了所有的波

① ［德］温德尔：《女性主义神学景观：那片流淌着奶和蜜的土地》，刁文俊译，北京三联书店 1995 年版，第 77—84、120、150 页。

澜。扩大。不断地扩大着的深创，等待着爱与被爱；等待着光与生命；等待着一种满足，它将来自圣洁的存在。”即便如此，等待仍然不能停息，因为渴望如那瓶珍贵的香膏在等待中会越来越浓郁，而生命就在此、在其间酝酿、歌吟。外在的生活静若如水，但“我”内心的渴盼“已经大到可以吞下天地、生死”，穿越了时空，掌控了生死绝境。因此，在“我灵魂的深处”“对知识毫无兴趣，对宗教也无热情”，“我”只“渴望着醉饮真理的爱情、生命的光芒”，“我以全部的身心倾听着一个渐近的脚步”。但面对欣赏“我”的“静默柔顺”的文士们和称赞“我”的“无欲无求”的长老们，“我”只能保持沉默。“我”在命定的等待和沉默中继续“领受他根须中的生命”。

等待是一种痛苦的执著，也是一种喜乐出场的号角。在“喜乐”（神是喜乐）如风而来的一瞬间，“我”忘记了往昔漫长的“等待”，“赤足跑过葡萄架，快乐的果子纷至坠落，敲打心弦，大珠小珠”。然而面对渴盼已久的“光芒降临”，“我”却陷入了困惑：“我该用哪一个部位去首先承受？是额？是唇？是肩？还是我软弱的心灵？”这种困惑明显是对女性主义神学所提倡的“身体理念”即“身体不是功能器官，既非性域亦非博爱之域，而是每个人成人的位置”[①] 的形象投射和诗意反思。巨大而柔软的生命之光眷爱着人的肉体和灵魂，甚至世间万物。“我”生命中的虚空也因此消失殆尽，生命如花蕊丝丝绽溢。但渴望并未终止，相反却更加地炽烈：“我”要“穿过所有的悲喜靠近了他；穿过整个的生命靠近了他”。个体的“我”和整体的“世界”都已经退场，“所有的意义、所有的满足、所有的喜乐，都在他的一个声音里，一个动作中，一念心意间”。然而恰在此时，“你是

---

① 刘小枫：《个体信仰与文化理论》，四川人民出版社 1997 年版，第 476 页。

一个女人！你的位置在厨房”打断了“我”生命之链，把“我”拉到了无情的充满“道德”与“真理”的社会现实，身份的标签赫然在目。“生命断裂处的标志，是恶的诱惑”，① 在恶的诱惑下，“我”生命的进程已经产生了断裂，洞开的创口乞求上帝的舔疗。“马利亚已经选择那上好的福分，是不能夺去的”，博大深厚的爱情，“从天宇眩目的裂痕中漫涌而下”，重新铺就了“我”的生命跑道。

然而，“我”知道只有在耶稣的十字架之死中，上帝的挚爱才能达到真正的高潮：天与地“完全”，爱与生命“完全”，“我”与他“完全”，“从此不再有等待，也不再有倾听，只有合而为一”。于是，“我”捧着如羽毛又如帆的洁白嫁衣和整个宇宙一起不停息地走向那个“完全”，“为即将临到的消失颤抖地幸福着”。但是人们却不能领会上帝的挚爱，“仍旧照常地吃喝着”。只有“我”义无反顾地告别了流俗的时间观念，“离开了往昔、离开了现在、离开了将来，向一个真实的、本源的‘存在’走去”，“他没有回头，但他的整个‘存在’都向我张开了怀抱”。这分明就是海德格尔的存在论的部分重现。依据海德格尔的观点，存在者是在意识中显现为存在者的，追问存在者的存在就是追问它们的显现、在场。所以，存在就是显现，就是在场，就是敞开。“真实的、本源的”的上帝显现使得“晶莹的玉瓶在漫长的等待后终于破碎了，如释重负地泼出她馨香的生命”，“我”的生命也因此大放异彩。于是“我”带着感恩的心，用珍贵的香膏亲吻他，委身于他。并且不顾世人的毒辣眼光，缓缓解开长发，同时抛开矜持、羞涩、尊严与自我，来到了“真理与爱的脚下，品尝这甜蜜

---

① 刘小枫：《沉重的肉身——现代性伦理的叙事纬语》，上海人民出版社 1999 年版，第 192 页。

的降服、终极的皈依”，“紧拥着他的裸足，被长长的，黑色的铁钉缓缓洞穿”。

至此，伯大尼的马利亚在漫长的等待中播下了生命的种子，在生命之光的抚摸中，延宕着生命之生命，最终在拥抱“存在”后释放了馨香的生命。

抹大拿的玛丽亚似乎是耶稣特别眷顾的一位女人。《四福音书》中多次提到她，仅《约翰福音》中就提到六次，《路加福音》又另外提到一次。但是抹大拿的玛丽亚的身份却历经颠覆性的演变：在《圣经》当中首先是以妓女形象出现的，后来受耶稣赦免便跟从了耶稣，成为耶稣最坚定的使徒之一。她侍奉耶稣，听他传道，更重要的是她目睹了基督上十字架，而且成为耶稣复活的见证人。因此在最初的教会和信徒的印象中，她是作为使徒之一的重要人物，历史上留下的一些痕迹证明了这一点，一幅《抹大拿任命拉撒路为主教》的画就是如此。但好景不长，这一形象很快就为男权中心的书写所篡改：抹大拿的玛丽亚成为继夏娃以来诱惑、原罪与情欲的集结体，之后在文学与造型艺术当中，她都是邪恶与堕落的女性象征。而施玮则要通过女性个体生命感觉的自觉投射，抹去浮在抹大拿的玛丽亚生命之圈上的层层迷雾，使之回归至存在的澄明之境。

整个小说仍以“我”——抹大拿的玛丽亚作为叙事主体，激发叙述冲动和情感迸发的中心事件是耶稣受难及复活，而“把复活与女性的经历和经验分开，复活就变得没有分量”。[①] 核心的叙述语言则是“在黑暗里，我向着光奔跑”。在“黑暗已临”的哀歌中，对着安放耶稣身体的坟墓，“我”独自倾诉着“我”的

---

① ［德］温德尔：《女性主义神学景观：那片流淌着奶和蜜的土地》，刁文俊译，北京三联书店1995年版，第120、150、158页。

坚定、“我”的期盼以及“我”的爱情，“我”“呼求着他的微笑，破碎死亡的裹尸布，重建颓城”。黑暗与光明在撕扯着、争斗着。然而当第一根铁钉洞穿“他”的骨肉时，“我”知道“巨大的罪从人类的心灵流出”，汇成了“巨大而绝对”的“无法形容的黑暗”，“仿佛要一口吞没世间所有的光”。但是只有“我”——一位女人才能洞察“他”受难的意图：用赤裸的灵魂照耀所有坐在黑暗地的人。上帝通过自身的不幸去爱，这对于“我”来说，乃是最伟大、最深刻的启示。因此，“我”坚信“纵然死亡把他紧紧缠裹”，但他仍“如那颗果核，坚固地把生命孕藏”。

然而，面对“惧怕”的闪烁尖爪、“憎恨”的火焰面目、“放纵”与“淫荡”的漫空飞荡、“谎言”与“诡诈”的深知灼见、“自利”的真情规劝以及“疯狂”的幻想诱惑等魔鬼的竞相追逐，“我”开始质疑自己的行为价值：“难道，我不是在向一个平凡的石墓奔跑吗？/难道，我不是在向裹尸布中的死亡奔跑吗？/我为何要向一个残酷的存在奔跑，而不停在这里，进入幻境与梦想？/难道，这高低不平的夜路不是已让我精疲力竭吗？/难道，这丛生的荆棘不是已划破了衣裳和肌肤吗？/我为何要为一次真实的触摸历经艰辛，何不以轻松的幻觉填饱饥肠？”但很快“我”想起了上帝对“我”的挚爱：“我不是一个信心的伟人，是他足背、掌心的伤痕，吸引着我去真实的亲吻；/我不是一个智慧的哲人，是他肋旁流干了鲜血的创洞，吸引着我去用跳动的心填满；/我甚至不是他拣选的门徒，但他双唇中尚未说出的话语，向我闪烁着光芒。”于是，“我”跌跌撞撞地奔向“我”的“至爱”。

墓口的巨石终于被挪开了，但“他”却不在。在残酷的现实面前，他最钟爱的两个门徒只是一味地惊慌，忘记了“他”要复活的话语。即使有一丝泛起，他们也不会相信。终于带着香膏，去找一个隐蔽的空间疗伤。而“我”泪水滂沱，执拗地寻找“我”生命持续的源泉。终于，朝霞中两个白衣天使引来了一个高大的人，这就是上帝，但是“我”却误把他当作看园子的。这时，“玛丽亚”的呼唤，把生命的气息吹入了枯骨。此时，作品运用了递进式的排列形式表现了“我”生命的复活：“它破开我。/它进入我。/它拥抱我。/它复活了我的生命。”作品结尾选用了里尔克《抹大拉的马利亚见复活的主》里的诗句，预示着“他们之间，/最盛大的聚会时节——自此开始”。

温德尔曾认为，“众女人就是各各他事件的‘真正理论家’”，而作为耶稣特别眷念的女人，抹大拿的玛丽亚似乎更具有深邃的十字架经验和复活经验。她的“理解、把握并非理智的、抽象的编排、理解、获得。这是被震动、被震惊、被伤害”。与逃走的众门徒态度相反，她“在同从远处看到的这个人的分离中，看到他的死亡”，她“在自己被抛弃时经历到他那神性的孤单”，她亲眼目睹“他的下葬”，而对她而言，“这并非事情的最终结局”，而是孕育着她“希望的萌芽：他挣脱了人类野蛮的支配权力”。[①]同样，在施玮看来，抹大拿的玛丽亚实在是耶稣的红颜知己和各各他事件的“真正理论家”，她不仅洞见了十字架的深刻内涵，确信上帝的“挚爱”是爱的本源和爱的终极对象。如果上帝不在场，就不会有任何爱的对象，没有爱的对象，存在就是黑暗之狱。而爱的十字架却恰恰在黑暗之狱中竖起来。自此，她的确把握到了基督精神最深的奥妙：爱与受难的同一。而且面对自身个体生命的破碎，她却以一位勇敢者的身份向世人昭告了耶稣的复活，她也在矛盾、撕裂、诱惑、不幸中倾尽自身，这种倾空自己

---

① ［德］温德尔：《女性主义神学景观：那片流淌着奶和蜜的土地》，刁文俊译，北京三联书店 1995 年版，第 130—131 页。

就是爱。而这种倾空中的爱是抹大拿的玛丽亚与耶稣相遇、萌发爱恋甚至生死相随的内在动力之一。耶稣复活了，她也复活了。

《驼背的妇人》中的驼背妇人因为身体的残缺——驼背明晃晃地突显而获取了羞辱的“异己身份”。在此，“异己身份”的认同有双重含义：即“确定自我异于别人”（自我认同）和“我被确定异于别人”（他者认同），而“自我认同”与“他者认同”的共同趋向把驼背的妇人空掷到一个战栗、恐慌、迷茫的荒野之地：“活泼的心灵被畸形的驼背囚禁在羞耻中；灿烂的生命被死亡的权势囚禁在黑暗中；昼夜的日子被冷漠的人群囚禁在孤独中”。“异己身份”的锁定，肢解着妇人与“社会秩序”的整体性，把她逼入颓残的胡同弃若敝屣：“为了不破坏自己的宗教信心，为了不动摇上帝选民的优越感”，高贵的人们“只能把她看做一个另类，看做上帝弃置的一个废品”。身体体验着焦虑，焦虑又表现为对残缺身体的敏感和厌恶，18 年的恶性循环，令她的痛苦与羞愧已然成为一种习惯。“习惯到了最深的程度，不但掩盖了我们先天的无知，甚至隐蔽了习惯本身，好像没有习惯这回事似的，这只是因为习惯已经达到了最高的程度。”[①] 女人的身体是亘古不变的男人想象的空间，一旦天天面对着巨大的、丝毫不能撼动的驼背，他们只能选择丢弃她。

但是，驼背女人会唱歌。唱歌是她的个体热情。而“人的生命热情都是个体化的，个体化的生命热情就是个体热情——个体的全部身体感觉投入某种价值偏好的喜欢什么的在世行为。个体热情的产生既需要身体也需要身体的影子，两者不可或缺”，[②]

---

① ［英］休谟：《人性论》，《西方哲学原著选读》上卷，商务印书馆 1982 年版，第 521 页。

② 刘小枫：《沉重的肉身——现代性伦理的叙事纬语》，上海人民出版社 1999 年版，第 113 页。

所以驼背妇人在夜深，翻过黑黑的山坡，“让洁白的衣裙在风里微微地有点飘动”，残缺的身体被个体的热情拽住了衣角，来自身体的感觉融合到个体的热情之中，两者缠绕成一根生命的细线。“在女性主义神学中，身体的含义进一步由社会向‘自然’推移，‘用身体去理解’亦意味着与自然重新和好。”[①] 于是，当驼背妇人感受着由上帝创造的大自然怀抱：她走到了水边，面对水里的星空歌唱时，“全然的接纳、轻柔的呵护”让她依恋，让她渴望。终于，在安息日，在会堂的角落，驼背妇人感受到了熟悉而又陌生的拥抱。那一刻，“光却在呼唤她”。于是，她背负着羞辱的记号，裸露着所有的伤痕，向光飞奔。随着一声“女人，你脱离这病了”的宣告，上帝以他不能被阻隔的爱和大能，使得驼背妇人迸发出生命的热情，那是个体生命在被生存焦虑压抑长久后的一种心理能量的大爆炸。有着身体残缺的妇人却有着强烈的自爱，这实质上暗示着她是一个趋向“完整”的女人。温德尔认为，“完整”意味着三个方面：“依靠所有的感官去生存”；“我的身体的所谓低贱的部分在接纳、在整合”；“重新感觉自然，重新发现大地”。[②] 这也正是她向往生命源头并能够在习惯性的屈辱下仍然有着美好的感觉的重要因素。

一个真正的作家拥有创造的权利和自由，当然创造的自由最终要服从深奥的心灵法则。《在叙加的井旁》典型地体现了这个创作原则。关于叙加井旁妇人的故事只是在《路加福音》13：10—17提到，并且关注点在于耶稣如何行神迹。而施玮则依据女性个体的心灵法则，选取了一个独特的女性视点，以富于创意

---

① 刘小枫：《个体信仰与文化理论》，四川人民出版社1997年版，第475页。

② ［德］温德尔：《女性主义神学景观：那片流淌着奶和蜜的土地》，刁文俊译，北京三联书店1995年版，第155—157页。

的、刻下了女性个体感觉的深刻印痕的语言重新抒写这个叙加妇人与耶稣之间的故事。

《在叙加的井旁》中的妇人和驼背妇人一样都承担着“污名”的重压。“‘污名’本义指身体上的标志残缺或品德邪恶的记号”，“一个原本无伤大雅的特征成了污点，成了苦恼的记号，成了羞耻的原因”，“具有这种特征的人很容易被当作不太讨人喜欢、残次、糟糕以及危险的人”。[①] 驼背妇人因为身体的标志残缺而被抛弃，在叙加井旁的妇人则是因为“品德邪恶”（曾有过五个丈夫，被视为不洁）而遭唾弃。她的“不洁”的身份认同具有不可攻克的权威性，并直达叙加的每一个个体的无意识之中，使得叙加成为一个“类似于全封闭的、巨大的瘟疫恐惧症社会”（福柯语）：“她们曾经都是她的玩伴，可是今天‘名誉’已将她与她们隔绝。那美丽的笑容可以变成利剑；那银铃般的嗓音可以涌流出吞没生命的洪流。”然而作为一个人、一个女人，妇人的内心世界并不是一潭死水，也有着一块圣洁的自由区：她梦想着“走回少女、走回初生、走回纯洁”，并且“回归之渴”一刻连着一刻地燃烧。然而“那个可以投身的胸怀在哪里？那个可以收拾起始与终、泪与笑的胸怀在哪里？那个可以让人安居的胸怀在哪里？”妇人顶着沉重的空水罐一遍遍地呼喊，但“她也预备着承受那日日必承受的失望”。

然而，爱她的“他”正怀揣着他园子里所有的鲜花与香料在她日日失望之地——叙加的井旁悄然相候，“他”决意接她回家。“请你给我水喝”一声来自于上帝的请求，震撼了这个妇人，丢失许久的生命自尊因而回归了灵魂的附体。但是，被囚在世间尊

① ［英］齐格·蒙特鲍曼：《现代性与矛盾性》，邵迎生译，商务印书馆 2003 年版，第 101—102 页。

卑的网格里很久的妇人似乎有了一种习惯成性的冷淡与不信任感："谁甘愿进入我微笑狭窄的心灵？谁肯进入我污秽蒙尘的心灵？谁勇于进入我幽暗怨毒的心灵？谁能使我的心灵饱足？谁能使梦中的水声，在生命中发出真实的明亮？""如果个体欲望是个体生命热情的来源，重要的就不是摆脱而是掌握自己的生命欲望，对自己诚实"，[①] 拥有着强烈的个体欲望而个体欲望又是其生命热情来源的妇人决定"掌握自己的生命欲望，对自己诚实"，她毅然地走出"知识"、走出"宗教"、走出"惧怕"，接受从天上倾泻而下的蓬勃的喷泉："那水的生命活跃地盛开着、明亮着。"

在《新约全书》中，女人只是理性地作为耶稣行神迹的对象，她们被动地接受上帝的大能。然而"我们一旦使等级制度的思维模式销声匿迹之后，就会感到，在许多女人故事中，这种能动性即刻就会在女人们身上迸发出来。她们就是使这些过程得以实现并最终达到某种目的的主动者"。[②] 施玮专注于深处困境但却拥有强烈的自爱、主动企求生命复活的四位女性，于她们的情感世界、心理流程中肯定女性的生命的价值和意义。而且更为深刻的是，她于女性诗意的情愫、个体的感觉之中挖掘出这些女性对于耶稣的意义："她们同时也给予他感觉、使命、终生目标和团契，如果没有团契，使命和目的都会变得远离人类，变得抽象起来。她们获得生命力，对他寄托着希望、信任，寄托着超越他自身的景象。她们伴随着他的旅程，把他变成他本应如此之人，变成为所有人服务之人，变成能够安慰所有孤独者之孤独者，变

① 刘小枫：《沉重的肉身——现代性伦理的叙事纬语》，上海人民出版社 1999 年版，第 292 页。

② ［德］温德尔：《女性主义神学景观：那片流淌着奶和蜜的土地》，刁文俊译，北京三联书店 1995 年版，第 121 页。

成能够给予所有人以信心的自信之人，变成虽然走向死亡、却并不孤单之人。”[①] 此时的女性和耶稣是一种积极互动关系中的两个主体。他们之间的对话是一种自由而顺畅的情感交流、生命流动，缺乏任何一方，生命之河就会产生截流，甚至干枯而死。

① ［德］温德尔：《女性主义神学景观：那片流淌着奶和蜜的土地》，刁文俊译，北京三联书店1995年版，第123页。

第三章

中国灵修文学

20 世纪 80 年代以来，中国大陆的基督教氛围发生了很大的变化，人们普遍对基督教的政治警觉意识明显削弱，对基督教的信仰层面不断扩大。但“综观大陆教会的发展，这十年（引者注：主要指 1979—1989 年）显然是停留在‘灵修’的阶段，很少涉及教会的社会角色，更遑论在神学上作深入的反省了”。[①]中国基督教的发展虽然尚处于“灵修”阶段，但却促使了一种独特的文学样式——灵修文学的诞生和繁荣，使之成为中国基督教文学园地里一株洋溢着灵性与诗化的百合花。

灵修（spiritual exercises），顾名思义乃是灵性生命修习之意。中华民族是一个讲究修身养性的民族，在汉语中，“修”字的意义是极其丰富的。反躬自省，除去个体中杂乱之禀性，如葡萄树剪去枯枝，谓之修理；吐故纳新，使心性向善的方向前进，可称之为修养；在时间和环境的考验中岿然不屈，则有修炼之味。灵性作为一种基督徒的新生命形态，同样必须经过修理、修养、修炼才能最终完成。这样的过程就是“灵修”。灵修对于基督徒而言是

① 编者小语：《桥——中国教会动态》1990 年第 41 期。

相当重要的，正所谓布道可以产生基督徒，而灵修则可以保持基督徒。传统的灵修单注重苦身克己，压制私欲偏情，带着愁容孤寂的心理状态，这不是一种成全的境界。而现代的灵修更强调的是人性的整体需要，努力在生理、心理和信仰的不同需要中，找出更有助于人全面发展的协调和配合。所以，灵修对于现代个体基督徒来说，意味着“一切从心开始，让圣灵自由引领运行，每天灵修就是接收神借圣灵特意给你的情书”，“透过灵修，我们咀嚼、细尝这些生命的养分，让神的道渗透我们的灵与魂、身体与骨髓，剖开我们的意念与心思”。[①] 在现代灵修观影响下产生的灵修文学也因此成为将生命诗化、神圣化的“绵绵情书”。

其中，汪维藩的《野地里的百合花》、《圣日默想》、《求你寻找仆人》，计文的《牧场漫笔》，小麦子的《花香常漫——女性灵修小札》，张晓风的《安全感》、《动物园中的祈祷室》，樊松坪的《无限的温柔》、《被爱选择》以及鲁西西、杜商、林有湘、冯海、山坡羊、琴焰、施成忠等的灵修诗歌，更是以浓郁的激情、深邃的哲理和诗意的言说，“将精神送往那天国草地上的花丛，让它在那里采集它赖以生存的花蜜”，[②] 描绘出人神遇合之境的奇异和美妙，从而享受着人神契合的快乐体验。

一 人神灵交的言说

每一种文学样式，都有其自身独特的言说方式。灵修文学的

① 小麦子：《花香常漫——女性灵修小札》，内蒙古人民出版社 2004 年版，第 258 页。

② ［德］施皮茨莱：《亲吻神学：中世纪修道院情书选》，李承言译，北京三联书店 1998 年版，第 53 页。

言说方式取决于灵修方式。灵修方式决定了灵修文学言说什么、怎么言说以及言说效应如何，等等。概括地说，灵修方式主要包括默想、祈祷以及读经。与此相对应的就产生了默想诗文、祈祷诗文以及读经文学三大类型的灵修文学。从对灵修方式以及相对应的灵修文学考察中，我们可以寻觅到20世纪80年代以来中国灵修文学的总体言说方式以及言说意义。

"默想"一词原为西语 meditation 之译文，含有"测度"的意思。从字源上说，"默想"就是测度人、事、物、自我和一切实体的真相。人用来测度的管道不外乎感官、思维和心灵。作为基督徒的"默想"则是调动一切"管道"以尽可能地"测度"上帝、昵近上帝："……说话者在谴责自己；他在自我内部向上帝直抒情怀；他通过记忆、理想和意志接近上帝的爱；他凭借想象、视觉、听觉、嗅觉、触觉感受到与上帝同在的各种情景——它们正在一个内向的精神舞台上表演。"① 那么，在如此情境下产生的默想诗文，正是展现了"人"与"上帝"在"内向的精神舞台上表演"的"密室灵交"(歌 4：1)。

新时期以来，中国的默想诗文创作十分丰富。其中，林有湘的《人类的归途》颇能代表默想诗文的言说特点。全文分为两个部分，第一部分以梦的形式，尽力发挥人的感官功能，凭借想象、联想、视觉、听觉、嗅觉、触觉来形象地描述在迷茫的大雾中，"我"、"他"等人如何逃避一个凶猛幽灵的追杀，后来，在遇到"您"的一刹那，一束强光射来，大雾散去，幽灵消退，"您伸出您的手把我拉进您那宽大容天地的胸怀，我心不再狂跳了。因为这里是彻底的安全"。自然，这里的"光"和"您"都

---

① ［法］路易·马兹：《冥想诗》，陈永国译，《世界三大宗教与艺术》，吉林人民出版社1991年版，第525页。

是其象征含义。在人类处于黑暗困境之际，那束“绝对之光”以一种无法描述的方式迸发出来，使人类摆脱“幽灵”的追杀，脱离人生苦海。由此可见，这束光固然喻指上帝的神性，但更是其神性在现实生活中的呈现，它具有可见、可感的特征。而此处的“您”毋宁说是上帝的象征，还不如说是耶稣基督的指称。因为上帝是真光，而这光是无法被察见的，只有通过耶稣基督这个具体可感的充满爱的主体，才能闪耀出来，从而成为开启人类心门的“光”。作者强调的是其临在性。而“相遇”意味着临在，意味着被直接地感知。这就为“人”与“上帝”之间的“相遇”提供了先在的条件。

从第二部分开始，面对如此关爱自己、关爱人类的可感“您”，“我”于是代表个体，也代表人类开始进行深刻的自我省思和与“您”之间的自由交流：“从亚当到我们，人类无时无刻不在背叛您，在歪曲着您，这过程也就是人类背叛自己，歪曲自己的过程”，“背叛您也即背叛我们自己”。然而，对于这样的反思，有些人竟然表示怀疑，甚至极力狡辩：“没有吧，我们，起码说没有反抗，背叛自己嘛，我们的一切还不是为了我们自己！?”这种狡辩又恰恰暴露了问题的核心——人类中心论。于是在人类中心论思想的误导下，“一个文明接着一个文明由人类创造，又由人类亲自葬送了它”。但是，如此人类为什么至今还没灭亡呢？这是因为您的“天爱”。所以在作品的结尾部分，作者用非常短促的语句急切地呼唤着人类的觉醒：“人类该认识了！/该认识自己了！/该认识自己的归途了！/该认识积极入世超然出世的您呢。”最终，人类在重复着背叛上帝、以自我为中心的哀调之后，在上帝的“天爱”中找到了自己的归途。这是人与上帝相遇、沟通、交流之后所结出的最美丽的果子。

对于基督徒默想修习的境界，中国灵修文学的代表作家小麦子曾有以下生动描述："安然躺下，闭目思想飞鸟与野百合的自由和谐，请圣灵在此刻临到，像白鸽一样翩然降临，安然把你心中的思虑一一拿来，交这和平鸽卸去，相信大能慈爱的天父必为你解决、供应你。""细想神如何在你生命中看顾你，思想倚靠神过心无挂虑的生活"（《花香常漫》）。而中国新时期以来的默想诗文正是在这种"人"与"神"的美妙灵交中获取了如此优美灵动的艺术境界和如此澄明恬然的自由生命。

祈祷是一种重要的灵修方式，它存在于世界各民族的宗教生活之中，可以说"宗教底（的）生命在于祈祷，那（哪）一天祈祷停止，就算那（哪）一天宗教幻灭。反之，祈祷增加虔诚时，就是宗教心活跃时"。[①] 首先，祈祷是一种急切的寻找，即"寻求上帝的面孔"（诗篇 27：8）。这其中包含着人向上帝尽力地舒展着自身的身体，而他试图通过这样的行为超越物质性因素的羁绊，渴求与上帝进行灵魂的交流，使自我走出孤寂的沼泽，获取"灵"的升华。其次，祈祷还是一种瞬间的发现，即当人处于独白之际，忽然"他发现神秘的眼睛在注视他，神秘的耳朵在倾听他。他发现从寂静中，从沉默中，有一种倾听、一种聆听正迎向他，迎向他这一个人此刻所做的、所思的和他所不得不说的"。[②] 灵修文学中的祈祷诗文就具有以上的言说特点。

20 世纪 80 年代以来，中国的祈祷诗文创作相当活跃，文体形式丰富多彩，有诗歌、散文、散文诗、寓言诗、哲理诗、圣乐诗，等等。当然，其本质都是从心灵世界里流淌出来的诗。鲁西西的《喜悦》堪称优秀之作。此诗一发表就被中国作协《诗刊》

---

① 朱维之：《基督教与文学》，上海书店 1992 年版，第 151 页。

② ［瑞士］奥特：《祈祷是独白和对话》，刘小枫主编：《20 世纪西方宗教哲学文选》上卷，上海三联书店 1991 年版，第 607 页。

转载，并随之进入《诗歌报月刊》排行榜，给中国当代诗歌界带来令人惊奇和久违的“喜悦”。据作者本人描述，这首诗正是在“祈祷”的情境中创作出来的，“我梦见我全身非常轻盈，从头至脚都非常轻盈——那轻盈不是我用语言可以表达的，那是一种属天的境界、飞翔的境界，是我以前从来没有到达过的境界，我还梦见我写出了非常漂亮的诗和诗集。以前做梦也写诗，但醒来就忘了，这次醒来，不仅记得梦中每一种轻盈的颜色——真奇妙，轻盈居然是有颜色的，还记得每一个轻盈的细节，和沉浸在轻盈幸福中的每一个喜悦。醒来后，我就将梦中的诗句一句一句整理下来，题目叫：《喜悦》”。[①]

> 喜悦漫过我的双肩，我的双肩就动了一下。//喜悦漫过我的颈项，我的腰，它们像两姐妹/将相向的目标变为舞步。//喜悦漫过我的手臂，它们动得如此轻盈。//喜悦漫过我的腿，我的膝，我这里有伤啊，但/是现在被医治//喜悦漫过我的脚尖，脚背，脚后跟，它们克制/着，不蹦，也不跳，只是微微亲近了一下左边，/又亲近了一下右边。//这时，喜悦又回过头来，从头到脚，//喜悦像霓虹灯，把我变成蓝色，紫色，朱红色。

诗歌意象纯净、明朗，如一泓澄明湖水，灵动而温柔。“我”的整个身体沐浴在色彩变幻的“喜悦”之中，这“喜悦”来自于上帝的“光”（霓虹灯），是精神的家园，是思想的圣洁，是恰如初恋般的神奇邂逅，是灵魂被堵塞后的刹那间敞开，是人的精神霎时如醍醐灌顶，是由“此岸”到“彼岸”的飞渡。“双肩”、

---

① 鲁西西：《你是我的诗歌》，《信仰月刊》2003 年第 6 期。

“颈腰”、“手臂”、“腿膝”、“舞步”、“脚尖”这是女性的身体部位，是充满肉感的身体。但是，它与纯粹的肉身截然不同：这个肉身滤掉了黑夜、性、母性这些在当下诗中充斥着的形而下内容，“我”细腻地感受着自己的身体在“喜悦”的力量中奇妙而轻盈的变化，从而成为透明而飘逸的受福者。上帝的“神性”与人的“身体”在诗中完美地融合在一起：神性提升了身体，身体让神性不再虚浮，从而实现了道与肉身的同在。

面对情感缺失、良知疲软，只在表面的语感河流之中泅游的当下诗歌，面对一个近乎“疯狂”又无比“冷漠”的诗歌时代，海啸率先提出了“感动写作”的诗学命名。[①] 同时，一直固执地认为“诗人是距离上帝或者神灵最近的人”的海啸，通过“诗人”与“上帝”的时刻灵交来实现他的诗学理想。《祈祷词》就是一篇独特而又优美的长诗。全诗共有七章。这些诗节的内容既非哗众取宠，也并不涵括令人咋舌的题材；然而每个句子又都从容不迫地把一种激奋的感受和莫名的感动带给读者，让读者认识到这个作家在日常生活的模糊地带和我们惯有的期待中搅起了一阵阵生命的波澜：

> 没有飞翔/天空会多么宁静，没有伤口/身体将多么寂寞//没有了呼吸/海洋是醒着的/缄默的岁月，出于对希望的/敬重//在深蓝中降落/世界便消逝了/而我，夜的寂静的海/等待你梦着，牵手渡过的五月溪流。

这是为光明和清澈而呐喊！光明与黑暗、希望与绝望是一股

---

① 海啸：《感动写作：21 世纪中国诗歌的绝对良心》，海啸主编《2004’新诗代年度诗选》，北京学苑音像出版社 2003 年版。

“两面拉开的力量”，光明、希望正在黑暗、绝望的最深处，希望就是长途跋涉中的灯。而有了光明和希望，我们只能做一件事情：成为诗人。

> 记得你目前的茶杯离你最近，无数个日夜/你手臂舒伸，舒伸于厘米之外/受难的父亲和妹妹，失去昼夜/腰身悬浮，充满绝望和疲惫/他们画地为牢，入茧成蛹/我亦委身爱的死牢，没有/窗，只有一扇低矮的门/静静地，张开那双熹微的眼。

这是为母爱和分离而哭泣！那细微到让人窒息的感动，让人心衿摇曳，久久不能释怀。虽然诗人始终不会相信宗教观念中人死后升入天堂，但他相信灵魂长存，相信爱之永存。而有了母亲，有了爱，我们也只能做一件事情：成为诗人。

诗人不仅为母亲祈祷，为人类祈祷，也是为中国诗歌的命运祈祷！

读经是另外一种主要的灵修方式。文本的性质，决定了阅读的方式。《圣经》是“上帝要对人说的悄悄话”，它表达的是“上帝内心深处的情感”（《希伯来书》注释 6：17），而读经就是面对面地和上帝交谈：上帝通过圣灵，向“我”彰显他的存在，而“我”则以一颗虔敬、严肃以及洋溢着浓浓爱意的心，去迎接上帝的神秘彰显。这是一种神圣的“神人遇合”。所以在加尔文看来，读经可以改造人的生命，读经可以“塑造人的性格”，“通过读经，我们的生命将日益圣洁”（《罗马书》注释 15：4）。读经文学正是在以上的言说方式和意义功能之上生成的一种基督教文学。

对于现代的中国基督徒来说，《圣经》是一部敞开性的经典，可以采用各种阅读方法寻觅更多新的内容，品味更多现代的人性内涵。而用文学的形式、文学的语言去摘取这些收获的果子，就产生了读经文学。另一方面，连载于20世纪80年代初的《天风》杂志，后又结集出版的美国女基督徒考门夫人撰写的读经著作《荒漠甘泉》,[①] 给当时中国的基督徒们带来了一泓甜美的“荒漠甘泉”，中国的读经文学因而成果斐然。比较有代表性的读经文学作品有汪维藩的《野地里的百合花》、《求你寻找个仆人》，施成忠的《受难·复活》、《受难篇》、《圣诞繁星篇》、《巴别塔》，小麦子的《花香常漫——女性灵修小札》，钟时计的《灵程奋进》，等等。其中，汪维藩的《野地里的百合花》、《求你寻找个仆人》更是句句金玉、字字玑珠，给人以信仰的引领和哲理的思索，被誉为“灵程吗哪”，因此要专节解读。下面仅以施成忠的《受难·复活》为例来论述。

丁光训在《中国基督徒怎样读〈圣经〉》一文中曾指出：“如果问《新约圣经》里哪一词对中国信徒来说最有意义，那个词不能不是‘复活’。”[②] 而施成忠的读经文学作品《受难·复活》印证了他的老师观点（施是金陵神学院88届专科毕业生）。的确，《圣经》中最震撼人心、最能够使人类灵魂战栗的画面就是耶稣为了拯救罪孽深重的人类，甘愿受尽屈辱、嘲笑甚至被钉死在十字架上，最后三天后复活。《受难·复活》就是施成忠在阅读《马可福音》（14：14—25；14：32—44）、《路加福音》（23：8—

---

① ［美］考门夫人：《荒漠甘泉》，民族出版社1993年版。《荒漠甘泉》是一部著名的基督教灵修著作，是美国的考门夫人在经历了生活的磨难后写下的读经领悟、人生感受、智慧哲理。它以丰富的内涵、精湛的意蕴、感人的情怀及巨大的魅力，征服了基督教内外亿万读者的心，使其成为畅销世界的不朽名著。这部书被译成21种文字，全球销量已超过1000万册。

② 丁光训：《丁光训文集》，译林出版社1998年版，第83—84页。

20；22：39—40；24：2）和《约翰福音》（18：1—8；19：17—36；20：1；21：4；21：1—14）中记载的这一悲壮画面之后所创作出来的读经诗歌。

全诗由“受难篇”和“复活篇”两部分构成，每部分各包括三首诗歌。在《受难篇》中，作者首先运用丰富的想象和形象的联想，以第三人称“他”，分别描绘了存在于“最后的晚餐”、“被捉”以及“被钉十字架”三个典型时空之中的耶稣形象：在古旧的马可楼里，“带着伤痛的柔情语调”的耶稣；在天上没有一颗星闪烁、没有人守望却有许多“巨蛇”游动的客西马尼园里，“伤痛着/汗如大血点/滴在地上”的耶稣；在荒凉的、充满着嘲笑和鞭打的各各他山上，毅然顶着“十字架”的耶稣。接着，诗歌的人称发生了很大的变更，“我”开始与这位“已经进入了我们人类所有痛苦经验的最深处”[①] 的“你”（上帝）开始了灵魂的交流：“圣善的主啊！/为何如此爱我/挺身而出/接受一个出卖者的/吻。”

与《受难篇》的先“叙述”后“灵交”的结构特点不同，《复活篇》选取三个瞬间的细节和具体的场景，描绘耶稣由受难时的痛苦寂寞变成复活时的刚强有力，使人因此可以和第二人称“你”——上帝进行直接对话。如面对堵塞耶稣坟墓的石头，诗人大喝一声“石头滚开”：“石头，无生命的物体/怎能堵住你的复活/你是战胜死亡的君主/天上人间/没有像你这样伟大。”极力地揭示耶稣复活的大能所向无敌，任何力量都不能阻挡、不能扼杀；诗人抓住“天将亮”的瞬间，对耶稣的复活进行了热烈的歌颂和衷心的赞美：“你是一颗明亮的晨星/黑暗一时把你遮蔽/但

---

① ［英］詹姆士·里德：《基督的人生观》，蒋庆译，北京三联书店出版社 1989 年版，第 12 页。

不多时/你的荣光如同一把锋利的剑/把黑暗驱散/全能的主啊/黑暗遮不住明星/是的/遮不住这颗生命之星的光芒。”由一个具体的场景、事件即在提比哩亚海边，渔夫打鱼未果感悟到耶稣复活的重要意义：“你是主宰一切的主/全能的主/你一吩咐/鱼儿就从各处会集你命令之处/一百五十三条鱼/进入网中。”至此，经历了“人”与“上帝”关系的断裂，而“只有通过断裂，才谈得上真正的与上帝交往”，[①] 再由耶稣的受难复活去弥补这种“断裂”，才最终使得“人”与“上帝”之间能够进行自由、和谐的灵里交通。从以上的论述来看，不管是先“叙述”后“灵交”，还是选取细节、场景直接“灵交”，都表明要想与上帝进行真正的交流对话，在“人”的自我活动的内在性思维之中，上帝必须是一个可感的主体形象。

分析至此，我们很容易地得出以下的结论：就文本表层来看，灵修文学的言说方式是自言自语的心灵独白，但其内在流淌的是酣畅淋漓的人神灵交。也就是说，“独白”是表象，“对话”才是本体。这种言说方式具有丰富的意义功能和价值内涵。

从心理学的角度来看，“独白”与“对话”都存在着一个“我”与“你”的关系。但“独白”或者把“你”作为一种“物”，从而作绝对理性的独白；或者更多地夸大“我”的主体地位，而“你”则是一种象征性符号；或者“你”是一个“人”，而“我”则是失去了“我”的本性，完全倾听于“你”。而在“对话”的心理活动中，“我—你”关系既不是“人—物”的关系，也不是“人—人”的单向度关系，而是“我”与“你”之间的一种平等和相互开放的关系：“在对话中，每一方都必须倾听

---

① ［丹麦］克尔凯郭尔：《基督徒的激情》，鲁路译，中央编译出版社 2001 年版，第 3 页。

对方，尽可能坦诚和善意，要努力尽可能准确地，尽可能所谓从内心理解对方的立场。”[①] 如此，独白的心理场域是封闭的、蹩脚的；对话的心理场域则是敞开的、完善的。

从诗歌形态（灵修文学的主体是诗歌）的角度来，中国的抒情诗歌几乎是“我”的“独白”。[②] 从《诗经·卫风·考槃》的“独寐寤言，永矢弗谖”、“独寐寤歌，永矢弗过”，到张籍《寄韩愈》的“几朝还复来，叹息时独言”；从张籍《蓟北旅思》的“失意还独语，多愁只自知”，到白居易《立秋日登乐游园》的“独行独语曲江头”；从陆士衡《拟涉江采芙蓉》的“沉思钟万里，踯躅独吟叹”，到刘禹锡《昼居池上亭独吟》的“日午树阴正，独吟池上亭”等都是个人情感的抒发和宣泄，都是酣畅淋漓的自我独白。当然，我们也不能忽略中国抒情诗中可能潜在着一个或多个的“对话主体”，但这种“对话”和中国灵修文学中的“对话”性质并不相同，前者或者是分裂出来的两个自我的质疑（如《离骚》中的女须女、重华、灵氛、巫咸都可视为屈原自我的化身）；或者是理想世界与世俗世界的对比［如阮籍《咏怀》（其十九）赞颂佳人的迷人风采，非世俗女子所能媲美］；或者是“我”与外在自然景物的交流（这在中国诗歌中俯拾可得）；或者是“我”与潜在的现实敌对势力的较量（如陈子昂《感遇诗》所言：“圣人秘元命，惧世乱其真”），等等，其实质仍是“我”处于言说的核心地位，控制并决定其他所谓的“对话主体”的言说方式、言说范围以及言说效应。而真正意义上的“对话”最突出的特点就是处于对话中的人的“每一感受，每一念头，都具有内

---

① 刘小枫主编：《基督教文化评论》，贵州人民出版社 1990 年版，第 261 页。

② 有的学者甚至认为《圣经·诗篇》以外其他的世界抒情诗都是“我”的“独语”，如刘光耀在《〈诗篇〉：世俗世界中神圣的守护者》就持如此观点。

在的对话性，具有辩论的色彩，充满对立的斗争或者准备接受他人的影响，总之，不会只是囿于自身，老是要左顾右盼看别人如何”。[①] 我们从以上的分析中可以看出中国灵修文学已经具有真正意义上的“对话”特性和马丁·布伯所描绘的那种“我—你”关系的美妙境界：

> 人必以其纯全真性来倾诉原初词“我—你”，欲使人生汇融于此真性，决不能依靠我又决不可脱离我。我实现“我”而接近“你”；在实现“我”的过程中，我讲出了“你”……与你的关系直接无间，没有任何概念体系、天赋良知、梦幻想象横亘在“我”与“你”之间。[②]

如此看来，中国灵修文学为中国抒情诗已然提供了一种新的言说方式，它是中国抒情诗的新鲜血液。

二　世俗灵性的开启

当代基督教学者伊利亚德（Mircea Eliade，1907－1986）认为：“宗教……并不意味着对上帝、诸神或者鬼魂的信仰，而是指对于神圣的经验”，这不仅不拒绝世俗生活的“掺合”，而且刚好相反，“神圣的存有（sacred beings）是借助凡俗的存有（profane beings）得以彰显”；比如通过“一块石头、一棵树、一顿

---

① 王先霈、王又平主编：《文学批评术语词典》，上海文艺出版社1999年版，第251页。

② ［德］马丁·布伯：《我与你》，陈维纲译，北京三联书店1986年版，第9—10页。

晚餐、一个婚礼、一次生日聚会、一次狩猎活动”，我们都有可能“与神圣相遇”。[①] 也就是说，人神灵交的契机正是隐含在“凡俗”生活之中，而“凡俗”所提供的“象征语言”（symbolic language），才使得不可言说的人神灵交的奇妙得到某种可以言说的存在形式。20世纪80年代以来的中国灵修文学，正是借助“凡俗的存有（profane beings）”来彰显“神圣的存有（sacred beings）”，描述人神灵交的美妙图景。

中国灵修文学的作家们往往比较注重从世俗生活中发现馨香的灵性之花。“发现”实际上就是神的启示，而神的启示是以一种质朴的方式进行的。借用中国灵修诗人杜商的诗句就是：

> 你以你质朴的方式说话/就像麦种在平凡的土地上发芽//你以你简单的理由命名/就像秋天的果实快乐地掉落在山洼。

那么，这种“质朴的方式”、“简单的理由命名”到底是如何实现的呢？或者说，开启凡俗灵性之门的钥匙是什么呢？搜索20世纪80年代以来的中国灵修文学的词典，我们明显发现有两把使用频繁的钥匙，一是发现和建立显圣物；二是潜入、感悟现代人的现代世俗生活，分享渗透到一切凡俗存在之中的“灵”。

显圣物（hierophany）的意思就是“神圣的东西向我们展现它自己”，它对于宗教的意义来说是非凡的，因为“不论是最原始的宗教，还是最发达宗教（the most highly developed reli-

---

① ［罗马尼亚］米尔恰·伊利亚德：《世界宗教理念史》卷一，吴静宜等译，台北：商周出版社2001年版，转自杨慧林《为了被遗忘的“诗性智慧”》，《基督教与西方文学书系》总序，中国人民大学出版社2005年版，第15、26页。

gion)，它们的历史都是由许许多多的显圣物所构成的，都是通过神圣实在的自我表征构成的”，而这些显圣物“只不过是构成我们这个自然的世俗世界的组成部分”。[①] 也还可以说，它使得人和神在世俗的世界里产生某种奇妙的灵交。所以，中国灵修文学的作家们和诸多宗教人一样都在不断地寻找和建构各种显圣物。计文的《牧场漫笔》系列基本上沿袭着《圣经》中的一些显圣物，但它对这些显圣物进行了独特的相反相成的组合，如“脱鞋”与“穿鞋”、“撒网”与“补网”、“饼”与“石头”、“蛇”与“鸽子”、“黑”与“秀美”，等等，并对其特殊含义进行深入的挖掘，使得习以为常的日常行为、生活物品、动物形象，以及普通色彩都生成为带有浓郁思辨意味的神圣存有，从而应和了艾略特(Eliot，1888－1965）的观点，即对于思辨诗人来说，“一个思想……就是一种感受，这个思想改变着他的情感”；他能够“把他所感兴趣的东西变为诗歌，而不是仅仅采用诗歌的方式来思考这些东西”；他拥有一种特殊的能力，即“能够把思想转化成为感觉，把看法转变成为心情的能力”。[②]

汪维藩认为“一个婴孩，包着布，卧在马槽里”这是基督降临时的记号，这个记号本身就意味着软弱和卑微，意味着质朴和平凡，所以“只有在平凡与质朴之中，才能彰显神的尊荣与丰富；只有在软弱与卑微之中，才能彰显神的智慧和大能”(《野地里的百合花》廿六)。他的《野地里的百合花》就是这样一部灵修文学作品。首先，作品的名字《野地里的百合花》就是朵朵“无所求亦无所私，无所羡亦无所妒，默默无闻”地点缀着野地

---

① ［罗马尼亚］米尔恰·伊利亚德：《神圣与世俗·序言》，王建光译，华夏出版社2002年版，第2—3页。

② ［英］艾略特：《艾略特文学论文集》，李赋宁译，百花洲文艺出版社1994年版，第24—26页。

的平凡小花。而这些小花却把自己的芳香存留给那哺育过它的原野（《野地里的百合花·代序》），从而使得自己的生命更加充实，超越了自身的有限性。可以说，百合花的根扎在尘世的野地里，但其每一次开放都是对圣灵的深情而虔敬的呼唤。以此为一丝银线穿插于整个作品之中，并且把不同主题编织起来，清晰地勾画出作家的心灵面貌：一个渴望“归家”的客旅。在谈到基督对于教会的态度时，作者连续赋予在世俗之人看来了无深意的凡俗存在以神圣的超凡脱俗的光芒：“他始终像炼金之人，要弃尽浮渣，提取精金；又如漂布之碱，要涤尽污浊，还其皎洁。他从未停止扬场，去净糠秕，好收存麦粒；也从未停止修树，砍下无果枯枝，好留存结果的嫩条。”从窑匠转轮做器皿、拨动琴弦，作者体验到创造者与受造之物之间的神圣关系；从常流不息的溪水、翻腾不已的海洋，作者感受到爱的无限润泽；从一颗被置于全局、在大师之手的棋子，作者领悟到生命因上帝的眷顾而异彩纷呈；从钥匙开启门，作者享受到上帝降临时的荣光；从闪烁的明灯，作者看到黑暗隐退了，光明诞生了。如此等等，作者在诸多凡俗的存在物中与神圣相遇合，而这些凡俗的存在物就成为他的其他灵修文学作品中一再提及的显圣物。

呼唤“必须为真理和人类普遍性进行诗歌写作，而不是为那些糜烂、丑恶和可憎的写作方式使劲披上合法性的外衣”（《更高意义的表达》）的灵修诗人杜商，奉行通过质朴而纯洁的写作方式来达到“更高意义的表达”的创作原则，他的赞美诗《2004 年，献给基督的清唱》呈现的是安详、简单、幸福的“灵”的世界：

> 哦，我的心灵就像一个望着凡俗世界/却心安理得睡觉的农夫//又如一个饱吮母乳的婴孩/以一种简单却幸福的方式存在。

而一只不无倨傲、漠视生命、休憩在暴风雨的前奏里、一心只想飞得很高很高的鹰，面对“另外一个世界”的降临，透过生命喜悦的释放，表达了对拯救者深挚的感恩和深情的赞美：

> 它是一个洁白的芬芳花园/开放在刚硬黑暗的山冈上//它是一盏早已点亮的明灯/照亮许多倾吐悲伤人的心房//又如一抹奥秘的云彩/引导我以一种谦恭的姿势//致他以深情/致他以无法言传的盛赞。

从“洁白的芬芳花园”、“点亮的明灯”、“奥秘的云彩”等具象的、日常生活的图景中，“鹰”发现了拯救的博大和宽厚，感受到危机不再的安然与松弛、看到了纯洁，更看到了圣洁，于是它的灵魂得到了净化：

> 我心甘情愿自己的浅白/在你创造的每一根小草//每一条奔腾的河流/每一颗悬挂在高天的星面前//我心甘情愿自己的卑微/并且以你启示的方式察看//那些等待发芽的种子/那些极为普通的石头。

寻找和建构显圣物就意味着要运用隐喻思维，没有隐喻的世界，是没有想象力存在的，是无法开出质朴而圣洁的灵性之花的。隐喻是诗歌的基础，也是诗性语言的根底。但是中国灵修文学中的“隐喻”又不是那种为了刻意追求“言外之意”、“韵外之旨”的深度空间而甘愿沦为纯粹表达技巧的奴隶。中国灵修文学的作家们既不是把隐喻作为纯粹的诗歌表达技巧，也不是借助隐喻陈述现世体验的道德寓意，而是通过隐喻，以现实生活的所需追溯生命源头的所有感领超验的蒙恩意识，并且将这一意识延伸到灵修文学的创作之中：每一件物体，每一天生活都离不开一个神性的阐释。它是神人合一的自然表达，又是人与自然相融洽的天然流露；它是简单的，又是深刻的；它是具体性的，又是精神性的；它是不修边幅的，又是灵动的；它是人性的，又是神性的。人因此通过这种隐喻终于让一直流浪在外的自己找到了一个灵魂的庇护所，一个宁谧的避风港，一个自由的精神家园。

现代生活的祛魅化、世俗化特征使得基督教和其他宗教一样面临着极为严酷的存在挑战，其价值取向和社会功能也因此发生了很大程度的萎缩。祛魅化、世俗化浪潮无限制地发展下去，是否就意味着宗教神圣性帷幔的完全破碎、价值功能的绝对丧失呢？中国基督教研究界和国际基督教研究界一样都在努力地探寻和冷静地审视现代境遇中基督教的存在意义，学者们普遍认为“世俗化”一方面代表着对传统神圣现象的“祛魅化”，另一方面也可以理解为宗教的“入世”，即宗教以一种进入的姿态面世，从而得以积极地进入世界，回返社会，直面人生，“温暖人间”。如此，“世俗化”绝不是消解宗教的价值功能，而是宗教自身适应社会、迎接现实挑战的一种调整和变化，突出了其现实意义和现实关切。[①] 也就是说，宗教的因子已经深深地渗透到现实社会的血液之中，它承担着把某种活力注入社会、在多个方面协调社会更新的功能。与理论的探讨相呼应，中国基督教文学作家们则通过文学语言潜入现代世俗生活，极力发掘其内在的灵性之光，并努力证明基督教的社会功能并没有被中止，相反地，它以一种适合于新的时代的新的形态方式宣告：这是人的最本真的处境。

---

① 高媛：《“世俗化处境中的基督宗教”学术研讨会述要》，《国外社会科学》2003年第2期。

作为女性读经，小麦子的《花香常漫》更关心女性日常生活以及她们的心灵需求，因为她坚信，“宇宙虽大，无论何时何地，人与人之间，尤其是女性之间的心灵、情感，都有共通的言语”（《出版缘起》）。《花香常漫》依据女性日常生活构思12个主题，每个主题有8—12篇不等，共有125篇，每篇由一句经文铺衍而成。其总的主题“只是简单直接地分享如何在忙碌的现实生活中，享受与神同在的甘甜、美善、喜乐、安宁与生命力”（《出版缘起》）。即它强调的是如何看破日常事务的庸俗虚假，强调女性如何减轻那种将人淡化成随处可见的“东西”的压力，强调在欲望的海洋中如何避免迷失自己。如“喜乐”主题所包括的12篇作品，分别从和朋友喝茶聊天、探访长辈、友人闲谈诉苦、吃皮蛋、蜜糖阿姨的笑口常开、游园唱歌、行善助乐、电影感悟、远赴赤贫地区工作的青年、到印度宣教的朋友、甘愿埋首于家中细务的家庭妇女、儿子的成绩表以及女性生活的种种愁苦中，来探求来自于上帝旨意的“喜乐”，“今天，打开心门，正视我们面临的种种愁苦困局。不如停下来，静心仰望，让赐生命、道路、喜乐的主扶持我们，指引道路，重拾喜乐。”

在小麦子看来，神是一个有情的主体，他在现代世俗中并没有退场，相反他存在于人类生活的任何一个环节里，他无所不在：神以他慈爱大能的手治愈了“我”自儿时因父亲在某个黄昏天一病不起，自此陷落无边的黄昏忧郁症，并让黄昏成为“我”最喜爱的时刻；面对只是程度不同、题目有异的苦恼问题，神赐予我们“世界不能夺走的平安”；从女强人毅然舍弃事业而专心养育孤女的故事，拾回一份属天的从容、和谐、温柔与甜美；因经济问题而面临自杀绝境的妇人，因与创造生命的神父相遇，自此成为自由平安的“天上的飞鸟，野地的百合”；妈妈应该珍惜自己与孩子相处的最美丽时刻，爱惜神赐予我们的最甜美礼物；当我们的生活面临着被现代技术革命和物质利益殁命耗尽的危险时，神启示我们“轻身上路”；面对部分女性狂热的饮食购物习惯，神启示她们克制物欲、善用资源；“我”用极少的甚至是旧的衣物创造出新的自我，享受生活的乐趣和简朴的艺术，珍惜神的创造和同在的喜悦；神赐予身陷于以斗强、斗嘴、斗眼为主流语言动作的流行文化之中的人善良的心思、意念、言语、动作和行为；从手袋失而复得领略到祝福话语的力量；儿子出其不意地拥吻生病的妈妈，暗示着神时刻盼望着子女的亲近爱拥；神启示我们每个人要想成为成功人士，最需要接受的是品德训练和心的训练；在灰暗的日子里，在疲倦的心境下，把自我交付给神求赐信心的大喜乐；幼稚园校长曲着双腿和小朋友交流，体现了耶稣洗脚样式——俯就卑微；看小孩玩兽棋，悟出“看别人比自己强”的真理；患病的朋友每天用心聆听赞美诗歌，与神建立了亲密的关系。总之，《花香常漫》运用生动温婉的语言透露了这样的信息：在祛魅化、世俗化的经验场域，作为形而上学的第一原理的“上帝”已经逐渐“退场”，而充满情感的有人性味的上帝就在我们身边。或许有人会发生这样的疑惑：上帝既然时刻临在，但为什么不可察见？对此，小麦子的回答是：“问题是我们有没有愿意完全谦卑，时刻与他亲近，接受他的爱，享受他体贴的供给罢了。”

就目前来说，作为散文作家身份的张晓风已经受到极大关注，而作为灵修文学作家身份的张晓风似乎并没有进入人们的视野。这实际上是对一个虔诚的基督徒作家的不完整解读。张晓风灵修文学的代表作是《动物园中的祈祷室》。[①] 同为女性灵修作

---

① 《动物园中的祈祷室》曾作为张晓风精致小品收录到《缘分的馨香》，此书2001年由新华出版社出版，是张晓风灵修文学作品第一次在中国大陆出版发行。除了《动物园中的祈祷室》外，此书还收录了张晓风的另一部灵修文学作品《安全感》。

品，同是试图从世俗生活中寻求灵性之花，张晓风的《动物园中的祈祷室》和小麦子的《花香常漫》却体现出不同的言说内容和表现风格。《花香常漫》言说的是现代成年女性如何从世俗纷扰的境遇中获取“花香常漫”，而《动物园中的祈祷室》则是采用以破实立的艺术形式，通过17只动物的“严肃笑话”来“检讨”世俗生活中人的各种可笑言行；《花香常漫》表现的是世俗之城中因上帝临在而绽放的绚丽多姿的灵性之花，而《动物园中的祈祷室》表现的则是世俗之城中因上帝被缩小为世俗之奴而盛开的骄慢十足的恶之花。

张晓风曾把《动物园中的祈祷室》作为一系列“严肃的笑话”（《动物园中的祈祷室·引言》），而这些笑话的载体形式就是动物寓言。查尔斯·罗伯茨（Charles George Douglas Roberts，1860—1943）在分析动物寓言产生的原因时认为，特定的动物形象之所以被当成人类某种道德品性或行为的指涉，是因为“最初的作家既可以利用他的足智多谋来批评为全体洞穴居民所不齿的弱点和缺点，又不必冒着生命危险去得罪那些有这样的缺点的人类”。[①] 从这个意义来说，张晓风正是通过壁虎的哭诉、孔雀的傲慢、老虎的威胁、蚂蚁的抱怨、猫头鹰的诡辩、母鸡的托词、长颈鹿的自夸、穿山甲的自恋、刺猬的自得、麝的自卑、松鼠的自怜、恐龙的超然、天鹅的清高、土蜂的讥笑、鹦鹉的辩白、鸳鸯的梦想以及袋鼠的不满来指涉世俗人生社会中“一些卑陋的、自以为是而排他的人物”。在他们的心目中，上帝实际上或者是一种供他们把玩利用、获取利益的商品工具（如财神爷、保姆、俱乐部的会长、月下老人），或者是一个可以被他们随意设计、

---

① ［加拿大］查尔斯·罗伯茨：《动物故事介绍》，《野地的亲族》，韦清琦译，陕西人民教育出版社2000年版，第2页。

自由塑造的对象（如长腿长脖子、又多又硬又密的壳、短刺、有尾巴），或者是一个他们可以尽情嘲讽、发泄无聊孤寂的傻子（如不公平、制造多余的生命、只配用“喂”、“咯咯”来称呼、没有同情心）。人类在否定了上帝本真身份的同时轻飘地狂妄起来，而人类正于轻飘的狂妄中逐步摘取灵魂的“恶之花”，因为就像克尔凯郭尔（Kierkegaard，1813－1855）所认为的那样：“正因为上帝是主体而不能是人的客体——正因如此，把这种位置颠倒过来的做法必然表现为：一个人否定上帝，并不有损于上帝，而是毁灭了自己，一个人讽刺上帝，就是在讽刺自己。”①

笃信基督的张晓风对于人类“惯于用自己的形象去塑造上帝，却不知用上帝的意象来塑造自己”的言行进行了生动而细微的描绘，使我们清晰地看到在宗教意识逐渐式微的世俗世界里人类的“显微”图像，而她告诉我们的是，要想获得馨香的灵性之花，必须毫不犹豫地掐断灵魂深处的“恶之花”，信奉上帝，进行真正的祈祷，而“真正的祈祷，是在干裂的瘠地上犁出深得发痛的沟，引待满天沛然的大雨，愿天下五十亿的人，合其 100 亿肉掌，为人类共有的命运而祈祷”（《动物园中的祈祷室·引言》）。

实际上，不管是发现和建立显圣物，还是潜入、感悟现代人的现代世俗生活，分享渗透到一切凡俗存在之中的“灵”，其总的策略就是保持一种赞美，一种来自于内心的赞美，因为这种赞美是赋予平庸日常行为以精神支撑的内在动力，赞美就是乞求上帝从隐蔽处出场。正是如此，20 世纪 80 年代以来中国的圣乐诗创作可谓硕果累累。冯海的《圣乐》（诗 10 首）就让我们感受到上帝对世间万物的奇妙关怀，感受到赞美的无限力量：

① ［丹麦］克尔凯郭尔：《基督徒的激情》，鲁路译，中央编译出版社 2001 年版，第 29 页。

林间的小鸟啁啾，/再也没有比此刻更纯洁的宁静了，/天使展开翅膀，/聆听尘世间微细的圣乐，/风拂过山林，/无数枝叶轻轻摇摆，/于是，河流，林间，山谷，小鸟的眼，/还有静默无声的天使，/都展露出一个微笑。

这是何等纯洁、宁静的世界，连河流、林间、山谷、小鸟都会展露出会心的微笑；这是何等可爱、诗化的世界，我们甚至可以闭上眼睛尽情地享受着花的芳香、聆听着林间小鸟的深情歌唱和山涧小溪潺潺的水声，感受着风的温柔的抚摸，仰慕着静默无声的天使飘然而下；这是何等祥和的神人合一的图景，是存在的存在，是存在的本真、本体，是诗意的存在。欣赏这样的诗歌，我们也许猝然间会感慨："我们时代的人正在丧失赞美的能力。他寻求的不是赞美，而是逗乐与得到快活。"因为"赞美是一种主动的状态，是表达尊敬和感激的行为。得到快乐则是一种被动的状态——它是接受有趣的行为和风景所带来的满意。得到快乐是一种把集中于日常生活的精力转移和分散开去。赞美则是一种正视，是将精力集中在人的行为的超验意义上"。[①] 从这个意义上来说，中国灵修文学的出现正是对当下充满厌倦、庸俗甚至是恶感的精神状态的一种纠偏。

三 汪维藩："野地里的百合花"

严格地说，汪维藩的真正身份应该是虔诚的基督徒、金陵协

---

① ［美］赫舍尔：《人是谁》，隗仁莲译，刘小枫主编：《20世纪西方宗教哲学文选》上卷，上海三联书店1991年版，第166页。

和神学院的教授以及中国基督教界学者（《基督教文化评论》副主编）。但汪维藩也完全可以凭借其灵修作品文体形式的多姿多彩、哲理性的情思以及极强的文学性获取另外一个身份，即当代中国大陆成就最为突出的灵修文学作家之一。

汪维藩主要的灵修文学作品包括集子《野地里的百合花》、《圣日默想》、《求你寻找仆人》、《荆棘篇》、《归途集》以及诸多的赞美诗歌，囊括了灵修文学的三种文体形式即读经文学、默想文学和祈祷文学，堪称中国当代灵修文学野地里一簇“灵风吹处春常在，好花无语芳香吐”（汪维藩语）的百合花。

《野地里的百合花》是一部读经文学的作品集。它最初连载于1980—1984年的《天风》，后被翻译成英文在中国香港、美国出版。《野地里的百合花》包括代序和代跋，共102篇，主体部分每篇由一句经文延伸而来，大致每篇有一个主题。但“必须指出和注意的是，如果有人尝试从《圣经》里找出可以直接适用于当代某个道德问题的经文，用简单地引用《圣经》章节和经文段落的方法评价今天的某个社会伦理问题，有可能造成对圣经的歪曲和误解”。[①] 对于这种读经方式，汪维藩持有清醒的认识，他称之为“撒旦的迷惑”：“引用《圣经》中的片言只字，强调真理的某一侧面”，而“将真理的某一个侧面推向极端，往往是恶者设下的罗网”。因此，他特别强调在读经的时候，不仅仅知道“经上记着说”，还需要知道“经上又记着说”，以求“使我们将神的话语丰丰富富地藏在心里，从神全备的话语中寻求我们脚前的灯、路上的光”。本着如此的读经原则，汪维藩对圣经的诠释就不会陷入歪曲误读的境地，从而能够真正地寻觅到《圣经》的

① 王美秀：《基督宗教的社会伦理资源》，许志伟主编：《基督教思想评论》，第1辑，上海文艺出版社2004年版，第41—42页。

精神红线，摘得《圣经》的精神果子。

《野地里的百合花》是一部作者的内心咀嚼史。就像作者在代序中所说的“父神给他儿女的妆饰，总是雕绘于心灵最深之处”那样，总的主题就是神对人的心灵世界的多层次、多方面、多角度的雕绘。而面对这种雕绘，人并不是能够即刻理解，所以人的内心充满着焦灼、犹豫、迷惑甚至对神的怀疑与不满，“为什么找我呢?”（第一篇）。人对神的主动呼求与敬畏虔诚使得“主啊，求你使我……”成为整篇的主导语式。而通过不断地呼唤、不断地忏悔、不断地叙述、不断地赞美，神终于从隐匿处出场，“人”因此从最初的骚动不安变得纯洁宁静，获得了灵魂的新生：“从此就知道何为爱”（代跋）。当代神学家汉斯·昆（Hans Kung）在评论奥古斯丁的《忏悔录》时说：“这是一部与众不同的忏悔体著作，形式上它是一个仍未安宁下来的人的祈祷，既有心理分析，又有神学评论；它是为自己以及一个新的属灵的和神职人员的精英圈子写的，目的既是护教的也是心理治疗的。”[①]《野地里的百合花》堪称一部充满诗意的奥古斯丁式的忏悔诗集，作者始终都以神作为谈话对象，向神倾诉心底的乐曲，并最终形成人神共融的欢乐场景。

《圣日默想》是一部默想诗文集。在整体结构风格上，对“上帝”的称谓往往是先“他”后“你”。但这种转换却相当自然，毫无做作之感，显示人神交通的畅通无阻。以《你们要看见一个婴孩》为例。全文共有四节，前三节先是用较为生动而形象的文学语言在回忆中默想和叙述作为现实的上帝之子耶稣的降临以及恩典：

---

① ［德］汉斯·昆：《基督教大思想家》，包利民译，社会科学文献出版社2001年版，第67页。

昏暗的马厩里摇曳着烛炬的微光，烛光下马槽里躺卧着初生的婴孩。如此安详。竟无一声啼哭，因他甘愿来到这藉他而造的世界。

这小脸上绽开的第一丝微笑，和被造之初的亚当何其相似。但这微笑中饱含着爱与顺服，面对十字架征途的艰难。

这微微起伏的胸怀竟是阔宽无比；要不，他怎能拥抱亿万远游的浪子？这纤柔如玉的双肩竟是坚于金石；要不，他怎能背负起人间的痛苦与忧愁？

“默想”是以一种回忆的方式进行的。而“回忆”本身天然地具有审美特性。海德格尔立足于“在”的本体论，甚至把“回忆”视为“缪斯之母”和“思的聚合”：“回忆是回忆到的、回过头来思的聚合，是思念之聚合……回忆，即缪斯之母，回过头来思必须思的东西，这是诗的根和源。这就是为什么诗是各时代流回源头之水，是作为回过头来的思去思，是回忆。”[①] 强调艺术家借助“回忆”而具有特殊的超验功能，能够激发出崇高的生命体验，是一种由审美超验而获取的“思”。实际上，抒情诗的本质就是“回忆”。果然，我们从构成“回忆”的各种意义元素诸如“昏暗的马厩”、“烛炬的微光”、“烛光下的马槽”、“初生的婴孩”、“微笑的小脸”、“微微起伏的胸怀”以及“纤柔如玉的双肩”中领略到十足的纯精神感动、深邃的生命感悟和浓郁的浪漫抒情特质。由此，我们看到了一个有血有肉的“在场”的上帝之子耶稣形象，而这为人神灵交提供了一个关键的可能。

由以“回忆”方式进行的“默想”牵引而来的是下面的

① 孙周兴选编：《海德格尔选集》，上海三联书店1996年版，第213—214页。

“我”的自然出场以及对耶稣“你”的依恋，并最终形成了由“你”及“我”的对应关系：

> 安睡吧，圣婴，我愿以深沉之爱作为你的襁褓；安睡吧，圣婴，在我心中也有一个马槽为你。

值得注意的是，作品所呈现的言说结构关系是“耶稣”与“我”之间的关系，而不是“我”与“耶稣”之间的关系。言说和表述本质上是一种话语方式，它并不是简单的语言形式，话语本身蕴涵着思想及意义，不同的言说即不同的思想，表述的不同即思想的不同。“耶稣”与“我”和“我”与“耶稣”这两个看似同义反复的言说和表述，实际上意味着对于“耶稣这个人与其他人的个体关系即耶稣的个体身世与世人的关系”的不同认知。梅烈日柯夫斯基就特别重视两者之间的差异性，在他看来，耶稣的降临是“我们”与耶稣建立起个体关系的过程，是个体与个体在者之间的关系。而“我”与“耶稣”之间的关系意味着“从现世的个体关系来认识耶稣”，这就很容易造成耶稣形象的虚幻性，从而使他成为“神话、历史人物或者信仰者的幻影”；[①] 而“耶稣”与“我”的关系显示了耶稣的降临与“我们”已经构成了一个生存性事件，就像实实在在的身体一样触手可及，是真实可感的耶稣形象。如此看来，汪维藩默想诗文的言说结构所要呈现出的精神抉择：即更多地趋向于耶稣的鲜活的“人性”，而不是把他仅仅作为神圣灵国的象征物。

《求你寻找仆人》是作者在阅读《诗篇》时所作的祈祷文的

---

① 刘小枫：《圣灵降临的叙事——论梅烈日柯夫斯基的象征主义》，北京三联书店 2003 年版，第 179—181 页。

结集，共100篇。“以‘我—你’对语的方式抒发情感，应是希伯来抒情诗一贯的文体特征”，据一位学者不甚精确的统计，“你”和“我”在《诗篇》里同时出现的比例大概占95%以上，而其他形式往往也是“你”和“我”对话的变式。[①] 这种结构形式和言说特点对《求你寻找仆人》的影响是相当明显而深入的。同样可以通过一个粗略的统计来佐证，整个作品中三种对应关系所占的比例分别是：“你”和“我”的对话占89%；“你”和“我们”的对话占14%；“你”和“人”的对话占9%。[②] 而同样我们也不难接受这样的观点：即从文体特征来看，后两种对应关系实际上就是“你”和“我”对应关系的变式。但是我们要关注的并不仅仅是比例的大小、人称的变化，更重要的是如何理解这种现象背后的神人关系。仅以诗体散文《你世世代代是我们的居所》为例来分析。

开篇，作者就深情地吟唱：

> 神啊，你世世代代是我们的居所，是人类永久的故里与家园。

“你”这个人称代词，对于作者来说，具有非同寻常的价值内涵。从存在论的意义来说，这个“你”不仅是他者的存在，也是自然的存在，还是永恒上帝的存在，而且是在万有之中无处不见的“永恒之你”，是“人类永久的故里与家园”。但是作为每一个个体的“我”必须要带着生命的完整性走向“你”，才能接近

---

① 刘光耀：《〈诗篇〉：世俗世界中神圣的守护者》，《宗教学研究》2004年第2期。

② 在同一篇作品里，“你”和“我”以及“你”和“我们”相互转换对话的被分别计入各自的对应关系比例中。

上帝，从而获取心灵的栖息之所：

> 我曾飘零，我曾无依；几度寻觅，几度徘徊。但当我置身于一个连绵不断的“世世代代”之中，便终于在你那里找到了心灵的归宿。

如此，“我”以完整的生命与永恒的“你”相遇了。马丁·布伯认为，“凡真实的人生皆是相遇”。同时，正是“在活生生的、与你相遇的关系中，内在的你才得以被意识到”。[①] 这是一种“本真”的存在状态即“之间”状态：

> 个人的生命固然短暂有如朝露，人类的延续却长达万古千秋。本于你、依靠你的“世世代代”，必将仍归于你，在你那里寻见自己失去的故乡。而在故乡的和谐、平衡与宁静之中，正是我与整个人类的心灵安息之所。

在汪维藩看来，“我”与“你”的相遇，“我—你”之间的纯净关系既超越时间又羁留于时间，它就像个人的生命一样，仅是时间长河中永恒的一瞬。但人注定要厮守在时间的无限绵延之中。因此，人不能不栖息于“你”之世界，本于你、依靠你的“世世代代”。尽管个人“我”的生命短暂有如朝露，但“我”因为对“你”的炽烈渴仰而与“你”相遇。于是，“我”与“你”相会于时间的当下，面对面地在场。而在这样的过程中，“我”以及“整个人类”终于找到了和谐、平衡与宁静的心灵故乡。

---

① ［德］马丁·布伯：《我与你》，陈维纲译，北京三联书店1986年版，第9页。

实际上，作为三种主要的灵修方式，默想、祈祷、读经在绝大多数情境中的运用并不像上文分析得那样泾渭分明，而是糅合在一起。这种灵修特征就决定了默想文学、祈祷文学、读经文学具有很大的相容性。当然，对于一部灵修作品而言，往往会存在着一个具有支配性地位的灵修方式，此方式直接决定作品的文体性质。有中心而又不时穿插其他艺术形式（默想、祈祷、读经实际上都是一种艺术形式），这就使其文体显得摇曳多姿、自然灵动。汪维藩的灵修文学作品就具有这样的特色。

朱维之在《基督教与文学》一书中曾把基督教的抒情诗分为三类：爱情的诗歌、哀悼的诗歌和体验的诗歌，并且认为体验的诗歌是“关于人生的杂感诗，也可以说是冥想的诗，注重思想，或人生严肃问题底解答”是“最算难得，最是吃力不讨好的，容易失败的诗”，但他同时也指出：“哲学的起点便是文学的核心。只有浅薄，屑琐的，渺小的文学，才专门注意花叶的美茂，而忘掉了那最原始，最宝贵的类似哲学的仁子。”[①] 在笔者看来，汪维藩的灵修文学作品就是重视“最原始，最宝贵的类似哲学的仁子”的较为成功的“体验的诗歌”。

作为中国当代基督教学者，汪维藩长于论辩和说理，可同时他时刻拥有一种凝思中的情绪体验，“以良知为躯体，幻想为衣衫，运动为生命，想象为灵魂”（柯勒律治语）。他并不太注重传统的宗教教义，而是重视深刻的宗教经验。其神学思想并不是来自哲学的思辨，而是完全来自于信仰的体验。可以说，作为学者型的灵修文学的作家，汪维藩并没有像其他学者那样，“把心从感官那里抽出来”，而是“把整个心浸沉在感官里”（维柯语）。而这种哲理化的情感，正是构成现代艺术的重要素质。汪维藩对

① 朱维之：《基督教与文学》，上海书店1992年版，第234页。

于哲理化情感的表现主要有三种策略，非常具有巧合意味的是，以上论述的三部灵修文学作品正是分别主要使用了这三种策略的范例。

首先，选择《圣经》中那些可感可见、具体细微的事物以及画面来挖掘内在的特殊含义，从而扩大了时空感，深化了哲理意蕴。《野地里的百合花》主要采用这样的表现策略。试举数例。如作者在读到《马太福音》2 章 2 节“他的星”时，他如此赞美圣婴耶稣的诞生：“星星并不能都自己发光，其晶莹美丽正在于它能反映光源。它不似葵花只知面向太阳而已；而是在面向太阳的同时，反射出它的光辉。”作者在读到《约翰福音》21 章 12 节“你们来吃早饭”时，眼前浮现的是一幅温馨的画面：“岸边，复活的主已经生上炭火，炭火上烤好鱼和饼，像慈母般等待着打鱼归来的门徒”，并从这样的画面中追寻着人的肉身存在的本真状态：“不忘记小子所需要的一杯凉水”，“一杯凉水”意味着上帝对人的生存之维和精神之维的双重关注；象征性意象的理性精神常常能把人带入沉思之中。作者在读到《启示录》3 章 18 节“向我买眼药”时，他抓住了只有存在于人世的具象“眼药”进行哲理的思考：教会的建立和个人的成长“也需要买点眼药，模糊之眼未经擦亮，不能变束灵的眼瞎为眼明”，因为“肉眼虽盲，并不妨碍人看到真理之光。灵眼昏花，却能使人全身堕入黑暗”。作者在读到《以弗所书》2 章 10 节“我们原是他的工作”时，用一种洋溢着对称性的古典风味和浪漫性的现代气势的语言描述了上帝对人的精心雕绘和独特厚爱：“群山大海，月夜朝霞，虽都是他的浩瀚画卷，他却更喜爱在我们的方寸之处，留下点点笔触。万古春秋，汗简青史，虽在展示他所雕塑的群像，他却更乐意在我们每一个人身上，留下他的斧凿。”但作者并不就此停息，而是进一步开发出人应该主动地选择正在等待人的上帝这样的深刻思索："他可能时辍时作，因他需要构思，需要思索。但他更需要等待，因为人毕竟不同于琴弦，在他轻轻拨动之后，他愿等待我们自己吟出一支最美的旋律。"作者在读到《马可福音》15章23节"他却不受"时，他从"没药调和的酒"中洞察到一种内在意味深长的东西："强者之所以能够成其为强者，则在敢于面对痛苦而不畏缩，敢于迎战痛苦而不从'没药调和的酒'中寻找麻醉与昏沉。"总之，我们从《野地里的百合花》中所察见到的诗中之"理"不是一种知识性的判断，不是一种逻辑性的推理，而是作者通过自己独特的亲在的宗教体验生发出来的，并借助具体可感的审美意象传达而成的"理"。因此，这种"理"就不会成为"理过其辞、淡乎寡味"（钟嵘《诗品序》）的枯燥言理，它是一种艺术的思考。

其次，以回忆叙述一些具体的情节内容，生发出深刻的哲学思考。就像上文所分析的那样，默想是一种回忆的艺术。而《圣日默想》就是回忆、默想圣日的艺术作品。圣日不仅仅是个时间概念，它实际上蕴涵着独特而重大的"历史"事件；圣日不仅是喜乐满足的日子，更是对这种独特而重大的"历史"事件进行默想反思的日子。所以，作者往往首先尽力地搜寻、调动着自己对此事件的"记忆"（来自于《圣经》的一种想象性记忆）因子，以想象回忆深入其境。然后，从具体的情节场景中退场，回归至现实中的"自我"，并在与神的相遇情境中，进行深刻的反思和深入的思考。比如，在默想棕树节时，作者首先是回忆叙述耶稣受难前进入耶路撒冷时的情形：耶路撒冷的百姓手拿棕树枝，高呼"和散那"（即称颂之意）欢迎奉上帝之名而来的君主，而君主没有驾着战车、没有骑着骏马，却坐着一匹驴驹而来。作者还具体描绘君主的神情和气质："他高贵，却又谦卑；他尊荣，却又平凡。他是王，却无帝王的威风；他是主，却无人主的盛气。"

棕树节不仅是个欢喜的节日，也是十字架的前奏，受难曲的前奏。当耶稣进入耶路撒冷时，虽是充满荣光、欢喜，但也是面临苦难的时刻。因此，作者以一种质朴而简洁的语言表达出深湛的理性思考："他是主，却像奴仆伺候自己的门徒；他是王，却没有登上王宫的宝座。他的'宝座'设于各各他山，他作王的称号高悬于十架之上"；"他的威严与尊贵，蕴藏于卑微与屈辱之中；他舍己，忍受父的离弃，但却以他的软弱吸引并征服万人"。再如，在默想受难节中，作者首先以一问一答的艺术形式来描述耶稣受难的情节：头戴荆冕、背负十字架，肋旁已流出大量的血与水，但却默默无闻，前往各各他山。接着，作者对耶稣受难流血进行省思："若不流血，我罪怎得赦免；他血倾流，成我赎罪源泉。"挚情的受苦，是人类真正觉醒的开始。因为"被钉在十字架上的真意味着，在上帝的爱中才有个体生存的原则、本源和根基，上帝不仅揩掉每一滴眼泪，而且给人吃生命之树的果实"。[①]正是在上帝的受难、死亡以及救赎之爱中，"我"才诞生了对上帝的渴求，才会"俯伏于十字架下：十架是我生命之始，是我生命所归；十架是我生命记号，是我生命祭坛"。哲理性的情思显在具体的情节之中，而非显在抽象的神学观念中，这再一次证明了汪维藩是非常关注对基督教本身的深刻体验的，而"体验在此意味着：同存在的接触，对这种接触的自身的更新，即一种检验，却依然是不确定的检验"。[②]

最后，作者以诗人般的气质和情怀以及对神的深情和渴求，于直接的抒情和率直的行文中蕴涵着深刻的哲理思考。这种表现

① 刘小枫：《走向十字架上的真》，上海三联书店1995年版，第33页。

② ［法］莫里斯·布朗肖：《文学空间》，顾嘉琛译，商务印书馆2003年版，第72页。

哲理性情感的策略在其祈祷诗文《求你寻找仆人》中可以说俯拾皆是。《求你寻找仆人》不仅是作为个体的“我”或作为众人的“我们”与作为永恒上帝的“你”之间的悄悄私语，而且是人类与上帝之间的诗意对话。因此，它不仅饱含着作者个人的情感、意志、幻想、想象以及期盼，还同时还饱含着对神学观念、生命奥妙、人类命运的深刻反思、深沉感悟与深入思考。试看《求你寻找仆人》中的三个抒情段落：

但我若只在内心寻求你，又难免孤单寂寞；因你是超乎众人之上的主，你不只住在众人之内，也贯乎众人之中。

这是作者通过诗化的语言表达对上帝的超越性与临在性这个难解之谜的困惑与思考。如果上帝是绝对超越性，那么，他是虚浮的上帝，“我”“只在内心寻求”，由于“触摸”不到上帝的灵之手，“我又难免孤单寂寞”。“在……之内”、“在……之中”在作者看来，虽然都意味着上帝的临在性，但却代表着不同的内涵。前者说明上帝存在于我们中间，他是一个可被信徒们“所见、所听、所触摸”的感性个体，是一个活生生的生命个体，是他的完全人性在历史中的呈现。而后者说明上帝作为一个感性的个体，贯穿于人类历史的长河。他具有历史性，他是历史的真实存在。那么，既然如此，到底如何阐释上帝的超越性（神性）与临在性（人性）呢？最终作者选择在这两者之间搭建一个平衡木：“既在心灵深处寻求你的同时，又置身于众人之中寻觅你爱的踪迹。”也就是说，上帝一方面是具有超越性的，他作为超越的上帝与世界联系起来，他在宇宙之上，从彼岸来到世上的自足的存在；另一方面，上帝具有临在性，他作为临在的上帝与世界联系起来，他是无处不在的，并且他时刻用“爱”创造着万物，与我们人类的历史过程密切相关。故此，作者在《圣日默想》中深情地赞叹："他已超越时空，但又仍在万有与历史之内。他仍在托住万有，导引历史、人生，使源于上帝的一切终归于上帝。"它是思着的诗、诗化的思。

> 我又何必向你说出许多重复的话语呢？我的言语过多，反而听不见你要向我诉说的微声。这微声，只有在静思默想中才能听见。

"言说"与"聆听"是基督教哲学的两个重要范畴。在作者看来，"言说"的前提是"聆听"，我们若不学会聆听"你要向我诉说的微声"，只能"说出许多重复的话语"，因此，重要的是聆听，而不是滔滔不绝的言语。聆听是阿奎那所说的"倾注的静观"。这是一种神人密契式的状态。从人的角度来说，这是神倾注自己，进入祈祷者的生命中，绝非人靠自力、本能可能以追求达致的。因此，慢慢地，"我"要用言语祈祷的需要减到很低，反而选择"宁愿在你面前闭口不语"，默默地处于上主的临在之中。此时，"我"意识到上帝的临在，但不能言喻；形象式的语言也无法表达所意识到的，况且也不想用言语去规约那位倾注于心灵中的上帝："惟求我心常与你心相契相连。""静思默想"和聆听并不对立，相反只有在"静思默想"中才能听见那来自上帝的"微声"，因为"沉默并不喑哑"。[①] 用质朴的寥寥五十几个字来表达如此深奥而玄妙的哲理，体现了作者深厚的语言功力和深刻的神学观念。

---

① ［瑞士］奥特：《上帝》，朱雁冰译，辽宁教育出版社1997年版，第114页。

寻找仆人之主啊，请不要在昨天寻找我，无数个“昨天”已成陈迹；也不要在明天寻找我，尚有几多“明日”我实难知。求你寻找我于今日，寻找我于此时，容我此时爱你，不离你的左右。

从明晰、一贯、质朴的抒情语序中，我们显然可以看出，在时间三相的选择上，“我”是关注于“今日”，更执著于“此时”，即“当下”。然而作为“一条不断移动的分界线”，“现在”“并不是一个可以坚守的地方。假如除去这‘不再来’的过去和‘尚未有’的将来……我们便一无所有了。我们不能说时间是我们的时间，我们无法拥有‘现在’”。然而“未来与过去的奥妙，都结合在现在的奥妙之中”，[①] 那么“现在的奥妙”是什么呢？作者认为是“容我此时爱你，不离你的左右”。只有“爱”才可以让生命在场，能动地显身存在，从而使过去与未来在此生成。逃避“此时”的爱，而实施超时空的追求，则是无根的，只能使生命很快枯萎直至死亡。拥有强烈的时间意识，这才是人的本真状态，而要使这种本真状态一直维系下去，就必须拥有“爱”。正因为如此，有的学者这样说：“学会爱，参与爱，带着爱上路，是审美活动的最后抉择，也是这个世界的惟一抉择。”[②]

可以说，汪维藩的灵修文学作品在人与神之间、宗教体验与理论求索之间找到一个共同的恰当的交接点，而这个点说到底就是一个字“爱”。这是发自内心的、让人始终无法释怀的伟大的

---

① ［美］蒂利希：《永恒的现在》，刘小枫主编：《二十世纪西方宗教哲学文选》下卷，上海三联书店1991年版，第1834页。

② 潘知常：《生命美学》，河南人民出版社1991年版，第127页。

爱。“艺术品的实际地位既不依赖于其特殊的风格，也不依赖其纯熟程度……好品质的要求甚至可以在非常简朴的作品中达到。”[①] 汪维藩以及其他作家正是在“非常简朴的作品”里表现了“爱”的“好品质”。

---

① ［美］鲁道夫·阿恩海姆：《作为心理治疗的艺术》，《艺术的心理世界》，周宪译，中国人民大学出版社2003年版，第99页。

第四章

中国救赎文学

“世界破碎了，并在诗人身上留下裂痕”（海涅语）。进入新时期以来，中国作家虽然走出了“文化大革命”所制造的精神荒原，但伤口还在不断流血，而在新的文化语境和人文空间中却又找不到让自己可以依傍的精神角落和终极价值。于是他们成为无家可归的“异乡人”，而“成为异乡人，也就意味着要放弃自主、放弃使自己的生活具有意义的权力。成为异乡人，也就意味着要能够生活在永远的矛盾性之中，过着装腔作势的替代性生活”。[①]这对于向往精神自由、追求生存意义的作家来说，这是一件令他们相当恐惧甚至绝望的精神事件。也正是如此，早在1994年谢有顺就将我们生活的时代定义为“救赎时代”，而诞生于“救赎时代”的“文学”必须承担以下的价值功能和精神责任：“必须停止对现今时代之生存之痛的消解与转换，必须结束文学在废墟层面上的增殖。借此恢复到精神的维度上重获表达生存的权利，揭示出人类生存图景的真实景象与精神的终极需要，这是文学参

---

① ［英］齐格蒙特·鲍曼：《现代性与矛盾性》，邵迎生译，商务印书馆2003年版，第136页。

与生存活动的唯一道路。”令人欣慰的是，中国已然出现了以北村为代表的“这个”文学：“在北村所企及的家园景象里，今时代人类精神的伊甸园业已显现，同时也为真空状态下的先锋小说标示了一个新的精神向度——存在意义上的深度空间，这个事实将变得越来越重要。”[①] 基督徒评论家的特殊身份决定了谢有顺所说的“文学”不是一般意义上或者其他宗教形态的救赎书写的文学，而是基督教文化中救赎精神的文学言说，是一种神性的书写。这就是本文所要论述的“救赎文学”。

中国救赎文学是中国基督教文学的重要组成部分。虽然中国救赎文学的最重要的代表——北村已经受到极大的关注，但作为一种整体的救赎书写形态，中国救赎文学在中国文坛上并没有获得合法性的地位，甚至根本没有被命名的可能。而在价值资源枯竭、文化信念残破、精神支点旁落以及终极意识欠缺的当下，中国救赎文学对于价值重构、文化再建以及精神本源和终极意义的回归的深度思考和执著探索，则具有不可忽视的意义。所谓“早期文化将变成一堆瓦砾，最后变成一堆灰土。但精神将萦绕着灰土”。[②] 就此而言，我们不得不格外重视中国救赎文学的价值，不得不对这种独特的文学书写形态进行有效而深入地解读。

一　忏悔的黑玫瑰已然开放

中国救赎文学有一个基督宗教的神学根源：人因为疏远、背

---

① 谢有顺：《救赎时代——北村和先锋小说》，《文艺评论》1994 年第 2 期。

② ［英］维特根斯坦：《文化与价值》，黄正东、唐少杰译，清华大学出版社 1987 年版，第 5 页。

弃上帝而成为“罪人”，“罪人”则在上帝的“荣耀”中获得“救赎”。救赎意味着重建人与自我、人与他人、人与自然的常态关系，但最根本的则是恢复了人与上帝的和谐关系。而“忏悔”是“罪人”获得“救赎”的必要条件，是对上帝“救赎”行动的积极响应，因而是“信仰”的核心。就此角度而言，救赎文学往往又可以称为忏悔文学。因此，仔细地剖析忏悔的真实内涵以及在中国文化和中国文学中的流动变异，必定会促进中国救赎文学面貌的真实还原和价值的合理判断。

进入新时期以来，“忏悔”成为中国文化界、思想界以及文学界颇为流行的话语。它主要是由那场重大的历史事件——“文化大革命”所引发的。20 世纪 80 年代中期，刘再复就超越了“伤痕文学”与“反思文学”的情绪“控诉”而提出对“文化大革命”要“全民忏悔”的口号，虽然受到主流意识形态话语的规约而“不尽完满”，[①] 但是“忏悔意识”却日益进入了中国知识分子的思考空间和研究领域。20 世纪 90 年代中期以来，尤其是所谓的“两余”之争，使得中国知识分子对“忏悔”的思考达到了前所未有的深度。《读书》、《文学自由谈》、《书屋》、《中国新闻周刊》、《社会科学论坛》、《南方周末》、《文论报》等都开辟了专栏，刊发了大量的文章。这些文章不仅超越了对“文化大革命”这个具体的历史事件的省思而对中国文化进行整体的精神把脉，而且努力重塑新的中国文化和中国文学。自觉地背上十字架，这是中国文化可以拥有未来的标志。然而，当我们深入地考究这诸多关于“忏悔”的思考时，仍能发现存在着大量的误解、置换、蔑视甚至决然的抗拒。于是乎，“忏悔”成为被提及最多而实际上却没有被充分理解的时髦性口号，成为一个颇具吊诡意

---

① 殷金娣：《夏衍谈当前中国文艺界的几个热点》，《瞭望》1986 年第 41 期。

味的逻辑命题。也正因如此，我们听到了两种截然不同的声音：忏悔泛滥与忏悔缺位。

忏悔是必须的也是必要的。但忏悔是个人的自觉的行为，属于个体生命意义的形而上追求，它不带有丝毫的强迫意识。而中国的部分知识分子却以“×××，你为什么不忏悔”这种带有强烈的居高临下意味的表达句式，向别人发出强迫忏悔的信息，甚至以把玩别人的痛苦为乐趣，这自然违背了忏悔精神。真正的忏悔行为必须要有谦卑和宽容的心态，诚如舍勒所说：“正如没有懊悔心就不可能有对自身的诚实，没有谦卑也就不可能有懊悔心。谦卑抵制使灵魂囿于其自我位置和当下位置的天生的傲慢。谦卑是参照绝对的善之清晰观念不断转化的体验结果，个体发现自己难以企及绝对的善，只有当谦卑遏制了傲慢的压抑、固执和冥顽，重新恢复在傲慢之中似乎已经脱离生命流之原动力的自我位置，与生命流和世界的畅通关系，懊悔心才可能萌发。”[①] 而中国知识分子的“忏悔”恰恰缺少的就是“谦卑和宽容”，他们往往以所谓的精英意识和启蒙精神自居，高高在上，傲视他人，如此，“不忏悔”也就自然而然。即使他们有了“忏悔”也是隐藏了“梁木”——自我的局限性存在，而专挑别人眼中的“刺”。[②] 这样的“忏悔”只能是为了维护自身形象的“伪忏悔”。

救赎的必要前提是忏悔，而忏悔的必要前提则是面对无限的完善的存在，人意识到自我是一个有限的存在。人的有限性的存

---

① ［德］舍勒：《爱的秩序》，《舍勒文集》上卷，朱雁冰等译，上海三联书店1999年版，第685页。

② “梁木”和“刺”出自于《马太福音》（7：4—5），耶稣批评那些假冒为善的人：“为什么看见你弟兄眼中有刺，却不想自己眼中有梁木呢？你自己眼中有梁木，怎能对你弟兄说‘容我去掉你眼中的刺呢’？你这假冒为善的人！先去掉自己眼中的梁木，然后才能看得清楚，去掉你弟兄眼中的刺。”

在决定人是有“罪”的。但是在由德感文化和乐感文化共同构成中国精神的意向结构的传统语境中成长起来的中国知识分子却没有这种罪感，甚至很难接受，所谓“人的自足意识感恰恰是罪之沉沦的根源”。[①] 正因如此，中国知识分子往往把“忏悔”仅仅作为一种道德品格看待，他们如此来界定和评定“忏悔”：“‘忏悔’是一种道德自觉，灵魂自律，良心发现，更是博大的胸襟、气度和宽广的文化视野与文明的进化，品格低下、灵魂浑浊、格调庸俗者永远不会‘忏悔’”；[②] “忏悔就是一种道德，而且是一种要求自觉的道德”，“忏悔是一种贞操”。[③] 这是中国传统的德感文化和乐感文化遗产的继承和延续。

罪感意识的缺失和德感意识的充盈，使得中国知识分子在试图从西方《忏悔录》中获取精神资源时，更倾向于卢梭和托尔斯泰的《忏悔录》而非奥古斯丁的《忏悔录》，甚至把卢梭的《忏悔录》视为忏悔样板。前者是基于道德品格的自律的忏悔意识，“把‘自律’树立为自己的目标，并且是在他自己的个我之中——而不是在寻求异己的造物主‘你’的过程中开始建树人类真正的个体性”，后者则是基于上帝信仰的他律的忏悔理念：“与神性的本质特性的充分性相比，人类的个性是不充分的。”前者强调自我判决，“从而使人类成为自己的判决人，并在这一个可供作为泛滥的情况下坐在审判人的位置上判决人类悬而未定的问题”，后者坚信“只有上帝才能看到并看穿人类的灵魂及人类的

---

① 刘小枫：《拯救与逍遥》，上海三联书店 2003 年版，第 147 页。

② 余开伟编：《忏悔还是不忏悔》，中国工人出版社 2004 年版。

③ 刘铁：《忏悔是一种贞操》，《文学自由谈》2000 年第 5 期。中国许多知识分子试图以西方的文化思想来审视中国传统文化并进而否定之，但他们并没有也不可能逸出中国传统文化的影响，这种观点就隐含在带有浓重的中国传统文化因子的词汇的用法上，如对“贞操”一词的使用，而这些词汇却像思想幽灵始终萦绕着他们。

行为与渴望”，从而使得他“在忏悔了他自己有罪的往昔之后对自己陷于沉默并赞扬上帝深不可测的赐予中表现的仁爱与公正”。[①] 我们当然无意否定道德完善在当下社会的价值意义，但是，事实已经证明中国传统的道德资源和信仰资源已经出现了严重的意义匮乏。在如此的困境之下，仅仅立足于道德根基之上的忏悔理念所产生的焦虑和恐惧只能导致“救赎”问题上的绝望。难怪有的学者在读了卢梭《忏悔录》之后，深刻地指出，他名为忏悔实为辩解，“喜好把事实判断换为价值再以价值判断抽离事实判断，以此恢复良心平衡”。[②]

总之，忏悔的根源在于信仰，“‘忏悔’行动以‘良心’面对绝对完善的上帝而生的敬畏为起点，唤醒人的谦卑，将人的精神目光引向对已然发生的‘与恶’的观照，由此引发人对其原初自由和清白开端的领悟，从而实现心向上帝的爱的转向，最终摆脱‘罪与恶’的持续效应”。[③] 而新时期以来的中国文化界、思想界和文学界所争论的“忏悔”并非基督教神学范畴内的“忏悔”，而主要是一种公共评判的价值体系和道德体系。当然，这与西方由于基督教的巨大的意识形态功能的介入而使得“忏悔”成为西方的公共的话语体系并不相同。如此，在信仰资源严重稀薄的中国，“忏悔泛滥”和“忏悔缺位”这两种截然不同的声音都是合法的：因为伪忏悔的“泛滥”，忏悔失去了真义，因为真忏悔的“缺位”，已然造成伪忏悔的“泛滥”。

“救赎”必须要“忏悔”，这是一个必要的条件。如果连“忏悔”这个必要条件都没有具备的话，那么也就不可能得到真正意

---

① ［德］耀斯：《个性的宗教来源与审美解放》，刘英凯译，刘小枫主编：《人类困境中的审美精神》，东方出版中心 1996 年版，第 685—694 页。

② 黄波：《接受忏悔，我们准备好了吗?》，《文学自由谈》2001 年第 5 期。

③ 黄瑞成：《“忏悔”释义》，《宗教学研究》2004 年第 1 期。

义上的“救赎”，相反可能会陷入更深的生存危机和意义危机之中。当然，“危机”并非是令人感到绝望的词汇，它一方面意味着一种异质的程序正威胁着要打乱某种既定的生存秩序，另一方面也意味着新的生存秩序的生成。而在这个极度期待救赎、而忏悔却被大大异化的时代，中国救赎文学则如从精神天国投射向世俗人生的一道救赎之光，它在由诸多令人眼花缭乱之光所交织而成的中国文化界和文学界虽然还显得比较微弱，但异常坚定、执著。忏悔的黑玫瑰已然开放，救赎时代的灵魂呐喊将会给生命荒原的人类以感动与慰藉。

首先，中国有许多救赎文学作品涉及爱情和婚姻在现世生存中的困境，以及如何拯救爱情和婚姻的救赎主题。其中，施玮的长篇小说《放逐伊甸》（原名《复乐园》）颇有代表性。小说是作者在正式皈依基督（1999 年）之前“生命仿佛也进入了荒原”的情境下创作出来的。此时作者给予作品中苦难主人公的出路就是“在腐烂中等待着通过精神分裂进入精神乐园”。作者明知这种出路的“荒谬性”，但却无可奈何，“心里充满了对造物主的怨恨，充满了赴死的‘悲壮’情怀”。1999 年以后，在神的启示下，作者三易其稿，终于为她笔下的人物找到了生命的回归之途。整部小说把现代知识分子的灵魂堕落放置于《圣经·旧约》之镜进行观照、描述与挖掘，“以旧约中辉煌的人物衬映现代人的黯淡委琐；以旧约中神所立的伦理与道德的纯净来光照现世代的混浊”。[①] 小说以李亚与戴航的爱情及赵溟与王玲的婚姻为主线，表现“放逐”（深渊）与“回归”（天梯）。小说中的三个主人公分别有各自不同的精神回归之途。戴航的回归主线是爱与纯洁，对应的旧约故事是以撒与利百加之间爱情与婚姻，以及父神

① 施玮：《放逐之途》，《信仰网刊》2003 年第 3 期。

在基拉耳对利百加的保护与对以撒的祝福（《创世纪》24—26）。李亚的寻求主线是生与死，对应的是旧约雅各的故事，肉体所需的红豆汤与灵魂得救所需的天梯（《创世纪》25—28）。赵溟的叩问主线是罪与赎罪，对应的旧约放逐过程是从人在伊甸园犯罪被逐，到洪水与巴别塔，到神对夏甲说他已经听见了童子的呼求声（《创世纪》1—22）。这三条主线表现了从神造人，人因罪而离开，到神的拯救的整个放逐与回归之途。放逐之途的尽头是绝望深渊的抵达，同时也是光芒的天梯突然降临之时。小说对生与死、罪与良心、爱情与金钱、婚姻与伦理进行了描述、质疑和思索，且把从高天垂下，抵达深渊的十字架作为人类重返伊甸之天梯，记述了现代人追求与认识生命本源的心路历程，“灿烂而辉煌的伊甸园因着一个寻觅者的心灵与文字，穿过世界的尘埃亲近着我们疲惫的心”。①

基督徒、作家兼婚姻问题辅导员的身份使得姚张欣洁对现代人的婚姻状态有着深切的体验和深刻的阐释。她在长篇小说《上帝的花园》中，将神圣的婚姻看做“上帝的花园”：“上帝创造亚当和夏娃，让他们彼此相爱，互相帮助，生活在婚姻的花园之中。”正因为上帝的花园是美好纯洁的，所以当它因各种情欲引诱而沦为黑暗的深渊时，作者毅然借小说中的人物之口告诉跌入婚姻裂隙中的人们：“婚姻是神圣的，不到最后一刻，你不可以放弃。”小说以朴实流畅的语言生动地表现了处在黑暗深渊之中的三个女人——依望、徐小凤、效丹，她们的悲痛、孤独、愤怒、困惑以及坚守“婚姻是自神而来的，是上帝创建的第一种人际关系，神的原则是一夫一妻，一生一世”的婚姻合约的意志、

---

① 梅菁：《放逐与家园——读旅美作家施玮的长篇小说〈放逐伊甸〉》，《信仰网刊》2004年第19期。

耐心、智慧，并最终在自我忏悔、学会感恩和七色彩虹（这是上帝与人类的约定，以彩虹为记，永远祝福人类）的祝福中走出了婚姻的黑暗之地。婚姻的花园在充斥污浊之气的沉沦世界里要想恢复自身的美丽清香，必须要在花园的中心安置一个写着“上帝是爱”的路标，因为这个路标指示着永恒。这就是《上帝的花园》所要展示的精神意旨。

其次，回顾人类的文明史，赞美青春固然是一个永恒的主题，但青春之后的“忏悔”更是一个永恒的主题。对于自己的青年时代，奥古斯丁对自我粪土般的肉欲和沉迷各种假真理进行忏悔，卢梭对自己卑鄙的欲念和丑陋的恶习进行忏悔、托尔斯泰对虚荣、自私和骄傲的写作动机进行忏悔，陀思妥耶夫斯基则对任自由意志发展而导致的可怕的恣意妄为进行了忏悔。与西方作家热衷于青春之后的“忏悔”相比，缺乏忏悔意识的中国作家似乎并不怎么关注。因此，江登兴《青春忏悔录》的诞生就显得尤其可贵。作者如此说，“五、六年前，当我口口声声呼喊着青春时，青春于我是炫耀的资本，是挥舞的大旗，是无边的荒原，是静夜燃烧的诗行。但是这一切都无法掩盖岁月的流逝所凸显的苍白。如今我不好意思说青春了，却厚着脸皮把一些文章命名成‘青春忏悔录’，让我每次念到‘青春’就如嚼到了一枚酸涩的青果”。[①]

《青春忏悔录》一共有 24 篇，其中前 12 篇不仅仅是以杜鹃泣血般的哀情真真切切地写出了一个茶山家庭的“苦茶”和“苦路”：父亲得了口腔癌的痛苦、“我”失去父爱的惊恐以及有着硬性品格的母亲的无助，更是苦难生命穿越苦难并最终抵达信仰的灵魂自白。作者对于“苦难”和“痛苦”有着独特的见解：“心

---

① 江登兴：《死荫路上的安慰者·后记》，《信仰网刊》2003 年第 3 期。

灵在苦难里与苦难相遇。受苦不等于苦难，仅仅是痛苦并不构成苦难，苦难等于痛苦加上敏感的心。在痛苦里，不等于心灵敏感到苦难。有时，在痛苦过去多年后，苦难才在回味里逐渐呈现”（《苦荼》）。“刑夫克子”的罪名，不仅使得母亲绝望精神失常，并且为了两个儿子的“生”在绝望中毅然地走向死亡的阴谷，而且在潜意识中成为“我”可能会挽救母亲但却没有挽救的借口：“是宿命观导致我自私地逃避责任，没有阻止母亲走向死亡，而这一切本来是可以阻止的”（《忧伤远行》）。但是当“我”意识到“我”的罪恶并渴望向母亲忏悔时，母亲已经长眠于黄土。忏悔的对象已经不复存在，那么真正的忏悔如何可能呢？作者的答案就是：“我伤害了我的母亲，也伤害了造她的上帝，所以我要向上帝忏悔，向十字架上的耶稣基督忏悔，他能带给我心灵的平安”（《我为什么要忏悔?》）。作者在“罪”的纠缠中体验到生命真实的苦难，同时在救赎的忏悔中体验出超越苦难，获取生命之上的生命。

以生命之光反观勃发的青春，江登兴窥视到自己灵魂的某些污秽。因此，在《青春忏悔录》的后 12 篇中，我们可以感受到一个深刻自省和痛切忏悔的灵魂。他反思自己的作秀生涯，认为那是权力欲和暴力崇拜相混杂的产物。他毫不犹豫地揭开自己“伟人梦”背后的阴暗面纱：“强烈的排他性，自高自大”以及“强烈的中心意识，和参与中心，在中心扮演主角的渴望”。他忏悔自己想当皇帝的“天子意识”：“自由不仅是不被别人辖制的自由，自由更深的含义是不去辖制别人的自由。”他忏悔自己以虐待动物来获取快感：“我的虐待动物的倾向，更多的出自自己的内心。我没有赶上文化大革命，要是赶上的话，我很可能会以对待动物的方式来对待人的。”他忏悔因为造假而失去了良知：“不是世人都有良知吗？然而在我造假的时候我的良知在哪里呢？我不知道。我只记得自己当时在潜意识里，在我造假的过程中，一直在为自己的行为开脱。”他还忏悔视女性为不洁的行为，忏悔三次丧失自尊人格的受贿，忏悔为了功利目的而送礼、忏悔因为热衷于“相术”而使得母亲恐惧不安，甚至走向死亡。作者一方面为青春时代那些充斥着种种欲望的行为深深忏悔，另一方面也为人类从精神困境之城中突围出来，垂下一个极为眩目的天梯——十字架。从而如基督徒作家那岛所言“以青春蹉跎岁月的纪实和忏悔叩响了现代读者的怠惰、倦乏、沉闷的心灵”。[①]

再次，在中国传统的道德资源和信仰资源出现严重的意义匮乏之际，强调信仰维度的建构无疑是有着深远的意义，但是如果以为信仰的提出就意味着诸如失落、恐惧、困惑、焦虑等情绪化表达的终结，意味着罪恶苦难的消失和圣洁人格的形成，意味着可以应对肉身存在的一切困境的话，那么这是对信仰的极大误读和曲解，很容易滑入信仰的“教条主义”陷阱之中。陈韵琳的《双面亚当》就反驳了这种信仰的“教条主义”，并且提出一个颇有见地的质疑：“陷于苦难者自己对信仰的经历，是否需要更新，如何更新?”（《作者自己想要说的话》）如此就形成了这样一个逻辑：信仰可以救赎，但信仰本身也需要“救赎”。

《双面亚当》讲的是一个现代约伯的苦难故事。汪平是一位虔诚圣洁的牧师，他和约伯一样拥有一个可羡而不可求的幸福家庭。但是面对女儿迫于出生在一个信仰的家庭而不得不信仰的压力而割腕自杀的残酷现实，同为基督徒的汪平和其妻雅芳却有着截然不同的反应：汪平相信有上帝，但是他恨上帝，原有的信仰崩溃瓦解，他试图去重新建立信仰，但是却茫然无助、焦虑不安，以至于向当心理医生的朋友倾诉，而恪守于《圣经》话语的

---

① 那岛：《葡萄树开花放香》，出自“那岛博客”，2005 年 9 月 7 日。

雅芳却仍努力地呵护着她的信仰，不愿意暴露自己的惊恐、痛苦甚至绝望，并且逼迫丈夫伪装刚强。这也是基督教界争议的焦点：支持汪平还是支持雅芳？作者的观点当然是前者，她借助汪平的口批评了雅芳的信仰的不真实状态："她的信仰一直不处理最真实的人性，只单单表白超然真理，真令人憎厌；她不能单单期待一个人仅只透过信仰呈现神性的那一面，我是人，我有人性，她需要接纳人就是人。这才是真实。"活出信仰、坚守信仰不是一件轻松安逸的事，特别是当下诸多诱惑因素的无处不在以及诸多欲望的强力攻击，使得人内在的新生命和软弱的罪性极易产生冲突，而其中的恐惧不安、茫然无助、绝望挣扎等情绪化的表达，比抽去人性的神学标准套式本身更令人感动，更具真实性。而这恰恰印证了克尔凯郭尔的观点："如果基督教是教条，那么与基督教的交往就不是信仰的交往；因为只有理智性的交往才属于教条。因此基督教不是教条，而是上帝存在的事实情况。"①

汪平渴望走出"双面人"的痛苦，但信仰的重建，仍是一条漫长的路。小说中有一个极为关键的细节就是汪平的梦：自己在一个死去了儿子的妇人面前哭泣。后来汪平逐渐悟出了梦的内涵："那个梦中的女人，不是雅芳，是上帝，她像母亲般接纳了我的一切不幸、软弱与痛苦，并我的罪。她是死过一个儿子，为我一切不幸、软弱、痛苦与罪恶而死。我需要认识这个梦中的女人，认识上帝的接纳与饶恕并她的爱是深到什么程度。只有这样，当我想及我女儿的死，我才有办法原谅我自己。"上帝是软弱者的上帝，人在软弱中才能真实地与上帝相遇，这就是十字架的奥秘。

---

①［丹麦］克尔凯郭尔：《基督徒的激情》，鲁路译，中央编译出版社 2001 年版，第 54 页。

信仰是人“形而上”的需要，是人对自身现实生活有限性的精神超越，对终极价值的关怀与向往。信仰显示着一种人生状态，信仰不仅强调对对象的“终极”的静态的向往与追求，而且更注重于强调这种向往与追求的过程性。它既强调关怀“终极”，更强调终极性地“关怀”。因此，对于一个人来说，坚守前者或许并不太难，但是实践后者就比较困难。出生于20世纪70年代末的基督徒作家丹羽同样无法回避类似的困难。在《归去来兮》（包括五部中篇小说）中，丹羽就“像一个半生不熟的哲学家那样关心意义，她竭尽全力想证明信仰之必须，却又在为信仰的如何抵达忧心忡忡，你可以说她的小说一片混乱，毫无美感，耽于议论、思辨而无法引人入胜，但她的蛮横和坚决提供的却不仅仅是一种文风，而是我们在现实和文字双重镜像中上下求索而上下失其道的疯狂，这就像卡夫卡所揭示的‘没有路，我们所称为路的，不过是徘徊而已’和‘一切障碍都在摧毁我’一样让人震撼”。[①]

《归去来兮》呈现出三种信仰形式：一是对爱情的信仰，二是对文学的信仰，三是对基督的信仰。而且因为这三种信仰形式互相纠结在一起，并且牵扯到亲情、友情以及社会上诸多的人际关系，作者把庞大的世界拖到了她的逼仄的小屋。因此，我们所感受的只能是摇曳不止的矛盾、焦灼不安的情感、黑色死亡的气息以及混杂着希望与绝望的哀告。在小说中，清纯但很孤独的女主人公在不断吁求爱情的家园：“我觉得自己像个孤儿，在这个世界上没有真正亲近我的、了解我的和爱我的人。所以，从久远的年代开始——久远的过去，我就不断的寻觅，不断的渴望被拯救，不断的寻找情感上的依靠和寄托”（《无法告别》）。对爱情的“信

① 阿长：《在提问和确信之间》，《归去来兮·附录》，大众文艺出版社2005年版，第264—265页。

仰”使得她们对她们自以为最优秀、最纯洁的男人的“追逐”(《追逐》)表现出那么狂野的不顾一切的甚至病态的执著。但是她们所仰望的男人总是在享受她们的青春魅力的同时用各种世俗理由拒绝给予终身的承诺，爱情无法成为精神的栖息之地。此时的她们要么选择死亡，要么以爱欲来举行一场凄美的爱情告别仪式(《告别仪式》)。但她们始终“无法告别”。文学信仰是和爱情信仰紧紧相随的。她们所仰慕的男人正是她们写作上的精神导师，或者说后者是前者的原因。爱情信仰失败之后，她们企图用文学拯救自我：“写作对于我，是一种生命存在的本质。只有写作，才能让我获得心灵的释放，真正的自由和超越死亡的笃定的、安宁的、坚实的存在感”(《无法告别》)。但是她们必须为“唯一可以实现并延续爱的理念与感受的文学”奉献自己的身体。美丽的乌托邦在残酷的现实面前也逐渐地坍塌了。此刻的丹羽似乎还不能为她笔下的女人找到最终的归宿：“乌托邦让所有的告别变得简单，而生活惯性却让所有的告别都变得异常艰难。”于是她再一次让她们重回黑暗，并在“心蚀”(《心蚀》)中进行痛楚的剥离、蜕变。抵达深渊的女人开始终极层面的思考，她渴望得到上帝的救赎。但是情欲却像蛇一样纠缠她，使之毫无意志力地继续无限的沉沦。“我心就是我的仇敌”(奥古斯丁语)。在与自我进行反复搏斗之后，她终于决定中止如昙花如雾霭般残缺的情爱，为自己的心灵找到一个归宿，一个真正的永恒——十字架。

丹羽是一个“无情”的作家。她在让她的女主人公找到永恒的天梯——十字架之后，仍然让她在世俗情感、文学生活和基督信仰的纠缠不清、相互吞噬中体味着生命的阵痛和情感的伤悼。在小说《归去来兮》中，受洗后的玄青面对世俗生活和文学聚会却有一种恍惚的无所适从的感觉，以至于当报考神学院的美丽幻想被击碎之后，“迷惘和自我沦丧在我内心深处似乎越来越清晰了”。基督信仰“迫使”玄青不断地进行灵魂向上的攀爬，但是在攀爬的同时，她又从未停止过反问、质疑。“在你的生活中，如果感觉不到有信仰的脉搏，那么你也就没有信仰。如果相反，人们在你的生活中感觉到信仰这种脉搏的不安宁，就会说你具有了信仰。”[①] 拥有基督信仰但仍旧行走于泥泞之中的玄青亟待获取新的救赎之道。而一次偶然的机会，使她得以和著名神学家卫子夫见面。但是卫子夫的傲慢以及他对于个体生命毫不关注的表情，尤其是他的“知识超过单纯的感觉中的信仰”、“把神学作为学术来对待”等观点，使得持有“比起教条，我更相信性灵中的直感”理念的作家玄青感到彻底的失望。她用自己目击的见证，粉碎了上帝在知识中现身以及上帝对人的恩赐是不同等说法。最后，玄青还是回归了世俗怀抱，完成了“苏格拉底式的第二次起航”。尽管那里没有所谓的学识丰富的神学家，但是却有着真实的生命，有着“爱的箴言”。自此，经过四次的精神游历，丹羽终于让她笔下的女主人公从虚妄的信仰之城中突围，并找到了真实可靠的信仰生命。“在丹羽的身上，我看到中国文坛几乎销声匿迹的对心灵的拷问，因为她所说的一切都是真实的。……你可以把这些作品看为她的心灵实录。”[②]

最后，中国救赎文学对“文化大革命”记忆进行了独特而深刻的神学解读。德国批评家阿多诺（Theodor W. Adorno，1903—1967）曾说：“在奥斯维辛之后，写诗是野蛮的”，但在中国“文化大革命”以后则变成：不进行文学创作是野蛮的。当然，此处的文学创作特指“文化大革命”叙述。与伤痕文学势不可遏的情

---

① ［丹麦］克尔凯郭尔：《基督徒的激情》，鲁路译，中央编译出版社 2001 年版，第 43 页。

② 北村：《她的心灵史》，《归去来兮·序言》，大众文艺出版社 2004 年版，第 2 页。

感控诉、先锋文学波涛汹涌般的暴力流泻，红卫兵——知青视角的“文化大革命”叙述，纵情讴歌激情青春以及诸多以喜剧狂欢的形态体现“文化大革命”政治的荒谬的长篇小说（如王蒙的《狂欢的季节》、王小波的《黄金时代》、王朔的《看上去很美》）不同，中国救赎文学则是带着一种强烈的罪感意识和良知精神对“文化大革命”记忆进行神学的解读，从而不仅仅提供了一种深刻而独特的叙述视角，更重要的是促进了中国人罪性意识和救赎意识的觉醒，以及对中国文化重建的现代性思索。

二 对“文化大革命”记忆的神学解读

从“文化大革命”结束至今，关于“文化大革命”叙述的文学作品不断地发表出版，而这些作品又不时地制造着对“文化大革命”话题争论不休的“神话”。反过来，这些“神话”又刺激着文学创作的大量喷发，如此循环，以至于形成了中国思想界、文化界和文学界中的一个特殊的“文革情结”。有的知识分子大力提倡建立“文革学”，[①] 要求“全民忏悔”，有的知识分子感到相当疲累，大呼不要进行“毫无意义的纠缠”，[②] 而有的知识分子则理直气壮地说“我不忏悔”（如张抗抗为自己的中篇小说取名为《永不忏悔》）。对“文化大革命”问题的众声喧语，一方面表明中国知识分子对于“文化大革命”——这个重大的民族事件和精神事件的极大关注和深入反思；另一方面也意味着“遗忘”已然成为中国知识分子生存和生命活动的精神困境之一。

① 丁帆：《建立“文革学”的必要性》，《文论报》2001 年 11 月 1 日。

② 孙静轩：《毫无意义的纠缠》，《文学自由谈》2000 年第 6 期。

"'遗忘'这个简简单单的词，能把我们打入有关生与死、时间与永恒最深奥难解的谜里去。"文化神学家蒂里希曾经归纳了"遗忘"的三种形式：一种是日常生活中的自然遗忘，"不需要我们予以合作而循环往复，就像血液循环一样"；一种通过压抑达到的遗忘，即"我们压抑住我们难以承担的事物，并通过在内心里把他们埋葬而遗忘"，这种遗忘无法使人得到解脱，因为"无论如何记忆仍被埋藏于我们心中，它们仍对我们成长中的每一个瞬间发生影响。有时，记忆冲破了对它们的禁锢，直接给予我们痛苦的打击"；第三种遗忘则是"解脱的遗忘"——忏悔。"忏悔"意味着"必须将由过去罪恶引起的意识和痛苦掷入过去，不是通过压抑它，而是通过认识它，不论是好是坏都把它承受下来"。当然，并不是说被遗忘的事实不重要，也不是我们压抑了难以承受的事物，而是我们认识到自身的罪恶，并能与之共存了。这是一种"虽然记得但我忘记了"的真正永恒的遗忘。而"宽恕"则是遗忘的最高形式。"我们能够活下去，仅仅因为我们的罪恶得到了宽恕，并因此被永恒地遗忘了。我们能够去爱，也仅仅由于我们能去宽恕同时也得到了宽恕。"①

在笔者看来，中国作家对于"文化大革命"记忆的处理策略恰好对应这三种遗忘形式：一是将"文化大革命"称为自然遗忘的对象，与他们根本无关，如"文化大革命"作为一种中国人的集体记忆，在一些作家的笔下恰恰就是被颠覆的对象。林白就如此说，集体记忆"是沙漠，个人的经验与个人的记忆像水一样流失在沙漠中"，"这种集体的记忆使我窒息，我希望将自己分离出

---

① ［美］蒂里希：《蒂里希选集》下卷，何光沪选编，上海三联书店 1999 年版，第 843—848 页。

来”。[①] 集体记忆在某些时候固然会扼杀个人记忆的创造性，但集体记忆中的某些珍贵的东西可以保留下来，并在此基础之上继续生长起来，直达未来。二是不论以何种理由而拒绝忏悔，如梁晓声在自传体小说《一个红卫兵的自白》扉页上就明确写道：“我曾是一个红卫兵。我不忏悔。”[②] 还是以强烈地控诉代替深刻地忏悔，如大多数伤痕文学，还是以平静的回忆压抑内在的痛苦，从而回避忏悔，如王蒙在创作谈中所言：“想起过去，我会想到很多词汇，过去是如此伟大、幼稚、荒谬、无情而又多情……我甚至也会怀念我在‘文革’中的许多生活。”[③] 这一切，都是人为地通过压抑来达到“遗忘”，他们“忘记”了“文化大革命”中的仇恨、罪恶、死亡和感恩、挚爱、新生，因为前者会撕裂他们的灵魂，而后者的责任与义务则降服于他们的怯懦和恐惧之下。而控诉则是“无辜受难者”为了在宣泄快感中获取伊壁鸠鲁式安慰的一种生存方式。第二种处理策略或许可以暂时割裂他们与令他们痛苦的事实之间的联系，但是“无论如何记忆仍被埋藏于我们心中，它们仍对我们成长中的每一个瞬间发生影响。有时，记忆冲破了对它们的禁锢，直接给予我们痛苦的打击”。[④]

第三种遗忘形式即中国救赎文学通过一种忏悔和赎罪的方式从重负的“文化大革命”重压中解脱出来，达到良心的安定和欣

---

① 林白：《记忆与个人化写作》，《花城》1996年第2期。

② 许子东认为“文化大革命”小说的主人公至少有四种不同的方式来谈论自己在“文化大革命”中的言行：一是干部身份的受害者的自省：“运动前会有过失，灾难中再无错误”；二是“右派”知识分子的自省：“我在受难时也有错，但都是以恶抗恶”；三是前造反派的自省：“我犯了错，但别人的错比我还大”；四是红卫兵——知青的自省：“我曾经有错，但我不忏悔”（《“感谢苦难”与“拒绝忏悔”——解读有关文革的当代小说》，《上海文学》1999年第1期）。

③ 李晓犁：《王蒙：我要把真相告诉后人》，“人民网”，2000年6月13日。

④ ［美］蒂里希：《蒂里希选集》下卷，何光沪选编，上海三联书店1999年版，第846页。

喜，灵魂的超脱和救赎，从而使生命走向更新。毫不讳言，对于“文化大革命”真诚反省和深刻忏悔的声音不是没有，如巴金的《随想录》、曹禺的《苦闷的灵魂——曹禺访谈录》、邵燕祥的《人生败笔——一个灭顶者挣扎实录》、季羡林的《牛棚杂忆》、韦君宜的《思痛录》、戴厚英的《人啊，人》、铁凝的《大浴女》、乔典运的《命运》等或是被公认为的中国当代《忏悔录》，或是虽然不是典型的忏悔文本，但却弥漫着浓郁的忏悔意识。但是总的来说，这样的忏悔声音是相当稀疏的，犹如空谷足音。况且，以上的忏悔主要受到卢梭和托尔斯泰的《忏悔录》的影响，虽然深刻地挖掘到了知识分子灵魂深处的隐私，表现了知识分子自省、自责、自审，但是忏悔的指向并不是人类存在的普遍的有限性，仍然是一种忏悔的人的忏悔，[①] 并未达到神学意义层次上的“人的忏悔”。神学意义层次上的“人的忏悔”就是作为有限者存在的个体向无限者存在真诚袒露自身生命的欠缺，立志在无限者的引导下修改自身的生命痕迹。而中国救赎文学对于“文化大革命”记忆的解读则达到了神学意义层次的人的忏悔，并因此获取了真正意义的救赎。因为“耶稣基督的拯救并非只着眼于释放(freedom from)，而且更关注于迈向（freedom to)”，[②] 这是一种真正“记得而又忘却”的“解脱的遗忘”形式。

中国救赎文学中对于“文化大革命”记忆的神学解读当推美籍华人学者作家范学德的《梦中山河——文革忏悔录》。这

---

① 陈思和把以人的缺陷为对象的忏悔，称为“人的忏悔”，而将把忏悔主体从抽象的人转移到具体的人或作者自身的忏悔称为“忏悔的人”（陈思和：《中国新文学发展中的忏悔认识——关于人对自身认识的一个侧面》，《上海文学》1986 年第 3 期）。

② 曾庆豹：《晚期资本主义与解放神学的重构》，《信仰的伦理》，《基督教文化学刊》，第 9 辑，宗教文化出版社 2003 年版，第 169 页。

部《忏悔录》虽然只有短短的 9 篇，4 万多字，但却以自传的形式、深刻的罪的自责及忏悔和亲切的信仰体验表明中国已经出现了真正的奥古斯丁式的关于“文化大革命”题材的《忏悔录》。

忏悔是一种形式的自我灵魂旅行，是一种自传记忆的生命之书。心理学认为，自传记忆是关于个人生活的记忆，因而自传记忆的内容和数量应同个人生活的终极意义密切相关的个人生活主题相联系。弗洛伊德（Freud，1856－1939）在《癔症研究》中就探讨了记忆与个人生命意义及生活主题的关系，并认为人的整个记忆集群被镶入个人生活主题的整个生命历程中，所有个体都自发回忆与涉及在个人生活主题发展中起核心作用的童年期[①]许多鲜活记忆直接相关的事件。[②] 因此，《梦中山河——文革忏悔录》虽然是对于重大的历史事件的“忏悔”，但作者选取的却是“现代自传”似乎不屑叙述的看起来微不足道的童年期的鲜活的琐屑记忆。作者在叙述这些琐碎记忆时，在现实的人物、真实的地点和多少具有序列时间叙述的框架之内，始终突出强烈的精神危机。这些精神危机不仅与作者的生命历程紧密相关，而且超越具体的人事而直指人类的有限性存在，表达了作者对于生命的神性关怀以及对回归精神家园的渴求。

《我怎么打人啦!?》写“我”在监督学习班的“牛鬼蛇神”学习时，不小心烫伤了一位老师。虽然事后向这位老师道歉并且得到了老师的谅解，但是“我”一直为此懊悔不已。起初“我”只是一种“行为懊悔”，按照舍勒的现象学分析，所谓

---

① 意大利儿童心理学家蒙特梭利根据心智的变化划出了儿童发展的三个阶段：0—6 岁；6—12 岁；12—18 岁。很明显他所谓的儿童期主要指 0—18 岁期间。另外，联合国《儿童权利公约》中界定的儿童期也在 0—18 岁期间。

② 秦金亮：《自传记忆线索提取发展的实验研究》，《心理科学》2004 年第4 期。

"行为懊悔"是个体针对已然成为过去的道德上无价值之恶行而发的懊悔，这种懊悔专注于某些已然无法改变的行为事实而悔恨。其典型表达则是："我竟然是这样一个人。"可见，"行为懊悔"由于执著于"自我"而将精神的目光始终停留在"心理领域"。因此，"我"先是充满着由恐惧和惊慌而导致的极度不安，随后，以各种理由把责任推给了别人，"我后悔了，但没有回心转意"。但25年后，面对上帝，"我"开始审视自己的灵魂："它是一个贼窝。"此时的"我"顿生一种作为负疚意识的罪感，进入到"存在懊悔"的阶段。所谓"存在懊悔"是个体针对发出道德恶行的人格之部分"自我"而生的悔悟，这种懊悔针对的乃是一个可以改过自新的"位格"。其典型表达是："我竟然做出了这样的事。"当然，"存在懊悔"也遵循心理的因果性，但它并不决定于心理的因果性，而是超出了"自我体验"，达到对"我本可以不这样做事"的领悟。于是"我担起了我的罪责，不再推诿，那是我的罪过，是我在人、在上帝面前犯下的"。而在基督耶稣的大爱中，"我"获得了拯救并滋生出一股新的生命力量和生命情绪。诚如舍勒（Max Scheler，1874—1928）所说："有生命力的更深切的懊悔行动的这种最神秘之处在于：在懊悔行动中，在其连续的运动过程中，一种更高的理想主义的生存作为一种个体可能的生存出现在眼前：精神生命的层次有可能获得一种建立在聚集之上的提高，以致个体现在发现整个过去的自我状态远不及现在。"①

同是宗教信仰者，范学德并不喜欢像张承志那样用蘸满激情的笔去歌颂红卫兵的所谓理想主义："人心中确实存在过也应该

---

① ［德］舍勒：《懊悔与重生》，林克译，刘小枫选编：《舍勒选集》上卷，上海三联书店1999年版，第705页。

存在一种幼稚简单偏激深刻的理想。理想就是美。残缺懵懂的青春夙愿是最激动人心的，是永生难忘的美好的东西”（张承志《金牧场》）。因此，在《“懒汉鞋”》中，我们虽然也感受到“我”和徐志诚的真挚友谊和所谓的“激情”理想，但是作者却从一双普通得不能再普通的懒汉鞋出发，通过具体叙述“我”的嫉妒情感产生的直接原因：“你爸是大官，我爸是一个老百姓”，以及在嫉妒——这把焚心的火的燃烧下实施了某种嫉妒行为，甚至后来把嫉妒美化成为仇恨，成为“文化大革命”中“人整人”的强大精神动力，探究了嫉妒的真正来源：“当我有一天有了自我意识之后，我就早已经处在嫉妒心的影响之下了。”后来读了该隐和亚伯的故事时，“我”认识到罪恶进入世界，就是由于魔鬼的嫉妒。这是人类原罪的根源。从此，嫉妒就如“凶眼”盯住了人类，并且制造了无数的灾难。虽然作者也意识到嫉妒“至少是隐藏在一些人的革命愿望和口号之下的真实心理，它驱使着许多人疯狂，我就是其中的一个”。嫉恨之偏情，扭曲人性乃至使人疯狂，足见嫉妒之罪孽深重，诚如《圣经》所说：“忿怒为残忍，怒气为狂澜，惟有嫉妒，谁能敌得住呢？”（《箴言》27：4）但是他也理性地认识到不能仅仅用“嫉妒”这一人类罪性情感来阐释灾难深重的“文化大革命”。因此，在《从蒲公英花开到“归罪心理”》一文中，作者仍然从童年中蒲公英开花以及挖野菜的鲜活而琐碎记忆中，窥视人类的另一个罪性情感即“归罪心理”。作者这样解释“我”在“文化大革命”中的“归罪心理”即“把自己生活中所遭受到的一切苦难和不幸，都归结到‘一小撮阶级敌人’的身上，由于形成了这样的心理，于是，我所等待的就是谁被定为阶级敌人了”。由于存在这样的“归罪心理”，阶级仇恨就如种子一样根植于“我”的内心，“成了我的信念”。而这导致了“我”的野蛮、愚昧与残忍：以冠冕堂皇的名目——“革命行动”疯狂地发泄着自己的仇恨。而且“我”吃惊地发现，在人类历史上，那些造成最残忍的暴行的仇恨，竟然都是打着“正义”、“自由”和“革命”的旗号。仇恨使得生命贫瘠荒芜，但是偏偏以“正义”、“自由”和“革命”加以掩饰，而“我”也是其中的一分子。作者通过对自我的罪的反思来揭示所谓“正义”、“自由”和“革命”的虚伪，将中国有史以来就始终加以掩饰的荒谬存在真实地还原为荒谬存在。

“文化大革命”十年是个政治癫狂的时代。处于政治癫狂状态的人必然对可能具有“特异功能”的人有着天生的迷信和先在的崇拜。而这种迷信和崇拜有着韦伯所说的“神异性权威”的“革命领袖”，通过发达的、而且又是高度专制的现代媒体的有效宣传，成功地将自己塑造成为掌握着“历史发展规律”的“先知”身份，创造了广泛的群众迷狂，本质上属于一种典型的极权主义专制之下对于“领袖”的盲目忠诚和意识形态“着魅”。[①]《“玩笔杆子”》和《“毛主席是我们的大救星”》揭露了偶像崇拜给人的精神世界所带来的深重灾难，使得人性发生严重的扭曲变异。作者通过自身经历的叙述仔细地考究了“文化大革命”中的“玩笔杆子”的两种玩法即“嫁祸法”和“归功法”的功能。前者不断地制造敌人，而后者则不断地制造偶像。以至于“自己这么做时，没有任何内疚心理，也根本不认为自己是在造假，反而心安理得”。粘连在专制权力话语网罗之中的“我”竟然有一种习惯成性的迷恋，“至少可以肯定，通常它是无意识的。如其他习惯那样，（在它遇上使其解体的变故之前）它是完全自足的”。[②]

---

① ［英］安东尼·吉登斯：《民族——国家与暴力》，胡宗泽等译，北京三联书店1998年版，第356—357页。

② ［美］皮尔士：《实用主义要义》，《现代西方哲学论著选读》，陈启伟译，北京大学出版社1992年版，第129页。

"毛主席是我们的大救星"是"文化大革命"时期中国人固定的信仰。在中国人的心目中,"毛泽东"永远圣洁,"以至于不止是毛早成了神明,就连主席像也被神气所笼罩了。比如,主席像旧了,要去新华书店买一张新的,但不能说买,得说请。比如,我们家换下来的旧画像弄到哪里去了,是个谜,大人不让我们小孩子知道,是父母亲自操办的"。但是"人的终极关切之代表——圣洁的客体——倾向于变成人的终极关切本身。它们被转化为偶像。圣洁性引发出了偶像崇拜"。[①] 按照蒂里希的文化神学观点,偶像崇拜就是把一个初级关切的对象(有限性的存在)升格为终极关切的对象(无限性的存在)。而此时这些初级关切中"每种关切都是专制的,它要我们全部的心,全部的意和全部的力"。[②] 在偶像崇拜心理驱动下,"我"企图将存在于历史长河之中的有限性的生命个体置于存在的中心地位甚至取代存在本身,即让有限性的生命个体成为无限性存在,如此,"我的罪孽就深重了,因为我把人当成神来崇拜,并且在自己的心中建立了一个祭坛,而在这个祭坛上我献上的不仅是对毛的一片忠心,并且还有一个大脑,一个放弃了自由思想的大脑,一个被人任意灌输的大脑"。作者借此再一次呼吁:充满了罪性的人类应该产生要将自身的有限存在依托于永恒的终极存在的强烈需求,并且指出只有宗教信仰才能给予绝对的、永恒的、整体的和终极的关切,使人类走向真正的精神救赎之路。

恐惧是一种人类普遍存在的情感,在生存中起到关键作用。"恐惧造成了奴隶",这是《生存恐惧》的开首语。每个人都有自

---

① [美]蒂里希:《蒂里希选集》下卷,何光沪选编,上海三联书店1999年版,第1147页。

② 同上书,第818页。

我的镜像，并通过认同于某个形象而产生自我的功能。作品中“我”的“自我认同”就是以“领袖话语”为绝对标准，透过自己的镜像进行自我评判来实现的。一旦“我”面对变化无常的镜像却不知所措时，“一个在进化上非常古老的窒息警报系统”，通过“被勒杜克斯称为‘快速但混乱’的通道，即经过杏仁核，继而导致一系列的生理反应……这些反应会时不时地反馈回大脑皮质，引起对恐惧情感的意识”。[①] “我”的恐惧有三种表现形式：一是来自于饥饿的恐惧，二是注定要当农民的恐惧，三是“对自己到底要不要成为人”的恐惧。实际上前两种形式是一种“害怕”，而第三种形式则是真正的“恐惧”。因为“恐惧不同于害怕和类似害怕的那些概念，那些概念涉及某些确定的东西，而恐惧所涉及的是由可能性所产生的、作为可能性的自由的现实”。[②] 也就是说，恐惧没有确定的对象，人随时都有可能遭遇恐惧。尤其在那个充满着诡谲多变的“不是你死，就是我活。为了我活，你必须死”的“文化大革命”时代，人无法防御恐惧，也无法完全摆脱恐惧。这反映了那个荒诞世界里人如草芥、个个自危的普遍心态。而突然到来的恐惧因素常比可预料的恐惧因素更难以承受。曾经被当地农村人极为尊重的大学生“刘叔”却突然被冠以“历史反革命”的罪名而遭到侮辱毒打，这令童年期的“我”之恐惧达到了最高峰。恐惧是“文化大革命”时期个体存在的基本状态，甚至成为人的本能。恐惧一旦占有了意识，意识本身就是恐惧。这种状态逼迫人在“生”的前提下进行“如何生，如何逃避死”的一系列癫狂活动：制造恐怖——“我斗争敌人，是证明

---

① ［英］苏珊·阿尔德里奇：《看见红色感觉蓝色——愤怒与抑郁之联系》，沈志红译，北京三联书店 2002 年版，第 42 页。

② ［丹麦］克尔凯郭尔：《恐惧的概念》，徐崇温主编：《存在主义哲学》，中国社会科学出版社 1986 年版，第 2 页。

我不是敌人的最好方法”；制造偶像——“一切惟伟大领袖之意志是从”；形成了一种自我检查的机制——“经常检查自已的思想是不是与领袖的思想相符合”。但是这种试图摆脱“恐惧”的最终结果如何呢？诚如鲁迅在《坟·灯下漫笔》中所说：“我们极容易变成奴隶，而且变了之后，还万分喜欢。”作者深刻剖析、抒遣自我、拷问灵魂：

> 但当恐惧威胁着个人的生存，并且成为整个民族的生存条件时，当恐惧不仅不是白色的、灰色的，而是红色的，当人恐惧的不仅是吃什么喝什么，而且是对自己的思想与言论的，那么，恐惧所造就的不止是奴隶而已，它更造就了许多的红色斗士、革命战士。而这斗士兼战士恰恰是最可怜的奴隶，因为他虽然实际上是一个地道的奴隶，但他却不知道也不相信自己竟然是奴隶，反而满怀着雄心壮志，要解放全天下一切受苦受难的奴隶。
>
> 三十岁后回想往事，我发觉自己多年来就作了这样的一个奴隶。

实际上，恐惧是一种混杂着焦虑与信心、希望与绝望、冒险与害怕的最为复杂的极不稳定的情感体验。也正是如此，对于恐惧，人又爱又怕，“人也不能下降为植物生命，因为人被确定为精神。人不能逃脱恐惧，因为人爱它，但人又并不真正爱恐惧，因为他逃离它”。[①] 但是，在一个人没有被确定为“精神”的黑暗王国，如果生存仅仅是恐惧，恐惧的情绪就会失去了自身鲜活

---

① ［丹麦］克尔凯郭尔：《恐惧的概念》，徐崇温主编：《存在主义哲学》，中国社会科学出版社 1986 年版，第 4 页。

的刺激性，充满着矛盾运动的生命张力场的入口就会被堵塞，从而反向压制、规训与处罚自身的主体性，使之不断沉沦，以至于成为奴隶而不知。

鲁迅具有中国人少有的罪感和忏悔意识，他在那篇伟大的忏悔录《狂人日记》中把中国的历史归结为“吃人的历史”，并痛苦反省自己曾“吃过人”，拷问自我灵魂，“不但剥去了表面的洁白，拷问出藏在洁白底下的罪恶，而且还要拷问出藏在那罪恶之下的真正的洁白来”。[①] 由此我们看到了“一个具有赎罪之上的伟大品格”。[②] 而范学德在《梦中山河——文革忏悔录》精神探索的最高峰，则是在于将整个“文化大革命”的时代特征总结为两个字——“玩人”。如果说，“吃人”是对整个中国封建文化的整体性概括，那么，“玩人”则是“吃人”的具体性和特定性的体现，或者说是“吃人”的时代衍生。《“哑巴”：失去了名字的人》则是“玩人”精神探索的最集中反映。“哑巴”因为天生残疾而被剥夺了被赋予名字的权利，众人“没感到需要用人名来称呼他这个人”。虽然没有名字，但起码把他作为一个“人”。但“文化大革命”爆发后，因为父母的地主身份和叔叔的“走资本主义道路的当权派”身份，哑巴成为地主分子和阶级敌人。于是，“在我和我周围的人的心目中，他就不是一个人了，而成了一个不会说话的东西、怪物”。对哑巴“怪物身份”的锁定，正是他们“玩人”的最绝妙的借口：“把‘哑巴’当成了一个东西、怪物，这样，我们就可以任意对待他了。”于是一个活生生的生命就成为众人心目中只是一个非常“好玩”的怪物。作者撕心裂肺地反问道：“当我和我们‘玩’另一个人的时候，我还算是一

---

① 鲁迅：《鲁迅全集》第 6 卷，人民文学出版社 1987 年版，第 411 页。

② 汪晖：《反抗绝望》，上海人民出版社 1991 年版，第 229 页。

个人吗？当我们根本就不把‘玩人’当成一回事，这个世界还能称得上是人间吗？”由此，作者在抉心自食之后终于痛心地认识到“当有计划有步骤地打倒一个人的过程，也就是那个人被‘玩’的过程”，“玩人”就是整个“文化大革命”的时代特征。而“玩人”是则是人类天性中“恶”的发泄。人类学家认为，在人性深处有一种野蛮的攻击性本能，它是潜藏在伦理教化、温情脉脉的面纱背后的“恶”，只要能逃避惩罚，人人都可能犯罪。把软弱的同类当作手边的玩物，摆布他的生存、设定他的命运，往往能使人的动物本能获得极大的快感。生命可畏、可畏生命，与爱绝缘的“玩人”根本不会敬畏生命、尊重生命，不会把“有罪”的生命也当成生命。人类在惩罚所谓的“罪人”的同时，却使自己犯下了凌辱和蔑视生命这一更大的罪。这是“玩人”所隐含着深沉的神学意蕴和深刻的生命哲学。鲁迅和范学德都对于自己参与“吃人”和“玩人”有着强烈的罪孽感并进行深深的忏悔，这使得他们的笔触可以突破表层而深入到人的灵魂世界，从而发出了心灵黑暗在场者的声音。同样他们都希望通过自身的忏悔来获取救赎，从而重新确立新的精神支点。但是鲁迅似乎更倾向于“暴露病根”和“催人留心”，并没有找到真正的救赎之道，只能陷入“全然忘却，毫无怨恨，又什么宽恕之可言呢？无怨的恕，说谎罢了”，“我还能希求么呢？我的心只得沉重着”[①] 的虚无和罪感之炼狱中难以自拔。而范学德则走向了上帝，坚信：“人唯一的路就是：来到上帝面前，承认上帝是上帝，而我是一个罪人。老老实实地认罪悔改，做一个实实在在的罪人。”[②] 也

① 鲁迅：《鲁迅全集》，人民文学出版社1981年版，第184页。

② 范学德：《罪是在上帝面前犯的——读〈祁克果的人生哲学〉》，《信仰网刊》第18期，2004年8月。

就是说，人类要想真正赎罪，只有舍己以跟随基督，才能走向新生。他正是通过对自我的罪的反思来警醒人类的心灵，使之因受到触动产生罪感而反思自身人性恶，并进而产生忏悔得到真正的救赎。

“文化大革命”结束意味着政治上的被解放，但是精神上的却远远没有被拯救。这是因为中国人的解放意识比救赎意识要强烈得多，甚至可以说中国人没有救赎意识。但是人的救赎意识绝不等同于历史、政治和社会范畴中的解放意识，正如天主教神学家汉斯·昆指出的“拯救不能由解放来取代，解放只能把人从集团、阶级、女人、男人、少数人、国家或特权中解放出来，而拯救则涉及到人类的整个生命的意义的获救”，“只有拯救才能使人在某种不能由解放所达到的内心深处获得自由。只有拯救才能创造出某种摆脱了罪性、有意识地把自己看作时间和永恒性的新人，创造出在某种有意义的生活和无保留地为别人、为社会、为这个世界上的危难而献身中得到解救的新人”。[①] 如此而言，可见中国救赎文学对于“文化大革命”记忆的神学解读的重要意义。

三 北村:行驶于“公路上的灵魂”

北村显然是中国新时期以来的一位重要作家。南帆曾说：“重要作家往往在他们的时代更为醒目。这些作家未必拥有大师的精湛和成熟，他们的意义首先体现为——劈面与这个时代一批最为重要的问题相遇。他们的作品常常能够牵动这一批问

① 刘小枫：《走向十字架上的真》，上海三联书店1995年版，第215页。

题，使之得到一个环绕的核心，或者有机会浮出地表。换言之，人们可以通过他们的作品谈论一个时代。”[①] 虽然很多知识分子都意识到这是一个精神极度贫乏的时代，意义崩溃，根基沦落。但是，他们或者认为这只是时代转型发生精神阵痛的一种短暂现象，或者龟缩于安身立命的精神居所，丧失了知识分子应该具有的怀疑和批判的能力，或者于困惑、焦虑之余顺服于中国特有的消解机制即“或者进入庙堂，或者返回民间，都在一个道统里循回，而且这种一来一回的游戏跟土地关系的亲密程度远甚于天空的关系”，此时的人文精神已经蜕变为文人精神。而北村的深刻在于越过了贫乏的种种表面病症，通过深刻地体验人类生存的各种困境与人性深渊，洞察到正是人类根深蒂固之罪性才使得人类沦陷在巴别塔这座变乱之城，“我们必须正视人的罪恶及其在文化中的后果”。[②] 因此，他呼吁“良心的立场”和“良知的写作”，从而开辟了以罪感意识为基础的中国当代知识分子的良知系统。

“罪”是北村神性书写阶段的一个中心词汇。这里的“罪”与触犯刑法的各种犯罪活动和行为不同，与人的过错、邪恶、道德败坏、行为龌龊、品质恶劣等都不同，而是源于基督教精神，它所揭示的人的原罪是从人的本体结构层面上讲的。“罪恶是某种性质上完全不同的东西，它是建立在所有人的自由和命运之上的普遍的、悲剧性的分裂，并且绝不应该以复数形式加以使用。罪恶是人与自己本质存在的分离和分裂，这就是罪恶的含义。”[③] 北村对罪之根性的探索和追问是独特而执著的，其神性书写的三

---

① 南帆：《先锋的皈依——论北村小说》，《当代作家评论》1995 年第 4 期。

② 北村：《神圣启示与良知写作》，《钟山》1995 年第 5 期。

③ ［美］蒂里希：《蒂里希选集》上卷，何光沪选编，上海三联书店 1999 年版，第 481 页。

个阶段[①]见证了他那艰辛而不息的精神之旅。

在第一个阶段，即北村信主的初期阶段，“刚被真理接纳的”的他“看见一些真相，心里充满了喜乐”，并“确定有一种完美的人性是存在的”。因此，其书写总是在“信”与“不信”、“罪”与“救赎”的剑拔弩张的激烈冲突之中展开，“那个阶段的作品为什么写得那么激烈，就是深挖它的根，想写出真正的罪恶是什么样的景象”。[②]这“对于北村的神学主题说来，两种类型的人物的结局可以将问题解释得更为明确；然而，他的代价是放弃中间人物所体现的矛盾心理和灵魂挣扎——而这恰恰显示人性的深度”。[③]而在第二个阶段，对于罪的揭露就强度而言有所收敛，“内在一点，主观一点”。这是因为“真理开始在我的身上工作，我又有了内在的冲突，内在的体验。就像彼得，他前面怎么信誓旦旦，后面怎么转化为痛哭，这里面发生了很多的事，我是用小说的形式把这些记载下来”，写出了人性的复杂性，但是仍然搁浅于“火车跑的两头”：“实际上火车跑的两头，一个是完全属天的，靠信心走天上的路；一个是走在地上的，这是两种接近真理的方式。”而到了第三个阶段，随着信仰体验的越来越深刻，生命思索的越来越深入，“我把目光投向社会，写人与社会之间的关系，这就比较复杂了，这里面就有一些最基本的东西，比如自义和公义的问题”，“我在刚得救的时候是不可能写出像《愤怒》

---

① 在自己的博客里，北村把1992年皈依基督以来的文学创作，即神性书写分为三个阶段：第一阶段（1992—1998年）从先锋小说创作转向关注人的灵魂、人性和终极价值的探索；第二阶段（1999—2002年）描绘人在追求终极价值时的心灵过程和人性困难；第三阶段（2003—至今）开始以理想主义和正面价值为创作目标。

② 北村、郭素萍：《写作是生命的流淌——北村访谈录》，“北村博客”，2005年10月26日。

③ 南帆：《先锋的皈依——论北村小说》，《当代作家评论》1995年第4期。

这样的作品的，因为我根本没到达这个体验，我现在信主10来年了，我才能开始写这样的作品”。[①] 很显然，北村对前两个阶段的神性书写有着自我的反思，他的写作于社会性题材中强烈地凸显生命的复杂性和挑战性以及人性深度。

在研读北村作品的过程中，笔者发现对于北村前两个阶段的研究已经相当深入了，而第三个阶段的转型却往往不被关注。甚至于很多论者纠缠于以往创作的缺失，却忽略作家创作的现时性、未来性状态，这对于坚信“不息的精神追问是写作丰富延展的支撑”[②] 的北村及其创作来说，无疑是一种颇具退化意味的批评行为。因此，笔者将对北村第三个阶段的神性书写所传达的罪之思想和救赎理念作深入的分析，以期追寻北村生命灵魂成长的踪迹。

第三个阶段的北村创作主要是以五部长篇小说即《玻璃》（2003年7月）、《望着你》（2003年8月）、《愤怒》（2004年9月）、《发烧》（2004年12月）以及《公路上的灵魂》（2005年9月）为代表。此时的北村不再沉溺于对罪恶图景的静态描摹，而是于真实生活之中展开人性之复杂精神向度的探询，深刻地挖掘出罪之深邃内涵，细腻地呈现出人类灵魂的巅峰体验和深渊体验，其最终的价值指向则定位于理想主义人格的塑造和正面价值的歌颂。

首先，北村对“罪”的认识，是基于他对人性恶的独特理解之上的。与传统基督教认为原罪的根源在于“原欲”不同，北村认为，人类恶的本性根源在于人对虚幻的自我肯定，精神傲慢、

---

① 北村、郭素萍：《写作是生命的流淌——北村访谈录》，“北村博客”，2005年10月26日。

② 同上。

忤逆。他说："人是受造者却以创造者自居，是这个时代一切罪中最大的罪"。[①]"恶"内在于人类而非外在于人类，"恶"来源于人类自身无法摆脱的罪性。正是人——这个有限的存在物妄图逃离无限的存在，根据自身的理性能力创立一个庞大的利己主义生存系统。在这个系统里，"恶"肆无忌惮，而生命本身却在消失。《愤怒》以一种纪录片式的叙述方式对这个系统进行了真实的拆解和无情的还原。"农民的孩子"这个身份决定了马木生在利己主义生存系统中的卑微地位，"经常就睡在尘土飞扬的地上，像一具小尸首一样……没有尊严，没有价值，自生自灭，没人把我们当人"。父亲懦弱，母亲为了活命出卖肉体、丧失尊严，土地被掠夺，这使得把生命的尊严看得比生活的压力更为重要的马木生无法接受。于是他和妹妹来到城市，但是城市——生命欲望的空洞深渊吞噬了他们。妹妹被逼卖淫，最后丧生于车轮之下。马木生不信在这个阳光灿烂的世界里，却讨不到一个说法。他和父亲开始了漫长的上访之路，结果恶的生命淫欲再一次毁灭了生命，父亲莫名失踪，马木生也招致非人的折磨。他曾一度坚信的"公正"轰然倒塌，"所谓公正是不存在的"，"我的命就像我面前的臭泥巴，发出难闻的气味"。提倡良知写作的北村，以一颗"哀哭的心"和"指证罪恶"[②]的勇气，直指时代的"恶"与"罪"。

但是，北村并未止于此，他突破了一般社会问题小说的总是习惯于从社会角度来研究社会问题的狭隘视角，而是挖掘出社会问题背后存在于人本性深处和精神根底的罪，并进一步追问了罪

① 北村：《北村访谈录》，《公民凯恩·代跋》，新疆人民出版社 2002 年版，第316 页。

② 北村：《活着与写作》，《大家》1995 年第 1 期。

与爱、自义与公义、堕落与救赎等重要的精神命题。北村在小说中说："人有两种罪，一种是罪行，是具体的罪行，一种叫罪性，是内心的想法。"在这个充满"罪"和"恶"的时代，愤怒是最基本的情绪表达。愤怒终于诱发了马木生作为人的天生的罪性，隐在的罪性凸显为显在的罪行。他开始以抢劫、行窃等手段报复他自认为的不义之人，并以"个人的正义审判"杀死了杀父仇人。马木生的作恶动机并不是出于物质性的匮乏，而是一种复仇情绪的冲动，它侧重的不是一种形而下的世俗结果，而是一种形而上的自我仰慕。"但当人的精神决定走向恶时，他的生命就不由自己、自己的自由来决定，他是奴隶，他受控制，受他自己看不见也不理解的势力的控制。"① 尔后的马木生虽然变成了品格无可挑剔的慈善家李百义，但是"对于他这种人来说，只有良心平安才能活下去"，而"良心"使得他时刻处于对"自义"行为的疑惑与拷问中。"比世界受苦的压力更为沉重的，是作为欠负意识的罪，这既是一种个人的意识，也是一种和全体人有关的共同意识……只要欠负意识还没有给人以压力，人就还远离固有的生命价值。"② 而拯救的使命首先就是让人意识到自身的罪性，让人类罪性意识觉醒。罪性意识的觉醒以及罪的捆绑的解脱使得李百义在被捕之时"溢出了非常灿烂的笑容"，那是对自己无权审判和相信他人审判的顺服。

人有原罪，故必赎罪，而忏悔则是赎罪的起点。李百义不像北村前两个阶段的人物那样，独自一个人面对神父悄声忏悔，而是当众大声忏悔，这与陀思妥耶夫斯基笔下的人物颇为相似：当

---

① ［俄］尼别尔嘉耶夫：《恶与赎》，刘小枫主编：《20世纪西方宗教哲学文选》上卷，上海三联书店1994年版，第328页。

② ［德］特洛尔奇：《基督教理论与现代》，朱雁冰等译，华夏出版社2004年版，第183页。

着大庭广众忏悔，在广场上让人们把自己钉上十字架，用自己的痛苦和无边的赤诚使内心得到宽慰。在法庭上的李百义坦诚自我灵魂的痛苦挣扎，洞察反省潜伏于人类人性深处的罪性。“罪”似乎是投进晦暗中的一束光，它使人类看到自己生存的困境，自己存在的有限性，自己的不成熟以及人性的偏差和软弱。而没有对于“罪”的洞察和反省，人就根本谈不上对自己有所真正理解。李百义的忏悔触及到罪感缺欠的中国“自义”文化的致命之处，即从来没有真正地走进人的心灵世界。

其次，第三阶段时期的北村还习惯于把人置于重大的历史事件、社会事件的精神祭台上拷问人性的罪恶，窥视人的灵魂变异。在庸常的日常生活中，人之罪性往往处于潜在状态，但是一旦面对突如其来的灾难，就会冲破潜流层次凸显出来。灾难是人类道德境界的试金石。《发烧》和《公路上的灵魂》正是这样的作品。《发烧》围绕着“非典”——这个并不遥远的非常时期展开，但它不同于加缪的《鼠疫》，把写作的中心放在对灾难面前人类种种非理性行为的展示上，更不同于所谓的主流文化对抗击“非典”英雄的肤浅描述和赞美，而是关注在被病疫围困之下的人的心灵，展示人类最丑陋的欲望和屈辱的脆弱，彰显人类文明之下的真相。可以说，“灾难”只是北村敲打人性之恶的一种场景，一个让罪性无限释放和大爆炸的平台。而这一切又是从一个叫矮子的另类少年的眼中呈现出来的。矮子之所以叫矮子，乃是因为在成人世界中他始终被视为不谙世事的孩子。可恰恰是这个矮子从“一场赌局”，即要在 SARS 中走遍全城来检验人的理性，证明自己的成熟中发现了成人世界的功利、虚伪、冷漠、“理性”的自私自利和对生命价值的漠视。“非典”似乎使得矮子的父母中断婚姻城堡之外的自由游戏，重新体会到婚姻的幸福，但矮子知道那不过是虚幻之光笼罩下的假象。矮子所崇拜的董老师时时地教导人面对“非典”时要保持理性，但实际上，他的理性只是经济理性和工具理性式的考量，他处心积虑地保全自己包括自己的肉身和名声也就是俗称的体面。但是面对即将逝去的生命却不愿献出丝毫的爱心，甚至为自己的言行寻找合理合法的理由。“非典”的突然爆发打破了本来较为融洽的人际网络，把人抛到一个完全陌生和非人格化的隔离空间。矮子目睹了为了个人的一己之私却随时可以牺牲朋友和亲人去完成个人飞黄腾达的“壮举”，看到了人的自利性不可遏制的膨胀。在灾难面前，人不是奉献，而是抢购，赶紧尽可能地占有稀缺资源。拒斥任何一个可能具有传染源的他者，罗文对戏称染上“非典”的矮子的神经质似的恐惧，以及得知真相以后的正经，重新带起了虚伪的面具。这一切都印证了鲍曼的观点，“与陌生人保持一定距离并憎恨他们接近的趋势可谓是人类群集普遍和永久的特征”。[①]“在非常时期，人可以为自己找到无数理由，来违背规范和道德”，这是小说里的一句话。的确，一旦遭遇厄运时，人性最隐秘最不可告人的那一部分就犹如肥土中的草疯狂生长，超越了人类自己所能预想的刻度。甚至于执著地寻觅着灵魂“洁净”、恪守着善良秉性的矮子也在孤独中背叛了爱情。最终在那场他自己设置条件和结果的赌注中，矮子彻底地失败了。SARS 作为一个真实的病毒，把潜藏于人性隐蔽处的“病毒”也诱发出来，北村以明察而热切的目光，照亮了我们这个时代人类灵魂中黑暗的盲点。

天灾尽管残酷，但它不会残忍。只有人对人的暴行才可能残忍。因为只有人才会侮辱人，才会乐于残酷。《公路上的灵魂》是一部通过残忍的灾难即战争来拷问罪恶的精神之旅。小说取材

---

① ［英］鲍曼：《现代性与大屠杀》，杨渝东等译，译林出版社 2002 年版，第 84 页。

于真实背景和历史事件，涉及三次战争、三个国家和三代人，由三条公路串联而成。“我”母亲伊利亚——一位崇拜浪漫、理想和激情的德国犹太姑娘，为躲避纳粹屠杀，与笃信犹太教的儿时伙伴阿尔伯特逃到中国。在滇缅5号公路上与中国父亲铁山——一个拥有狂飙突进之激情的理想主义者相识相爱并结婚，然后在中国遭遇了抗战、内战、土改，终因信仰差异导致离婚。后来，母亲携“我”回到以色列，却卷入中东战争。母亲再嫁在中国认识的美军飞行员、基督徒马克，移居美国。长大后“我”毅然回中国寻找生父，却在“金三角”的18号公路上，遭遇此生最刻骨铭心的爱情，从毒品世界中觉醒的爱人“罕”为追求真理而献出生命。而30年以后，“我”的儿子踏上了伊拉克战场，在4号公路上遇到炸弹客赛米，却对自己的信仰产生了深刻的怀疑。

“公路”不仅是事件发生的实在场所，更是一个值得深思、富有象征和隐喻意味的意象。北村曾经说过：“我相信每一个作家都只能叙述‘在路上’的景象，只是每一个在路上的感受不同而已。”[①]“公路”正是隐喻充满着痛苦、困惑以及罪恶的人的灵魂的人性之旅。作品并不是描述战争本身，而是表现战争时期人的精神深度和心灵世界遭受的震撼和变化。战争不仅是战场上的激烈战斗，更是一个人的内心开辟的另一个战场。小说中的每一个人物都有自己的一个内心战场。总的来说主要有四种：一是阿尔伯特式（包括他的父亲、妻子）。沉迷于《旧约》经文，沉醉于赚取金钱财富的阿尔伯特在战争中相继失去了父母、爱人（即伊利亚）、妻子和儿子，但他认为是自己履行律法还不够好才导致神的惩罚。因此，他试图通过严守犹太教律法甚至自虐来赎罪。事实是这并没有彻底涤除他内心深处沉重的负罪感。

① 林舟：《苦难的书写与意义的探询——北村访谈录》，《花城》1996年第6期。

二是卡尔式。卡尔是伊利亚的初恋情人，他曾经是一个追求美好爱情和自由意志的德国青年。但是战争这个泯灭人性的恶魔口袋吞噬了他，使其身上潜伏着的恶本能无限地滋生。诚如从奥斯威辛里面出来的一个犹太人惊呼：那些看守们，在和平的日子里面他们是你和蔼的邻居，街上的花匠，在这里怎么就成了这种恶魔。在沉浸于“更纯粹的基督教”（即纯粹人种）理想激情之中的卡尔眼中，包括自己的好友和爱人在内的犹太人已经“不是人，而是一种‘令人讨厌的动物’”。他借着实现理想的冠冕堂皇的理由而成为了一个拒绝承认罪恶、拒绝忏悔的恶魔。

三是铁山式。铁山的理想主义激情是一把双刃剑，虽然赢得了伊利亚的类似宗教信仰的忠诚的爱情，信仰差异也因此在灼热的爱情面前不复存在，但是过度的甚至变态的激情如巨石一样阻挡着他们的爱情抵达永恒：“这是一颗随时可能爆炸的炸弹。”“土改”中铁山以所谓“正义的审判”对人的生命的“轻描淡写”的抹杀，使得视爱情为信仰的伊利亚感觉“有一种不安全感像钟摆一样在她心中摇摆”。终于，当铁山的理想主义遭到重创而陷入失信的恐惧之时，爱情也在绝望之中走向了深渊。对此，北村借马克之口探询了铁山理想失败的根源：“为什么人纵使有上帝般伟大的理想、有天使般纯洁的愿望、有耶稣那样无私的动机，也不可能实现他的梦想，因为人有罪。它使人的愿望、动机变得非常复杂，最后使理想也变得复杂、暧昧。”

四是约翰式。炸弹客赛米死前的超常镇定使得约翰心灵深处产生信仰混乱，以至于借口申请回国。这引起认为伊拉克战争是“神命定的，是神计划的一部分”的父亲大卫极其不满，父子俩因此反目成仇。在此，北村再一次借马克之口从人的本体结构来阐释人之罪性思想和救赎思想。

人有三个部分即“灵”、“魂”和“体”。其中，“灵”包括良心、直觉和交通。这是人里面专门和神来往的机关，灵和体相结合才有包括人的心思、意志和情感的人格部分的魂。“可是人堕落了，人堕落后最大的最重要的一个罪不是杀人放火，而是从灵堕落到魂里，即堕落到人的心思里，人最大的罪是心思向神独立，自己开始代替神思考。”马克指出大卫的问题就在于反对人有灵魂体三元论，而坚持人有灵魂和身体二元论。只有把灵和魂分开，“人和神才能分开，才能认识神和人各自的本质，在救赎之前，神和人是不相干的，神那么荣耀，人却那么污秽”。救赎虽然完成了，但人却没有完全得胜。如此“在你的里面就有了两个地位，一是新造的人，一是天然的旧人，前者是属灵的，后者是属魂的”。而“一个似乎掌握信仰的人，却因为落入魂和天然里，而有可能高举良心做坏事”。但是出于良心是不会干坏事的，因为良心是在灵里，而不会在魂里。“但有人不把良心放在灵里，也不把灵和魂分开，他以为魂里有良心，他就会误把魂里的感觉当作灵里良心的感觉，就是说他会把人自己的意思误以为是神的旨意，而以神的名义，其实是为人自己的目的去做一件并不正确的事，却以为无比正确，甚至连自己都信以为真，这就是出于‘良心’做坏事的原因。因为有这个根本不是良心的魂心思作支撑，他的坏事就做得更加放肆，更加肆无忌惮。”最后，马克说：“人的心思是个战场，人心比万物都诡诈，就是人的魂”，因此“我们不能从外面发生的任何事情来判断一个选择的对和错，而要从里面，从灵的最深处明白它”。至此，北村借助《公路上的灵魂》已然建构了自身复杂而深刻的以罪感意识为基础的中国知识分子的良知系统。其中，建构了这个系统的内在动力便是“良知”，而“良知”则是“爱”的明亮眼睛。

最后，第三阶段的北村开始走出人性的黑暗绝地，他在揭示人的罪的本性的同时，并没有丧失对人的信心。他说："我在《愤怒》之前的作品基本上是写人性的恶，或者是黑暗性，这可能是一个真相，那么指正这个真相是很必要的，比如说我们现在有光，如果没有光的时候，我们不知道哪些地方是肮脏的，哪个地方是不智慧的，当有光来的时候，我们可以指正黑暗，但是如果我们仅仅指正黑暗了，我觉得不符合人存在的目的性，人存在的目的性一定是积极的，因为生命是积极的，所有的正面价值，比如说爱、永恒、关怀、感恩，所有这些正面的价值，我觉得是符合人类发展和存在的一个意义。"[①] 心灵困囿于黑暗的呻吟不再成为此时北村的主调，他在诅咒黑暗、揭露人之罪性本质之后，以塑造正面的理想人格为其最终的归宿。

实际上，人性并不因为有罪性而完全腐败到全然没有本然之善的地步，因而也有可能在本性遭到腐败的状态下也能依其本性做一些具体的善事。而这些行为恰恰是其罪性意识即将萌发的具体表征。《愤怒》中作为慈善家的李百义就是这样一个形象。但是北村并不仅从做善事这个具体的带有物质性意味的行为来界定一个人是否具备了理想人格，而是把它上升到一个对自身存在意义的终极思索的高度。"人都要思考自身存在的意义问题。这个意义显然不应该是简单的挣钱、吃饭、生孩子、变老。应该有一种超越这一状态的永恒的意义在里头，知道感恩，知道奉献，知道爱，知道追求真理，知道反省和悔改，知道自己的极限。如果一个人思考到这些问题，并真正地去实践，我觉得他就拥有一个理想人格。"[②] 据此，从罪性意识中觉醒并能够"顺从"的李百

---

① 北村：《作家北村谈〈愤怒〉》，新浪网，2004 年 10 月 31 日。

② 北村：《听从良知派遣去写作》，《信息时报》2004 年 10 月 25 日。

义才符合北村心目中的理想人格的形象。因为“顺从就是运用理智，真正的基督教就在其中了”。[①]

北村的以罪感意识为基础的中国知识分子良知系统的建构，造就了他在新时期以来的中国文学中的不可替代的意义。最主要的表现在三个方面：首先，北村的良知系统直逼中国传统良知系统的先天偏枯。中国传统良知系统先天地存在偏枯。一方面，它所依持的自足圆融的“良知”与“本心”，缺乏一个超越的、终极、无限的存在，往往以具体道德规范代替真正良知。这就决定了中国人善于认错而不善于忏悔：认错是向某个有限者承认自己的过错，是在既定的道德秩序中的自我修正与调整，其中没有灵魂的挣扎与叩问。而忏悔则是面对无限者进行灵魂的追问和自我的审判，是罪感意识觉醒的表现。另一方面，中国传统良知系统往往因其爱有次第的传统理念而使爱只拘囿于一个封闭的小圈子，从而不能发展出普遍性的博爱与大爱。而这两方面的偏枯极意造成中国人“以暴易暴、以恶制恶”的仇恨心理：因为缺乏罪感意识，往往自以为是，而因为缺乏大爱又往往冷漠无情。北村的以罪感意识为基础的良知系统则是对中国传统良知系统的无情颠覆和强力解构。北村的良知系统是“罪”与“爱”的融合。因为有了罪感意识的存在，个体丧失了自身存在的合法依据，生命坠入生命的深渊，进而才去寻找自我存在的生命依据。“罪感是被祈求超逾（得救）的意向状态，这正是‘救赎’的意义。”[②]而只有“爱”才能完成救赎。北村曾经说过《愤怒》确切的名字应该叫《愤怒以及超越愤怒的故事》，“我们每天都面对着很多事情，只要你有正常的人性、起码的良知，你肯定会愤怒。然而我

① ［法］帕斯卡尔：《思想录》，何兆武译，商务印书馆 1985 年版，第 128 页。

② 刘小枫：《拯救与逍遥》，上海三联书店 2001 年版，第 145 页。

不希望自己停留在愤怒上。先愤怒，再超越愤怒——注意，是超越而不是消解”。[①]“超越愤怒”的动力来源于“爱”，“爱”比愤怒更恒久，“爱”最终将李百义从负罪的“最大的痛苦”中超脱出来，完成了对于生命的有限的艰难超越，弘扬了对于永恒人性回归的灵魂呼唤，而“‘以暴易暴、以恶制恶’的中国历史，在此有了转折的可能”。[②]

其次，北村的良知系统直指中国当代作家的个体残缺。在北村看来，中国当代作家的“个体”意识并不成熟。西方的个体是与忏悔意识、终极关怀遥遥相对的，但是在引入中国这样一个信仰缺席的文化中时却解体了。因为中国作家没有勇气承认自身的欠缺性，所以在思考个体与终极关怀问题时欠缺了一种必不可少的超越精神。欠缺了这样一种必不可少的超越精神，也就不会有决心超越自我，进而就不会实现自身的主体性。那么，作为“个体”的中国作家由于自身主体的缺位，也就不可能真正地成熟。进一步说，个体意识不成熟的中国作家是不可能以良知来建立起一个审问个体的心灵法庭，只会建立一个审问他人的罪孽法庭。而面对深不可测的幽暗的灵魂之路，他们要么放逐道德良知和人格，要么退守民间，逃遁现实，要么用梦幻叙事重建乌托邦。但是即便如此，北村也没有完全丧失对中国作家的信心，他坚信中国当代作家的良知还存在，只是这种存在是隐性的，需要呼唤才能出场。而北村自己就是这样的呼喊者。

最后，北村的良知系统还直击中国文学的精神软肋。美国学者夏志清对中国现代文学做过这样的批评：“现代中国文学之肤浅，归根究底说来，实由于对原罪之说活着阐释罪恶的其他宗教

---

① 北村、陈一鸣：《愤怒，并超越愤怒》，《南方周末》2004年11月11日。

② 余杰：《我们的罪与爱——〈愤怒〉序》，团结出版社2004年版，第2页。

论说，不感兴趣，无意认识。当罪恶被视为可完全依赖人类的努力与决心来克服的时候，我们就无法体验到悲剧的境界了。”[①]同样，北村对新时期以来的中国文学只有“感觉”而没有“感动”的疲软状态也非常担忧。他说：“很多的中国作家只写故事，或写到人只写命运，只写情感、遭遇，他很难写到精神层面的东西，因为在他的字典里面很少有这样的东西出现，他也不知道缺失在什么地方，所以说他组织故事就不会出现那多么重要的问题——精神领域的问题，他只是按照故事本身需要的逻辑来写作。”北村把这一切归结于中国文学信仰维度的缺席，因此，他说：“我知道神圣的基督教文化在未来一定会在中国出现，我只能做马前卒的工作，走在前面刨几个洞，把种子放进去的工作。”[②] 而这样的工作在信仰资源荒芜的中国无疑是荆棘丛生的，恰如他的挚友、评论家朱必圣所说：“离天堂太远，路太崎岖。”

帕斯卡尔（Blaise Pascal，1623－1662）曾说：“当一切都在同样动荡着的时候，看来就没有什么东西是在动荡着的，就像在一艘船里那样。当人人都沦于恣纵无度的时候，就没有谁好像是沦于其中了。唯有停下来的人才能像一个定点，把别人的狂激标志出来。”[③] 北村正是这样一个“定点”。而其以良知和理性建构起来的以罪感意识为基础的中国知识分子良知系统则成为一个广大、混乱、黑暗丛生的价值现场中一根醒目的标杆。

---

① 夏志清：《中国现代小说史》，复旦大学出版社 2005 年版，第 322 页。

② 北村、郭素萍：《写作是生命的流淌——北村访谈录》，“北村博客”，2005 年 10 月 26 日。

③ ［法］帕斯卡尔：《思想录》，何兆武译，商务印书馆 1985 年版，第 170 页。

第五章

中国基督教文学的人学内质

人学，即人的问题的哲学，它立足于人的存在，关注人的生存状态和生存困境，并追求一种符合人的旨趣的理想的生存形态。当代中国的人学研究以20世纪七八十年代的人性、异化、人道主义大讨论为序幕，迄今已走过了日益深化发展的20多个年头，取得了颇为丰硕的研究成果，由此形成了席卷学界的“人学热”。但是，当我们走进诸多人学理论的丰硕成果时，却遗憾地发现当代基督教神学并没有进入人学理论者的研究视野。这其中的原因是相当复杂的，但是最重要的一条就是中国学者对于“神学”这一概念的误解，即神学就是关于神的学问，这根本与人无关，或者进行虚假的时空倒置，把当代神学等同于中世纪的传统神学。实际上，“神学不仅是最美、最艰难的知识学，更是与每一个体的实存本身的问题贴合最紧的知识学，是关于人之成人的知识学”。[①] 同样，当代神学并不像传统神学拘泥于传统的基督教教义，大多数不否认人的主体的自主性。并且深入到个体生命的意识世界，探究现代人的存在处

---

① 刘小枫：《走向十字架上的真·前言》，上海三联书店1995年版，第3页。

境以及人之为人的存在本质，体现了当代神学对人本真存在的终极关怀。从这个角度来看，当代基督教神学对于中国人学理论的建设是有着重要意义的，诚如一位神学学者所言："基督教神学原本对人学有过重要的建树。在我国学术界讨论人的问题时，神学不应当寂寞。"尤其是基督教神学注重具体单个的人，而中国传统人学关注集体概念的人，"相信基督教神学对人学的发展，一旦传播到学术界，就会成为酵母。这样，学术界与神学界的鸿沟，就会填平。宗教对一般不信教的读者也一定会产生吸引力"。①

人学研究和文学创作是密切相关的，不同时代的人学主题，往往在文学创作中得到凸显。由于新时期以来的人学研究中基督教神学的缺位，我们因此读到了人学的人道主义书写、审丑化书写、世俗化书写和感觉化书写，却独独少见人学的神性书写。而对神性的忽视和蔑视，是现代人质疑甚至否定人之生存意义的一把利剑。作为人学的神性书写，中国基督教文学始终把对人的存在的终极性追问和个体生命的形而上体验作为话语言说的重要内容。这对于中国文学的人学表现无疑是一个有力的补充和巨大的推动：一方面突破了集体公约对于"人"的自由个性的不同程度的束缚，但同时又不会使人沦为个体感性欲望下的"自由"奴隶；另一方面中国基督教文学所表现出来的对于人存在的超验维度和终极价值的执著叩问，以及透视人类的困境和困境中的人类的终极关怀，在意义隐退、精神无根性的当下，无疑具有一种精神指向性的意义。

---

① 安希孟：《基督教神学与人学》，《江苏社会科学》2002 年第 3 期。

一 人与神的对话

首先需要明确的是，作为人学的神性书写，并不意味着中国基督教文学是神学的人学化或人学的神本化。前者是人本主义思潮影响下的产物，其绝端之处就是“人类的中心主义”。而基督宗教认为正是人的自以为是带来了自然生态与精神生态的双重危机。人学的神本化则是从伪神本主义出发，极容易形成造人为神和偶像崇拜，扭曲正常的人性。“文化大革命”时期对于政治领袖的盲目忠诚和先在崇拜就是一个明显的表现。那么，如何避免神学的人学化或人学的神本化呢？史铁生认为“人永远不可以是神，人和神之间是有一个绝对的距离。这就避免了造人为神的可能性”，当然同时也避免了神学的人本化。“绝对的距离”才能使对话具有可能性，永恒的距离才能引导永恒的追寻。“神性，神的本身就是意味着永远的追求，就是说正是因为人的残缺，证明了神的存在。其实我觉得这就是个人和神的、和一种冥冥之中的、一种绝对的、一种不可知的东西对话，表达你自己的感悟、你自己的体验、你对生命的一种绝对性的理解是什么。”① 中国基督教文学的人学的神性书写正是通过人与神的对话来论述关于人的诸多问题，从而达到对神学的人学化和人学的神本化的有力的反驳。另外必须要说明的是，这里所指涉的“神”主要有两种意义：对于基督徒作家来说，就是“上帝”，而对于非基督徒作家来说，往往是在基督教文化精神影响下的一种境界，或曰“神

---

① 史铁生、王尧：《有了一种精神应对苦难时，你就复活了》，《当代作家评论》2003 年第 1 期。

性”。如史铁生就这样解释他的“神”：“神于西奈山上以光为显现，指引了摩西。我想，神就是这样的光吧，是人之心灵的指引、警醒、监督和鼓励”，“我的神就是一种境界，在你想使自己达到这个境界的路上”。[①] 当然，作为中国基督教文学作家，更关注的是宗教经验的重要性，而不赞同对基督宗教进行抽象的神学概念分析。也就是说，对于基督徒作家和非基督徒作家而言都更偏重于神性。

人的存在不仅有身心之分，而且人的心灵也具有两极性。所谓两极性的心灵，按照当代俄国宗教哲学家弗兰克的表述就是：“一方面，人的内心生活受生理过程制约，受自然规律支配，属于自然界或世界，另一方面，人的精神具有超客观现实性，超世界性。这种超越性表现在人的认识能力、道德生活和创造能动性上”，而“自然主义人学甚至无法解释人的存在的这些基本方面”。也就是说，在人的心灵结构中，“人除了直接拥有自身实在性、自己的思想、意识的内在生活（这种直接的‘自我’是自发的、混乱的、无根基的东西）之外，还有对自身存在的关注、反思、评价：人对自身现状感到不满。这种对自身存在的欠缺性的意识，就是人的本质”，“人的本质在于，在其自觉存在的任何时刻，他都在超越一切实际给定之物的范围，包括实际给定的他自己的存在。没有这种超越，人的自我意识行为（它是人格的全部奥秘所在）就是不可想象的”。[②] 由此，弗兰克认为人心灵中的这种自身欠缺的意识和对理想和完满的渴求，人的这种超越性，就是神的存在的证明。同样，对神的存在的证明也就是对人的存在的证明，神的存在和人的存在是紧密相连的。弗兰克精妙的基

---

① 史铁生：《灵魂的事》，百花文艺出版社 2005 年版，第 98、274 页。

② 徐凤林：《弗兰克的基督教人学》，《浙江学刊》1999 年第 6 期。

督教人学思想为中国的一些基督教文学作家欣然接受（如史铁生多次发表类似于弗兰克思想的观点），使得他们都强调人的有限性和神的无限性，认为正是前者的残缺证明了后者的完美，并且通过两者之间的对话进行终极的发问和终极意义的追寻。

在中国基督教文学作品中，人与神的对话是立足于人对自身存在的欠缺性的意识。当人意识到自身存在的欠缺性时，或许就会像被利剑刺伤一样让人痛苦不堪，但是这种感觉又是伟大的。因为它为人打开了一个新的生命向度。它促使人不断地反复追问“人为什么存在”、“存在的意义何在”。而存在之价值、终极意义之维以及超越自然性规定的神性之维就会在这不停的追问中从隐性的一角凸显出来。花妍是丹羽《心蚀》中的一个主人公。这是一个对生活充满极度幻想的年轻的女作家，但是也正是幻想使得她面对世俗的日常生活表现出很深的恐惧。为此，她选择了一种撒旦式的为人处世方式去排斥“糜烂”的世界。木杰——这位以绝望的声音赞美绝望的生活的有妇之夫，因此打动了花妍那颗年轻虚妄的心灵。她心甘情愿地成为他的地下情人。但是，残缺情爱（情人角色）的尴尬、痛苦、忧郁以及激情燃烧岁月的流逝，都使花妍感到疲惫、不安和沮丧。但是她清醒地意识到这只是一种最表层的感觉。而最深层的则是她与木杰还算丰富的情爱生活中的那种奇异的怯懦和莫名的虚空。“如果某个人在生命丰富性里被体验到的深刻空虚所攫住，丰富本身虽然并没有从他的生活里夺走，这丰富也许仍然能够提供给他许多狂喜和欢乐的瞬间，但它却不能提供给他生命的意义。”[①] 恰恰在她自感生命的无意义并决定为自己的心灵寻找一个真正的永恒之时，另一扇丰富的

① ［美］蒂里希：《蒂里希选集》下卷，何光沪选编，上海三联书店 1999 年版，第 906 页。

永恒的生命之门向她打开。通过圣洁浑厚的教堂音乐和情真意切的证道，花妍和上帝进行了心与心的交流，找到了她最关心的精神之旅的终极，生命的终极意义。

“人”对于“神”的启示必须作出积极回应，而且这种回应又恰恰发生在人意识到自身的缺失，即人罪感意识觉醒之际，否则对话将无法进行。也就说启示的声音来自于上帝，而终究听命于人的个体的内在的自足感受。《放逐伊甸》中的李亚是一个热衷于玩爱情游戏的玩世不恭的人。当他得了性病以后，便以自虐来等待死亡。偶然看到了雅各和天梯的故事，他立刻感到了“一种希望，一种超出他理性的希望直接地透射进来，触摸了他。他感到自己里面铁板一块的黑暗被这天梯砸出了一道缝，一种生命的气息，不，仅仅还是信息，从那裂缝处似乎要渗进来”。他决定去教会看看，但是当激情消散，心里却产生了极大的抵制情绪。虽然他在朋友的催促下来到教堂，面对庄严的教堂和质朴的十字，聆听着柔和宁静的圣乐，李亚的情绪再一次受到了感染。但是，他再一次拒绝了神的召唤。因为他的罪性意识还处于喑哑状态：“我可没觉得自己是罪人”，“我只是情感上觉得相对于纯净、圣洁来说，自己很污秽。可也谈不上什么罪人吧？我就是不喜欢听什么赎罪”。此时的李亚没有意识到自身的罪孽或者虽然已经有所意识但仍然在逃避。他妄图通过精神分裂和死亡来“复乐园”。但是很快存在的破碎性和荒诞性使得李亚彻底地绝望了。他在绝望中进入了恐惧与焦虑。而此时光芒的天梯降临，李亚终于勇敢地正视来自于自我灵魂深处的罪恶。人与神的对话也由此展开。“我是谁”这是一种旧的生命个体消逝、新的个体生命诞生后作为新的个体生命所发出的惊喜和欣慰。

上帝临在于人，并非要人去崇拜它，而是让人确信这个世界是有意义的，生命是有价值的。一切启示都是对人的热切召唤，都是神性。“普通宗教总是人在追求神，而基督教却表现神也热烈地在追求人。在基督教文学中表现人求神的作品很多，而神追人的却很少。”[①] 鲁西西的《何西阿书》就是一部“神追人”的诗剧。何西阿是上帝的先知，他奉行上帝的旨意，苦苦地追寻淫妇歌蔑并要娶她。作者延续了中世纪时占主导的、源自希腊哲学的世界图景——宇宙的巨链，即由下至上依次为“无生命之物—动物—人类—更高的存在”描绘歌蔑的经历。首先，歌蔑以蔑花自喻：“它们总在要开的时候就开放。/就像一群群野鹿，/凭自己的意愿四下行走。”难挨的贫穷、冷漠的亲情以及易逝的美丽颜容，都使得歌蔑忧郁感伤。她梦想自己是只在空中飞翔的小鸟，但是小鸟却没有安全的栖息之地。一旦着地，“蛇就围拢过来”。此时小鸟万分惊恐，“嫩黄的羽毛像一对鸽子的翅膀打开，/但没有飞起来。/我说快点，飞起来，/但并没有飞起来”。于是“我看见我躺在地上好似粪土，/它们在我身上抓食，/它们的舌头发出咝声，/从外边到里边，/它们撕分了我，却不饱足”。飘荡的灵魂无所依属，歌蔑只能以怯懦服从于物欲与性欲的威力之下，走进了性乱的历史。歌蔑却虚幻地认为自己找到了精神的栖息地，开心地准备当母亲。但是很快歌蔑心中的喜乐就化为泡影：“她投靠的，竟是背弃”，“满了哀恸，像河水急涌，/又立即在河道里枯干”。伴随着歌蔑的放纵、忧郁、感伤、惊恐、虚幻以及绝望的是何西阿爱的深情呼唤。爱拯救了歌蔑。在执著的“神追人”中，“人”对“神”的启示作出积极地回应，最终形成了和谐美好的人神关系：“新郎搀扶着新娘，像葡萄枝搀扶着葡萄枝。”

实际上，歌蔑的经历代表着不同阶段人的个体生命的境遇：

---

① 朱维之：《基督教与文学》，上海书店 1992 年版，第 253 页。

个体生命在开始自我的质疑之后，渴望寻找到自身精神的栖息地。但罪孽滋生的现实社会吞噬了个体的心魂，并使之沦为动物，却自以为找到了最终的归宿。此时的人当然不会听到那来自于上帝的呼求。直至虚幻之光彻底消失堕入黑暗深渊的一刹那，才会感受到来自天梯的光芒。这是人与神对话的开始。人与神的对话并不仅仅是人与神的言语性事件，相反在大多数情况下是以“聆听”、“沉默”甚至“做梦”的方式进行的。或者说，人对于神的启示的应答并不只是直接的表层的语言应答，“我又何必向你说出许多重复的话语呢？我的言语过多，反而听不见你要向我诉说的微声。这微声，只有在静思默想中才能听见”（汪维藩《圣日默想》第17篇）。我们承认，只有对话才能防止教条说教的发生，才能使得信仰不至于在所谓的“平安”之中窒息，但是我们又必须明白，对话并不仅仅是“言说”，因为这常常使人感到贫乏无力，更重要的是心魂的对话。

中国基督教文学作家似乎更重视在“梦”的情境中进行人与神的对话，或者说，梦就是对话。这或许印证了弗洛伊德的观点，即文学创作，在本质上正如梦一样，是潜意识愿望获得的一种假想的满足，每部作品都是一场超现实的幻想，“一部作品就像一场白日梦一样，是幼年曾做过的游戏的继续，也是它的替代物”。[①] 但更重要的是，许多基督教文学作家都有过这种奇妙的宗教体验，而表达这种宗教体验的载体也只能是“梦”。鲁西西就如此描绘这种初恋般的神奇对话：“我梦见我全身非常轻盈，从头至脚都非常轻盈——那轻盈不是我用语言可以表达的，那是一种属天的境界、飞翔的境界，是我以前从来没有到达过的境界，我还梦见我写出了非常漂亮的诗和诗集。以前做梦也写诗，

① 伍蠡甫：《现代西方文论选》，上海译文出版社1983年版，第146页。

但醒来就忘了，这次醒来，不仅记得梦中每一种轻盈的颜色——真奇妙，轻盈居然是有颜色的，还记得每一个轻盈的细节，和沉浸在轻盈幸福中的每一个喜悦。醒来后，我就将梦中的诗句一句一句整理下来，题目叫：《喜悦》。”① 如此，人与上帝就在纯净透明的梦中进行了“密室灵交”（歌 4：1）。这是人的最本真的存在状态。同样，我们读了赵溟的梦，领略了人神遇合的自由生命：“他远远地望见了高置的宝座。宝座上坐着的如同碧玉和红宝石，他的光芒与四壁的宝石不同，是纯净而柔和的，宛若飞翔着无数爱的亲吻，歌吟无声地叹息着如空中水的翅膀，但这温柔的光芒却因其无比的圣洁而使人更无法注视。光芒中坐宝座者的衣裳垂下，遮满圣殿。那衣裳铺在地上，好像水晶的玻璃海。山川、河流、日月、星辰都在其中孕育而歌唱着，许多穿白衣的人也如云一般在其中，但却格外地光辉美丽”（施玮《放逐伊甸》）。我们读了刘浪的梦，感受了人神对话的奇妙场景：“这个地方都是水，旱地还没有露出来，只有一个十字架飘在上面，他突然看到水里的人群，他们在水中挣扎，一个一个被提到十字架上面，每上去一个人，十字架就大一些，直到水里的人全都上去，那十字架满了水面，旱地就露出来”（北村《施洗的河》）。

但是梦中所展示的那种奇妙的人神对话，往往是一种理想境界，它使人处于本真状态。但常常不是真实状态。当代基督教神学认为，人不只是纯粹的意识，人总是置于自然和人文的场景之中，社会的实践是人的最主要活动。因此，功利意志、权力意志以及诸多欲望就像蛇一样纠缠着人不放。按照马丁·布伯的观点，人置身于两重世界，因此人处于两种不同的关系系统之中：“我—你”和“我—它”。前者是纯净的关系，是时间长河里的永

① 鲁西西：《你是我的诗歌》，《信仰网刊》2003 年第 6 期。

恒瞬间，后者则是利用与被利用的关系，“我”是利用物的主题，而“它”就是有限的待用之物。人为了生存不得不羁留于“它”之世界，但人对“你”的炽烈仰望又使人不断地反抗“它”之世界，超越“它”之世界。这就是人的真实处境：“人呵，伫立在真理的一切庄严中且聆听这样的昭示：人无‘它’不可生存，但仅靠‘它’则生存不复为人。”① 正是因为有着一个“它”之世界的存在，使得人与神之间的对话成为一个复杂的过程。这其中掺杂着怀疑、困惑、自责、懊悔、不满、焦虑、质问、对抗、希望甚至绝望等诸多情感。这些情感的混杂存在又常常会使对话时断时续，甚至会产生某种严重的堵塞。其中，怀疑似乎总是占据支配性的地位。但是正是因为有了怀疑，才会有终极发问。“神的存在不是由终极答案或终极结果来证明的，而是由终极发问和终极关怀来证明的，面对不尽苦难的不尽发问，便是神的显现，因为恰是这不尽的发问与关怀可以使人的心魂趋向神圣，使人对生命采取了崭新的态度，使人崇尚爱的理想。”② 信仰深处常常会生发出诸多怀疑，这或许会令信仰者窘迫不安、痛苦不堪。但是怀疑无法动摇信仰，信仰却因怀疑而更加真实坚定。因为“怀疑不再是一种智力游戏，或一种探究方式，它变成一种对我们生命之上的所有未经检验的假设的勇敢挖掘。这些假设一个接一个地坍塌了，我们更为深入地挨近了生命的基源”。③ 从这个角度出发，我们就不难理解为什么有些基督教文学作家总是在发问、质询之中追求生命的奥秘和信仰的真相。仅以北村的新近作品

---

① ［德］马丁·布伯：《我与你》，陈维纲译，北京三联书店 1986 年版，第 30 页。

② 史铁生：《灵魂的事》，百花文艺出版社 2005 年版，第 150 页。

③ ［美］蒂里希：《蒂里希选集》下卷，何光沪选编，上海三联书店 1999 年版，第 906 页。

《愤怒》为例来分析。

《愤怒》讲述的是一个“马木生”（“恶”）变成“李百义”（“罪”），最终成为“冉阿让”（“爱”）的故事。北村说这是一部写真实的作品。“真实”一方面在于所叙述的是当前社会的真实处境，另一方面更重要的在于精神和心灵的真实处境。马木生以“个人的审判”杀死了那个将他父亲虐待致死的警察，还以为这就是正义。后来，他远走他乡，经商致富，成为了一个慈善家李百义。但是很快李百义就开始怀疑自己曾经认为相当公正的杀人行为是否完全公正。种种的假设和不确定因素使他陷入了无法解脱的痛苦深渊：“不是怕死，而是怕不公；不是怕别人不公，而是怕自己不公……别人不公可以用仇恨、离弃和蔑视来对待，可是自己不公却无法离弃，因为人无法离弃他自己的心。”更令人恐惧的是，他竟然找不到可以自杀的理由：“我凭什么，有什么权力杀害自己？”他对自己的审判产生了深重的质疑，同时也不相信别人的审判。但是女儿为他安排的道路——被捕归案却使他完成了最后的顺服，即承认自己是有罪的。他深刻地认识到自己的“公正”原来就是以冠冕堂皇的名目——“公正”来疯狂地发泄着自己的仇恨。至此，“我们逐渐认识到这样的事实：那些已经使自身臻于完善的人们，并没有改变我们具有全部人的天性的状态”。[①] 即人是有罪性的。在法庭上李百义没有为自己辩护，而是讲了一个故事：有人将烧热的沥青倒在公路上致使客车翻掉，他们则趁机抢钱，说明每一个人都是有罪的。所以有罪的人是没有柄权去审判他人，剥夺他人的生命的。最后，他选择了通过爱来救赎自己，成为了“冉阿让”。

① ［美］蒂里希：《蒂里希选集》下卷，何光沪选编，上海三联书店 1999 年版，第 858 页。

北村对于《圣经·约翰福音》第八章的故事特别厚爱，曾经在《孙权的故事》中也引用过。在《愤怒》中他三次提到了这个故事：一位行淫的妇人，被经学家和法利赛人抓住，带到耶稣面前，控告她触犯了摩西的律法，要用石头打死她，问耶稣怎么处理。这样做的目的是为了试探耶稣，好得到控诉他的把柄。耶稣对他们说："你们中间谁是没有罪的，谁就可以先拿石头打她。"结果，经学家和法利赛人听见这话，从老到少，一个一个都出去了，只剩下一个耶稣，还有那个妇人。耶稣对她说："妇人，那些人在哪里呢？没有人定你的罪吗?"妇人说："主啊，没有。"耶稣说："我也不定你的罪。去吧，从此不要再犯罪了。"马木生在逃亡之途曾经听牧师讲了故事，虽然他当时并没有意识到自己也是"那个拿着石头要砸妇人的人"，但这却是他感受上帝的开始，并且故事中所蕴涵的"罪"以及公义思想，以一种潜在的意识暗流留存于他的灵魂角落。当李百义一旦想到自己的所谓"公正行为"，这股潜在的意识暗流便会冲决而出，涤荡着他的灵魂。这一情况用詹姆斯的说法就是"意象和意念一时掉进了'脑海无意识的深渊之中'，在经历了人世'沧桑'之后再次浮现了出来"。[①] 实际上，李百义所有的痛苦都是由于上帝的"公义"和自己的"自义"之间的搏斗所造成的。这是人与上帝之间颇为艰难的对话。同时也是中国传统的自义文化和基督教的公义文化之间的艰难对话。如此深邃的精神文化内涵作品却是通过纪录片式的叙述和质朴的语言透视出来的，当然其中充盈的是"良心"。正是如此，余杰说："《愤怒》确实是一部严重耗损作家身心的作品。……

---

① ［美］雷·韦勒克、奥·沃伦：《文学原理》，刘象愚等译，北京三联书店1984年版，第86页。

从某种意义上来说，它是一部挽回中国当代文学声誉的优秀之作，也是一次向雨果的《悲惨世界》遥远的致敬。"[①]

当然，人与神的关系只是中国基督教文学的核心问题。围绕着这个核心问题，中国基督教文学还探讨了人与社会、人与自我以及人与自然等诸多问题。而这一切都使得中国基督教文学的人学内涵相当丰富多彩。

二　叩访性爱之门

"生命的意义是什么？它纯粹作为生命的价值是什么？只有这第一个问题解决了，才能对知识和道德、自我和理性、艺术和上帝、幸福和痛苦进行探索。它的答案决定一切。"[②] 而对于生命意义的探讨，文学又往往是从爱情婚姻的角度切入的，"还有什么比婚姻更能突出生命形象呢"？[③] 换言之，爱情婚姻，在作家们的笔下，与其说是投奔灵魂、演绎欲念的一条通道，还不如说是关注个体生命生存的一种契机。在中国基督教文学的"爱情档案"中，我们就可以欣赏到异常独特的生命风景，品尝到五味俱在的生命滋味。譬如北村，啜饮爱情之血，以毁灭爱情来肯定爱情，以拯救爱情来证明生命；譬如丹羽，喜欢在一个个充满惯性的破碎的爱情故事中种植生命的信仰之树；譬如施玮，善于在圣经的视界内透视爱情婚姻，并由此使世俗男女与圣经视界达成

---

① 余杰：《我们的罪与爱——〈愤怒〉序》，团结出版社 2004 年版，第 2 页。

② ［德］西美尔：《现代人与宗教》，曹卫东等译，中国人民大学出版社 2003 年版，第 28—29 页。

③ ［瑞士］巴尔塔萨：《神学美学导论》，曹卫东、刁承俊译，北京三联书店 2002 年版，第 49 页。

同一视界中的融合；譬如唐敏，在奥斯威辛屠杀的宏伟背景之下，展现奇特、瑰丽的爱情圣殿、人生圣殿和和平圣殿；譬如姚张心洁，以执著的爱和人性的美与善去铺设重返伊甸园的道路；譬如余杰，以纯美的爱情故事和纯粹的精神体验，展现生命的朝圣之旅；还譬如史铁生，坚信残缺与爱情是生命的寓言，是生命的遗传密码。不管是持有何种爱情婚姻观念，“性爱”与“孤独”常常是中国基督教文学中关于爱情婚姻书写的两个极其重要的关键词。而这两个关键词又常常缠绕在一起，使得爱情婚姻成为扑朔迷离、充满着无穷魅力、但又散发着深刻痛苦的生命之谜。

在许多中国人的观念中，基督教神学是压抑性爱、反对性爱的。其理论来源或许就是奥古斯丁在《忏悔录》中对于身体和性爱的极力贬低。的确，青年时代的奥古斯丁一度狂热地渴求以地狱的快乐为满足，滋长着各式各样的黑暗恋爱。他对主忏悔：“从我粪土般的肉欲中，从我勃发的青春中，吹起阵阵浓雾，笼罩并蒙蔽了我的心，以致分不清什么是晴朗的爱、什么是阴沉的情欲。二者混杂地燃烧着，把我软弱的青年时代拖到私欲的悬崖，推进罪恶的深渊。”但是，奥古斯丁所否定的不是性爱本身，而是放纵性爱的行为。只不过中世纪的神学则把奥古斯丁的观点推向了极端，从而使后人形成了基督教神学是反对性爱的观点。实际上，当代神学已经逐步恢复了性爱的本来地位：当代女性神学家索勒就指出，“按照早期基督思想的见解，性亦可是一种圣事，身体因素中亦可印上神恩标志”，因为“正如上帝在耶稣肉身上成人一样，圣爱也应转化为爱欲，爱欲亦应体现圣爱，两者不可分离”，她还声称“与圣爱相分离没有真正的性爱，与性爱相分离也没有真正的圣爱”。被誉为“当代的帕斯卡尔”的西蒙娜·薇依也认为，“性的定向不应是一种升华，在转化中扼杀性，而是与灵的结合……性同样是一种美，性与灵的结合是美与美的结合”，“真正人的性爱之表达，乃意味着人在性爱的结合中，上帝或天使作为第三者进入并维系在性爱之中。只有在这种性爱之中，性爱才会成为无代价的爱，进而，圣爱作为对个体的不幸的赐福，才会由此而触及个体的肉身存在，成为对个体存在的依托”。①

中国基督教文学追求的正是这种性与灵、性爱与圣爱的完美融合。姚张心洁在《上帝的花园》中把这种完美融合诗意化地比喻为：“上帝将养育后代的使命交给亚当和夏娃，并在这个使命中加入了一颗红樱桃，那就是性爱。”但是，在一个充满着各种欲望引诱的物质化社会、一个信仰稀薄、上帝缺失的时代，这颗红樱桃往往只能是以一种理想的乌托邦形态存在。圣爱与性爱产生了严重的背离和分裂，红樱桃也就失去鲜活的光泽，直至腐烂。因此，在中国基督教文学作品中，我们常常目睹到的是一个个破碎的爱情悲剧和一颗颗失去色彩甚至腐烂的樱桃。

真实的性爱是以爱情为前提的，但是性吸引并不一定是爱情的专利。“性吸引从来不是一对一的，从来都是多向的，否则物种便要在无竞争中衰亡。”② 而具有多向性的性吸引在实际的爱情生活中往往又会被等同于幻想中的性爱，从而承担着破坏爱情神圣性的罪名。陈清（《周渔的喊叫》）是周渔乌托邦世界里的纯洁的爱情王子。所以她不能容忍他会去评价另外一个女人“性感”。她偏执地把这种性吸引等同于性行为，等同于爱情：“一个对我真有爱情的人，会想到另一个女人的性吗？你能感觉到她性感，你就是想跟她做爱，你想跟另一个女人做爱，你还敢说你爱我？”如此“缜密”的爱情逻辑使得陈清感到自身罪孽深重：“我

---

① 刘小枫：《走向十字架上的真》，上海三联书店 1995 年版，第 178—181 页。

② 史铁生：《灵魂的事》，百花文艺出版社 2005 年版，第 24 页。

太羞愧了，太难过了，从小到大，好像从没有这么难过过，在周渔面前，我感到罪孽深重，万劫不复。周渔，周渔，是一个多么特别的人啊，只有她能让我这样羞愧，她一针见血，使我无地自容。”为了避免自己所谓的污秽不洁的想法玷辱神圣爱情，陈清在周渔面前关闭了自己的心灵之门。而作为一个有限的、有欠缺的人却要承担着拯救另外一个人的“终极性”重负，由此，陈清发生了严重的自我分裂：一方面他在周渔面前极力地维护自己爱情王子的纯洁形象，另一方面离开周渔后他又是一个吃喝嫖赌无所不及的“兽性”动物。他在“人性”（灵）与“兽性”（肉）的两极不断地奔跑。而自由于他则成为了一种心狱与天罚：为了逃避“楷模”枷锁而走向了“兽性”，但是“兽性”却加深了孤独和痛苦。陈清在生命的深渊挣扎，他无法自救，只能走向死亡。

玛卓（《玛卓的爱情》）因为丈夫刘仁在街上三次注视一个女人而耿耿于怀，以至于成为她性意识中一个不可逾越的障碍。“漂亮的女人多的是”，玛卓不自觉地把自己降低到性的位置，并且越来越把真实的性爱简单地等同于性。她视真实的性爱为“野兽”行为。她只能命令刘仁不断地说“我爱你”来证明爱情的存在。后来，刘仁向金钱低头，抛下了玛卓，出国去建造没有被物质所累及的爱情天堂。玛卓从爱情的天梯里坠落了，她陷入了失信的恐惧之中，甚至臆想刘仁娶了一个瘫痪的日本姑娘。真实的性爱被肢解为一个个幻想中的性行为，性与爱发生了无法弥合的分裂。爱情女神玛卓只能带着深深的恐惧选择了死亡。“实有空间膨胀，心灵空间萎缩，感动下降为感觉，神圣与卑微同等，从敬畏走向背德，热情变作冷漠，爱变成了性。”[①] 爱情的孱弱和灭亡来自于性爱之中爱的本质的丧失。北村实际上并没有否定性

① 北村：《神圣启示与良知的写作》，《钟山》1995年第4期。

爱本身，而是否定没有爱之基础的性。小说结尾处作者这样写道："我巴望尽快离开经历这条黑暗的河流，一定有一个安慰者，来安慰我们，他要来教我们生活，陪我们生活。"在北村看来，性爱无法解救自身精神的困厄，能够带来这样安慰的只能是"作为第三者进入并维系在性爱之中"的上帝的圣爱。

在史铁生的《务虚笔记》里，我们同样可以感受到存在着这样的安慰者。小说第十部分"白色鸟"描写了当 WR 与 O 产生性爱过程中始终围绕着他们飞翔的那只白色的大鸟："诗人 L 在初夏的天空里见过的那只白色的鸟，飞得很高，飞得很慢，翅膀扇动得潇洒且富节奏，但在广袤无垠的蓝天里仿佛并不移动。WR 和 O 站在惊讶里，一同仰望那只鸟，它仿佛一直在那儿飞着，飞过时间，很高，很慢，白得耀眼，白得灿烂辉煌，一下一下悠然地扇动翅膀……""'搂紧我，哦，搂紧我！'他们一同仰望那只白色的鸟。看它飞得很高，很慢，飞得很简单，很舒展，长长的翅膀一起一落一起一落，飞得像时间一样均匀和悠久。"史铁生在论述性、爱情的问题时，曾经一再提到了耶稣的一段话："我赐给你们一条新命令，乃是叫你们相爱，我怎么爱你们，你们也要怎样相爱。"他清醒地认识到，正是人还没有意识到是圣爱的缺席导致自身性爱的残疾，或者根本还没有意识到自身性爱残疾这个黑洞的存在，才会如 L 那样沉溺于乱性的世界。"当赤裸的自由不仅在于肉体而更在于心魄的时刻，残疾或沉沦了的性才复活了，才找到了激情的本源，才在上帝曾经赋予了它而后又禁闭了它的地方，以非技术而是艺术的方式，重归乐园。"[①] 白色鸟的出现无疑就是这样的"艺术的方式"。它是一个象征、一个暗示：性是上帝为爱准备的仪式。

---

① 史铁生：《灵魂的事》，百花文艺出版社 2005 年版，第 206—207 页。

在索勒看来，同契是真实的欲爱的一个极其重要维度："同契，它表明欲爱是一种对爱与正义不可分离的认识、对私人性与公共性不可分离的认识，对生活的其他关联的认识、对性爱与圣爱的政治之维的认识。"[①] 也就是说，性爱并不仅是个人生命激情迸发的私人行为，还是一种公共行为，它和社会、道德、文化甚至政治都发生着一定的联系。"禁忌是自由的背景，如同分离是团聚的前提。"[②] 但是，现实生活中的性爱往往变成了一种纯粹的私人行为，任性而全然不顾公共性的存在。如此性爱的合法性必然会受到怀疑，甚至否定。《心蚀》中的花妍因为缺少来自于家庭内部的安全感而与有妇之夫木杰发生了性爱关系。花妍清楚地知道这是一种没有同契关系的不伦的恋情。但是情欲的无限膨胀使得她毫无意志地继续着那无限的沉沦。她试图用两层严密且厚实的窗帘拉起性爱的私人空间，但是"不着边际的火车轰鸣声仍然从遥远的世界缓缓地传来"，预示着花妍努力的失败，于是她"顿时感到一种不同寻常的空茫之感"。纯有爱情却没有同契关系的性爱无法在公共世俗的阳光下出现，它只能蜗居在黑暗的一角，同样，这样的性爱也只能暂时缓解痛苦却无法达到永恒。《圣经》中有一句律令："要去掉情欲，因为情欲与圣灵彼此争夺，情欲与圣灵彼此为敌。"作者借雨清——一个纯洁虔诚的基督徒对于这条律令的解释表明了自己的性爱观："性是很美好的，身体和灵魂都是很神圣的，婚姻也是神圣的，所以在婚内的性也是美好的，而对于一个真正的基督教徒来说，也完全必须符合教义，是在主内婚姻里。而情欲指的是一种私欲，自然是不洁的，罪恶的。"在作者看来，视性爱为纯粹的私人行为，必然会

---

① 刘小枫：《走向十字架上的真》，上海三联书店 1995 年版，第 181 页。

② 史铁生：《灵魂的事》，百花文艺出版社 2005 年版，第 32 页。

忘却道德规范、精神约束和社会责任，放纵自我，使神圣的性爱蒙上污秽，从而使之堕落为一种不洁和罪恶的行为。

中国基督教文学的许多作品中都描写了由于与圣爱发生分裂的性爱的残缺性，但从开始时对性之谜的不懈追问，渐渐地触摸到现代人类性爱难题的脉络和根源，变成了对人类普遍存在困境的关注："每个人生来都是孤独的，这是人之个体化的残缺"，"是人对残缺的意识，把性炼造成了爱的语言，把性爱演成心魂相互团聚的仪式。"[①] 人不仅是孤独的，而且知觉自身的孤独，这就是人的命运。而这种命运在蒂里希看来，即使是上帝也无法改变。他说："的确，在无数男女共同享乐的时光中和爱欲洋溢的美好瞬间里，孤独的确被一度征服。在与另一个人的自我相互溶和的迷恋里，爱情的狂喜吸收了一个人的自我，孤独感似乎被淹没了。但当这些美好的瞬间消逝之后，人们感到的是比此前更为深刻的自我疏远与孤寂，甚至成为相互间深深的厌恶……因此，在男人和女人最为亲密的交往中，人仍是孤独的，他们无法穿越对方最隐秘的内心世界。如果事情不是如此，他们也就不需要相互帮助，就不会享有人类间的结合。"[②]

因为孤独，人类选择了性爱（在很多情况下，由于人类迫切地渴望摆脱孤独，所以神经质似的抓住那些脱离了圣爱的性爱），但是性爱并没有使之从孤独之城中突围出来，反而使得孤独极度深寒。单纯（《无法告别》）虽然有自己的家人但却一直处在孤儿似的心态中："我觉得自己像个孤儿，在这个世界上没有真正亲近我的、了解我的和爱我的人。所以，从久远的年代开始——久

---

① 史铁生：《灵魂的事》，百花文艺出版社 2005 年版，第 206 页。

② ［美］蒂里希：《蒂里希选集》下卷，何光沪选编，上海三联书店 1999 年版，第 835 页。

远的过去，我就不断的寻觅，不断的渴望被拯救，不断的寻找情感上的依靠和寄托。”孤独的心态使得单纯不顾一切地寻找可以拯救自己的情爱，与女人恋爱、做有妇之夫的情人，但一切却使她极度地混乱甚至疯狂。她只有通过逃避来摆脱。但是令人恐惧的是，一旦你决定逃避某种东西时，那东西实际上已经根深蒂固于你的内心。单纯清楚地意识到与生病男友的性爱只是“两颗孤独的心灵拼命的挨紧，彼此安慰”，是“在残缺中，在恐惧中燃烧着‘完美’这个漂亮的词语”，并不会改变孤独的处境，相反只能陷入更深的绝望之中：“那希望会很渺茫，像风中之烛，随时可能熄灭它那跳跃着的、强烈的火焰，重回黑暗。”灵儿（《圣殿》）有着汉民族、犹太民族和日耳曼民族混合的青春。她从11岁开始就爱上了她的表哥。她频频地发射着爱的讯息，但他浑然不觉。因为真爱被忽视、被冷淡，灵儿便选择退缩在自我孤独的小屋，用畸形婚姻和放纵情欲来进行疯狂的报复，但最终沉溺于自我孤绝的痛苦之中。在灵儿的身上，我们深切地体会到孤独的反义词并不是爱，相反两者是紧密相关的。“也许可以说，一个人对孤独的体验与他对爱的体验是成正比的，他的孤独的深度大致决定了他的爱的容量。”①

花妍（《心蚀》）也是在与世隔绝的孤独感的牵引下，走入性爱世界。但是性爱必须如穿上了红舞鞋一样一直处于疯狂状态，否则孤独感立刻会趁机以百倍之力占据整个心灵空间。小说如此描绘这种痛彻心扉的莫名感觉：“半个小时以前可以为彼此燃烧成灰烬的激情过后，她感到两个人之间仍然是疏离的，有界线的，甚至是陌生的。”心灵的孤独呼唤他人灵魂的敞开，但是一旦触及他人的心灵世界，才发现无法真正地走入他人的世界，于

① 周国平：《爱与孤独》，广西师范大学出版社2001年版，第24页。

是花妍只好重新把自己包裹到厚重的窗帘之中，独自忍受孤独的咬啮。少年的创伤性记忆——被亲生父亲强暴使周渔（《周渔的喊叫》）陷入了绝望的孤独之中，于是她潜在地把陈清的性爱当作带她走出孤独之城的象征性的精神幻象："有时她的目标具体到一次接吻，有时陈清有事走不开，他们就躲到学校后门的墙角，紧紧抱着接一个很长很长的吻，然后周渔就心满意足地哭着回家。那是幸福的哭泣。""我只要一碰到他的嘴唇，就忘记我是谁了。"但是，性爱真的能使周渔从孤独的暗区突围出来吗？小说最后终于揭示了事实的本相：周渔用她生命的全部希望搭建了一个意义的乌托邦。

诗人L（《务虚笔记》）是一个充满爱情幻想的理想主义者，他试图通过对传统性爱观的挑战克服人类这个"绝对的孤独"状态，于是他怀揣着诚实的爱情，意气风发地走进"完全畅通"的乱性"乐园"。但是很快在众多女人的不断追问和自我的反问中，诗人困惑了：肉体已经胶着在一起，为什么孤独依旧？困惑带来了深刻的孤独，深刻的孤独即是恐惧：

> 荒原上那些自由的动物，孤独未曾进入他们的心魂。它们来晚了，没能偷吃到禁果。没有善恶。那果子让人吃了……
>
> 以致床上这两匹走出了乐园的动物，要逃离心魂，逃离历史，逃离没有过去和未来的现在。要把那条蛇的礼物呕吐出来。在交媾的迷狂和忘却中，把那果子还给上帝，回到荒莽的乐园去。
>
> 但是办不到。

人在偷吃禁果以后，就已经筑起了一座厚厚的心墙，成为一个个孤独的肉体。即使肉体胶着在一起，但人仍旧处于孤寂之中。人生来就是“孤儿”，这就是人的欠缺。但是，“孤独”也是人之为人的重要原因：“只有这样，人类才能被上帝和人自己谈论，才能提出各种疑问，并给予回答和作出抉择。他拥有从善和随恶的自由。也只有他是自由的，因为他有难以穿透的内心世界；也只有他才有作为一个人的权利，因为他是孤独的。这就是人类的伟大之处。同样地，这伟大也是人类的重负。”①

孤独与孤独意识不一样。“孤独”是人存在的根本方式，是人的残缺性状态。而“孤独意识”则是对人的残缺状态的深刻感悟，是人对自身本性即人是有限的自由的确认。它的一端是绝望的哀叫，另一端则是希望的召唤。前者是人意识到自我有限性的正常情绪的表现，而后者则证明人具有一种其他生物所没有的自由，即站在无限性的视点试图实现对有限性的超越。因为“要体验到自己的有限性，人就必须从一种潜在的无限性的观察点来看自己”。② 而在中国基督教文学作品中，这个“潜在的无限性的观察点”就是神或曰信仰：“神之在，源于人的不足和迷惑，是人之残缺的完美比照。”③ 这个神将是人类生存的引导者，“人的生存必须有一个引导，否则人类将面临它的后果”。④ 正是如此，在中国基督教文学作品中就或明或暗存在着一位灵魂的引导者。尤其在那些为情所困、为爱所累的男女们受到深深的创伤而返诸自身，在孤独之中咀嚼着痛苦的生命果实之时，他会带着爱的微笑而降临，为他们打开另一个新的生命通道。

---

① ［美］蒂里希：《蒂里希选集》下卷，何光沪选编，上海三联书店 1999 年版，第 836 页。

② 同上书，第 1113 页。

③ 史铁生：《灵魂的事》，百花文艺出版社 2005 年版，第 95—96 页。

④ 林舟：《苦难的书写与意义的探询——北村访谈录》，《花城》1996 年第6 期。

“孤独，其实是一种需要不断成长的能力，在通常人眼里，人们总是忙着聚拢成群，以便寻找对话者的慰藉，企图从别人身上照见自己，人们正在一天天丧失孤独的能力。”[①] 无疑，现代人是处于孤独的困境之中。但是令人恐惧的是现代人逐渐地丧失了孤独的能力。现代人对于孤独意识的淡化，一方面意味着创造力的退化。“一个孤独自守的时刻，将会远远比许多努力去掌握创造性过程的时光更能大大丰富你的创造力。”[②] 另一方面也意味着现代人无视自身的欠缺，不愿意正视自己的无知和无奈、孤独和焦虑。狂妄自大，把自身的自由扩展到超出其有限存在的限度之外。而以上的两种情况都表明了人类开始处于另外一个更为可怕的困境即异化存在。从这个角度出发，中国基督教文学通过叩访性爱之门而对人类普遍存在困境——孤独的深切关注，无疑有着重要的意义。

三　穿越死荫幽谷

蒂里希认为，人类最根本的孤独就是必死的孤独。人的死亡和人的独自死亡是人的命运。“在死亡的时刻里，我们被割断了同整个宇宙以及其中全部事物的联系。我们被剥夺了使我们可以忘记自己处于孤独中的一切事物和存在物。”[③] 然而对于人类这种最根本的孤独，中国传统文化却很少有勇气正视。道家始终引导人们如何把生死一如作为人的本真存在去坚守，消解了死亡悲

① 萧钢、陈染：《另一扇开启的门》，《花城》1996年第6期。

② ［美］蒂里希：《蒂里希选集》下卷，何光沪选编，上海三联书店1999年版，第841页。

③ 同上书，第839页。

剧的意识，尤其忽视了个体对于悬挂其上的达摩克利斯之剑的悲剧性体验和命定性痛苦。而佛家则以对彼岸的终极性倾慕的姿态回避了“现世”人生死亡的最根本困境。孔子更是以一句“未知生，焉知死”否定了弟子对于死亡之谜的追问。中国文化这种对生的近乎变态的依恋和对死的神经质似的逃避，使得几千年以来的中国文学时时散发出“逝者如斯夫，不舍昼夜”的哀叹、“烈士暮年，壮心不已”的无奈以及“盛年不再来，一日难再晨”的悲鸣。

然而，自新时期以来，异域文化的冲撞和影响的焦虑使得中国传统文化出现了实质性的裂变。与中国传统文化对于死亡意识的带有“圆滑”意味的规避相比，在西方哲学家的眼里，死亡是一种实体性的存在，具备可供想象和理解的丰富形态与深奥秘密。柏拉图就认为：哲学不在死亡之外，而在死亡之中，“哲学是死亡的练习”。[①] 叔本华则有两句名言：“死亡是给予哲学灵感的守护神和它的美神”，“如果没有死亡的问题，恐怕哲学也就不成其为哲学了”。[②] 在西方诸多死亡哲学的影响下，中国作家冲破了生命的禁区，开始对死亡本体进行了细致的描述和深刻的探索，死亡不再是集体化的生命关注而是纯粹的个体生命消长，死亡不再成为躲避不及的边缘性对象而是艺术表现的中心。被异化的死亡命题也因此走出了幽暗的人性深渊，人性在“死亡”的复苏中得到了张扬，真正的人学文学时代已然降临。

新时期以来，中国文学对于死亡形态的挖掘和表现是丰富多彩的。与莫言专注于面对死亡的恐惧心理以及对死亡过程的细致

---

① 转引自段德智《死亡哲学》，湖北人民出版社 1996 年版，第 71 页。

② ［德］叔本华：《爱与生的苦恼》，中国和平出版社 1986 年版，第 149 页。

化陈列、余华把死亡演示为一种审美化的造型、韩东等用玩世不恭的态度对待现实生活的死亡等不同，具有深厚的基督教文化精神质素的中国基督教文学则是在发出“拒绝麻木 拒绝愚昧/但我决不会拒绝死亡”（空夏，《让荆棘成为桂冠》）的伟大宣言之后，通过融通海德格尔的死亡哲学和基督教神学思想来探讨死亡与生命的辩证关系以及如何将人从死中救赎出来。

海德格尔（Martin Heidegger，1889－1976）认为死亡作为此在的终结，就是向死亡的存在，“死亡只在一种生存状态上的向死亡存在之中才存在”。“向死亡存在”一方面表明，死亡始终在此在的存在中出场，它是一种伴随着“生”的“存在”；另一方面，死亡所指的终结并不是此在生理意义上的死亡，海德格尔称这种生理上的死亡为“亡故”，“亡故”只是死亡的结果，“而死则作为此在借以向其死亡存在的存在方式的名称”。[①] 也就是说，死亡是一个不断显现自身存在的过程，此在的存在在这个“向终结存在”的过程中，不断发现自身、实现自身存在的意义。中国基督教文学中对于死亡的解读常常可以感受到海德格尔的死亡“幽灵”的出没。如江登兴在《奔丧——青春忏悔录之三》一文中由于母亲的突然离世所引发的对于生死问题的思索就有海德格尔死亡哲学的影子。作者首先质疑并批驳了中国传统文化中死亡的不在场：“我们以为，‘未能好好地生，那里管得了怎么死’，我们在逃避死亡。”而且作者清醒地看到，正是死亡在人的存在中的不出场，人类看不到自身的有限性，从而导致人类理性的无限膨胀，最终使人类失去了自由和人性的根基：“这是一种被今世的光明遮住了双眼的失明。”而死亡应该在这样的一个关键的

---

① ［德］海德格尔：《存在与时间》，陈嘉映、王庆节译，北京三联书店 1987 年版，第 301—309 页。

时刻，“以一种方式介入了人类，提示了人类通往另外一个世界的路，提示了人类另一个神秘的空间，给人类那已经虚火过热的灵魂泼一盆冷水”。接着，作者分析了死亡与生命之间的关系：“只有生命真正与死亡相遇，才会知道死亡的真相。而知道死亡的真相，才知道全部生命的真相。”死亡作为一种存在，是生命存在意义的源泉，对死的体验越生动，对生命意义的体验就越深刻。未知死之永恒，焉知生之抉择。因此，作者指出：“生命是一场奔丧，是一个奔向死亡的过程!”傅翔在其自传体小说《我的乡村生活》中甚至直接借用海德格尔的“向死而生”的哲学概念，对于生与死的辩证关系作出了如下的阐释：“如果我们仅仅为逃避死亡而生，那么我们一生的意义注定是贫乏的；而一旦我们都能够向死而生，我们人生的意义就将充分得到肯定”，而所谓“向死而生”是指“心灵上的，而不是经历上的。它不是肉眼看见的，也不是身体经历的，而是心灵面对死亡向着死亡的生的出现。只有这样的生才是真正的生，是有意义的生”。当然，中国基督教文学对于海德格尔死亡哲学的借鉴最终的精神落脚点还是归结为信仰的维度。在麦粒的寓言里，《新约》以完全不同的方式描述了生命与死亡的关系：“一粒麦子不落在地里死了，仍旧是一粒；若是死了，就结出许多子粒米”（《约翰福音》12：24)。而这表明基督宗教的死亡观：先有死亡，后有生命。所以，江登兴说：“对于生命的态度永远超越于人的眼见，超越于今生的眼见，超越于人有限的理性之上，那是一个信仰的领域。”也正是如此，他坚信他的母亲虽然离开故里，奔向死亡，但没有从存在的总和中消失，她“还有一个更加永远的家”。

中国基督教文学并不是单纯地描写死亡，而是把死亡从生命的终点拉到了生命的过程之中，从而使死亡成为个体不得不面对的“我自己的死亡”的一种存在。死亡不再是一个停留在某一个时刻等待此在去实现的事件，“死亡属于活过的生命，并且是它的一部分”。[①] 这就是死亡的真谛。如此，中国基督教文学主要在两个向度上追寻死亡的真谛：一是由耶稣之死来探求死亡的深度。二是由上帝所创造的自然物的运动规律感悟生命的张力。而这两个向度又是相互牵引的，其牵引力即为“爱”。因为“人类并不是通过赤裸裸的生命本身体验到他们会死，而是在被爱和去爱的生命中体验他们的有死性。这是人类生命无法解决的悖论，一个人爱的越多，他就越是强烈地体验到生和死”。[②]

对于大多数基督教文学作家而言，十字架事件无疑最能体现死亡的真谛。它使得“信徒对社会充满了绝望感，更使信徒恍悟了正义在抵抗中体现，希望从绝望中产生的真理——这才是耶稣死而复活的真实含义”。[③] 因此，他们往往借助于耶稣之死来诠释死亡的伟大意义以及死亡与生命之间的内在关系。施玮的《十字架上的耶稣》就表现了如此的死亡理念，即只有死亡才可以把生命力推向灿烂的极致：“十架上的耶稣，祭台上的羔羊/从你身体流出的血/温暖而浓稠/千万年不会冷却也不会稀释/这血的溪流纵横密布/在阳光照不到的地方/在干旱、死亡的沙漠/它是光、它是水、它是生命/它浸没罪孽的身躯/让重生的灵魂旭日东升/美与真苏醒在你血染的掌中/这血流中孕育的生命啊/洁净如初绽的百合/喜乐的暖流奔涌在根茎里。”啜饮生命之血，以死亡来肯定生命，显现超越精神之伟大与不朽。空夏在《神性的光辉》一诗中描述了一个令人颇感凝重的死亡场景：“这沉重的忏悔洞穿最后的宁静/谁的目光低垂 谁的剑/横亘于诸天之上//只有黎明

① ［德］莫尔特曼：《创造中的上帝——生态的创造论》，隗仁莲、苏贤贵、宋炳延译，北京三联书店2002年版，第365页。

② 同上书，第363页。

③ 马翰如：《我们为什么走不进天堂?》，《读书》1990年第3期。

闪现死亡的诱惑/从三月出发 用巨大的悲哀/指引复活的道路 抵达/悬棺千年的疑问//抵达内心 这梦一般的河流/这遥远而苍茫的 人类的童年。”但凝重之中竟有浓浓的对神圣、纯洁和质朴的生命之永恒家园的向往和依恋之情。

杜商的《生命的呈示》是在死亡迫近时，带着“生命是什么？生命归宿和生命决策者是谁”这样的终极性问题而开始的孤独而执著的精神之旅。诗人先在“我”和“孤独的游客”中间寻找生命，却发现“我”和“孤独的游客”实际上都戴着虚伪的面具：为了完成动机哲学披上美丽外衣、为了达到目的思想描上红色体彩。于是，“我看见一种生命在本质中结束了/他们的另一种生命在表象中更加残酷地结束”。接着，诗人试图从“没有存在者的舞台”上找到生命，但最终他发现“在一个喧闹嘈杂，理智和感性泛滥的地方/光明悄然退潮了，永恒在虚假中结束/其实真正的永恒在他们身上从未开始”。诗人虽然再一次失望了，但他却没有绝望，他继续寻觅着。他满怀崇敬之情渴盼从“智者的栖居/诗者的舞蹈和征服者的誓言”中寻觅生命的踪迹。但是很快诗人就产生了深深的怀疑：“事实上他们真的能够主宰自己的命运/又拿走缠绕生命之柱的蝎子鞭吗/他们在天平的一端放下了毒蛇，在天平的另一端/他们以人的名义诞生了性的疯狂，温柔的火焰/还有一百个百灵鸟和一万个注定形影全无的蟋蟀。”经过艰辛的精神蹒跚和思想跋涉，诗人终于痛苦地发现死亡的不可推诿性：“所有生命后面生命必然的陨落/就像一只苍蝇在悲剧中曾经痛苦地出生。”此处的“苍蝇”意象使我想到了美国著名的死亡诗诗人埃米莉·迪金森的代表诗作《当我死的时候，我听到苍蝇在嗡嗡叫》。这首诗以第一人称描写了死亡的过程和体验，共分四节。在第一节中，诗人描述了诗的背景。她躺在床上，气息奄奄。屋内一片静寂，只有苍蝇嗡嗡不止，显出一种死亡的气氛。

第二节，注意力转移到在她病榻周围为她送行的亲友身上。他们的眼泪已干，正屏息静气地等待着死神的降临。第三节，焦点又回到诗人身上。她立下遗嘱，把自己的物品赠予他人。这时，一只苍蝇又引起了她的注意。最后一节中，她发现苍蝇在断断续续地嗡嗡叫着，在她和亮光之间盘旋。随后她的眼睛看不见了，她认为这是因为苍蝇挡住了从窗口进来的光线。无疑，“苍蝇”在此诗的地位是非常重要的。如果生与死可以被看做两场“风暴”的话，苍蝇就正好是风暴间的“沉寂”，将生死连接起来，连接起大自然中无尽的生命循环。“苍蝇”作为生命之链上的一环，在自然界中，它与“房间”中的其他生命形式处于至少平等的地位。人和一只苍蝇一样都会不可避免地走向死亡。从这一意义来说，人不比苍蝇更重要的。在笔者看来，杜商的“苍蝇”意象同样具有如此的内涵。

痛苦之余，诗人仍然不放弃对生命的叩问和追询：“那么今天有谁可以断言他见过事物/的核心，又居住在那里/有谁胆敢把生命中无法承受的永恒/常常挂在嘴唇上。”诗人告别了语无伦次的世俗舞台，因为残缺的存在就如“没有翅膀的夜鹰怎能飞向黑暗的神奇层面”，无法引导人抵达生命的永恒。死亡一日一日地逼近，“如同水泼在热土中不能收回”。诗人焦灼万分，但生命始终隐匿不出场。而“终于有一天我不再为生命无情的消逝伤感/我的生命在世界舞台上戏剧性地消失了/然而一个使我彻夜难眠的人却回报我更久远的生命”。原来，死亡是永恒生命的天使，死亡的降临就是永恒生命诞生的鸣奏曲。“他是完全不可能的可能者/他是绝对背后的唯一绝对者”，终于诗人找到了真正的生命归宿和永恒的精神家园。

对于基督教文学作家来说，自然界绝不仅仅是自然，它蕴涵着深刻的宗教思想，“只有对生命观作出宗教的理解才会使解开植物生命一枯一荣律动中所蕴涵的其他意义成为可能。这种蕴涵的意义首先是生命再生的思想，是青春永恒的思想、是健康的思想以及不朽的思想”。[①] 鲁西西正是从花开花枯的生命律动中发现了死亡与生命、死亡与永恒之间的密切关系：“花开的时候是这样，花枯的时候是那样//它的喜乐不过转眼之间，/在风中的荣耀，却是一生之久。//花开的时候并不作声，是喜爱它的人们在旁边自己说。//该谢的时候就谢了，不惧怕，也不挽留”（《死亡也是一件小事情》）。死亡也如大自然的万事万物一样要遵循着出生、成长到死亡的规律，因此，她坦然承认：“死亡也是一件小事情”。诗人以哲人的睿智和从容揭开了笼罩在死亡之上的面纱：死亡意味着交出自己的生命，“交出自己的生命意味着走出自我，敞开自我，做出承诺并去爱。在这种肯定中，生命就在真正属人的意义上活了起来”，“从未活过的生命不会死”。[②]

曾经被死亡痛苦纠缠不清的史铁生是在日出日落、潮涨潮落中窥探到死亡的真谛，并使之从死亡的悬索之中解脱出来。在他最优秀的作品《我与地坛》中有这样一段话：“但是太阳，它每时每刻都是夕阳也都是旭日。当它熄灭着走下山去收尽苍凉残照之际，正是它在另一面燃烧着爬上山巅布散烈烈朝晖之时。有一天，我也将沉静着走下山去，扶着我的拐杖。那一天，在某一处山洼里，势必会跑上来一个欢蹦的孩子，抱着他的玩具。”在当代中国作家里，似乎唯有史铁生把死亡描述得如此从容美丽，这是一种由审美超验而达到的“思”：是对生命本质和死亡意义的深切反思，对真正的存在和神性根基的自我确信。另外引起我们疑问的

---

① ［罗马尼亚］米尔恰·伊利亚德：《神圣与世俗》，王建光译，华夏出版社2002年版，第84页。

② ［德］莫尔特曼：《创造中的上帝——生态的创造论》，隗仁莲、苏贤贵、宋炳延译，北京三联书店2002年版，第365页。

是，史铁生为什么要选择日出日落，而不选择月升月落呢？按照罗马尼亚神学家米尔恰·伊利亚德的解释，月亮作为显圣物虽然也揭示了生命之中不可或缺的死亡，但其目的使人类顺服于死亡，“但是与之相反，太阳却揭示出一种不同的存在的模式……太阳的显圣物反映出意志自由和力量的宗教价值，也反映出无上权力和智能的宗教价值”。[①] 以这样的观点审视史铁生选择策略的合法性在于史铁生虽然明确表示：“死是一件不必急于求成的事，死是一个必然会降临的节日”（《我与地坛》），但是对于死亡并不是被动的顺服。被动的顺服只能导致生命的虚无，成为死亡的奴隶。恰如蒙田所说：“死说不定在什么地方等候我们，让我们到处都等候它吧。预谋死即所谓预谋自由。学会怎样去死的人便会忘记怎样去做奴隶。”[②]《新约全书》也有这样的箴言：“人恐惧死亡，就一生陷于奴隶状态。”而史铁生是不会甘于成为死亡的奴隶的。他追求的是生命的深度、灵魂的自由和思想的力量。因此，在史铁生看来，死亡与生命并不是决然相对，“死是生之消息的一种”，“唯有生，可使死得以传闻，可使死成为消息”。[③] 死亡已经不是一个终结性的概念，而是一个历时性的过程，死亡在一定的时空之中被铺展开了。而史铁生则在自己铺展开来的死亡面前细细地体味着死亡的滋味和生命的意义。

“谈及人类整体的困境，应该达成一个比较普遍的共识：无论怎样的一种价值体系以怎样的方式对于人类本身作出怎样积极或者消极的评估，人类自身总是难以避免的被悲剧性的阴云缠

---

① ［罗马尼亚］米尔恰·伊利亚德：《神圣与世俗》，王建光译，华夏出版社 2002 年版，第 89—90 页。

② ［法］蒙田：《蒙田随笔》，黄建华、梁宗岱译，湖南人民出版社 1987 年版，第 48 页。

③ 史铁生：《灵魂的事》，百花文艺出版社 2005 年版，第 133 页。

绕，并且时常陷入窘境之中。”[①] 对于死亡的认识也是如此。在中国基督教文学的死亡观中，实际上潜藏着一种极大的紊乱，或者说令人颇感质疑之处，即作家们对于死亡真的那么洒脱吗？毕竟“死乃是在生命程序每一种可能的内在经验中一个必然和自明的主要成分”。[②] 也就是说，死亡对于个体是确定无疑的存在又是不确定的发生形态。尤其在物质技术泛滥的时代，人作为渺小得不能再渺小的个体被硬性地拉入了无情的时间之流，死亡之神在黑暗之处时时地觊觎，在不经意间就可能降临于某个个体。基于此，对死亡的恐惧就会时时震慑个体孤独而脆弱的内心。基督徒诗人空夏站在明媚季节的旷野之中，却感受到死亡之气的侵袭：“我总是从轻柔的风中/发现阴云密布的陷阱。”而在精神麻木，欲望横流的贫乏时代，“我以过客的身份还能存在多久”。每个人只是生命旅途中的一个匆匆过客，这是无法改变的事实，但是却不知道能停留多久，那么人活着的意义何在呢？这是一个相当严峻具有形而上深度的终极问题。诗人无法破解生命意义的密码，所以他只能作暂时的妥协：“或许死亡更好”，虽然“我们无法想象”（《我以过客的身份还能存在多久》）。

实际上，跨越生死界限、超越死亡的过程是痛苦而艰辛的。诚如计文在《超越死亡》中借《圣经》中麦粒的寓言所分析的那样：“一粒麦子能否结出许多子粒，关键看它肯不肯‘落在地里死了’！落在地里要‘死去’，明显是痛苦的，也许可视为‘活埋’，带着几分绝望，但事实上‘埋了’的是一种‘生命’，虽然经受寒冷的袭击，潮湿的浸泡，但这都是暂时的苦痛。在经过一

---

① 杨戈：《救赎之路》，《信仰网刊》2003 年第 3 期。

② ［德］舍勒：《死·永生·上帝》，孙周兴译，中国人民大学出版社 2003 年版，第 22 页。

阵钻心疼痛之后，一棵嫩芽破土而出，它冲破重重障碍，往下扎根向上长苗了！土地不再成为埋葬它的压力，相反成为它生命养分的来源。一粒麦子无论朝哪一个方向种下，芽，总是向上蹿，根，总是往下扎。而且发芽与扎根几乎同时进行着。麦子是越冬作物，整个冬天都被盖在冰雪之下，由于不断往下扎根，它才吸收了丰富的营养，才经得起风雪的煎熬和牛啃人踩。但当春风一到，它便开始分蘖，长出枝节、抽穗、开花、结果，以致成熟结实。”但同时中国基督教文学（尤其是基督徒作家创作的文学）在给被困境缠绕而又无力自救的人类指出了一条似乎又是“轻而易举”的选择即“爱”。诚如史铁生在《病隙碎笔》中所说：“看见苦难的永恒，实在是神的垂怜——惟此才能真正断除迷执，相信爱才是人类唯一的救助。”[①] 姚张心洁的《上帝的花园》中博达于死亡体验中的新生就很有代表性：

> 太多的悔恨堆在博达的心头，令他觉得活下去都没有意义。
>
> 博达自己也感觉很不好，他十分惧怕死亡，这种担心甚至大过病的痛苦。
>
> 他说他愿意在死亡之前对上帝忏悔自己的罪，希望能得到灵魂的救赎。
>
> 我真的是个罪人，神真的可以赦免我吗？
>
> 博达满足地闭上眼睛：“人生能得到一次真爱，足矣。”他们就这样躺着，手拉着手，甜美地睡着了。

博达的形象表明了从世俗生命转入永恒生命的关键在于感受

① 史铁生：《病隙碎笔》，陕西师范大学出版社 2002 年版，第 152 页。

到了上帝的爱。在基督教看来，从死中得赎，皆因一个“爱”字。蒂里希在《新存在》中满怀激情地说道：“正是爱，人的爱和神的家，才能战胜存在于民族之中的、世代人们之中的以及我们当代一切恐怖事物之中的死亡……但死亡并未赋有战胜爱的力量。爱更强大。它从死亡造成的破坏中创造新的事物；它承受一切并战胜一切。在死亡的力量最强大的地方，在战争中，在迫害中，在失去家园饥寒交迫中，以及在肉体的死亡中，爱都在发挥作用。爱无所不在，它时时处处以最大最显著的方式，也以最渺小最隐秘的方式，从死亡中营救生命。它在营救我们的每个人，因为爱比死亡更强大。”① 基督教两条最大的诫命就是“爱主”和“爱人如己”。只有切身体会到这两条诫命对人的拯救的重要性并且在行动中不断践履它们，才会真正地战胜死亡。

相反，中国基督教文学认为，没有认信，没有了爱，死亡便成为绝对的实在性，便只剩下李亚（施玮《放逐伊甸》）对死亡的感叹和生命的凭吊：

> 我凭吊的是生命。诗和梦就像长在树上花和叶子，树被砍下了，花和叶子终究也要枯死的。可它们生命的结束不是因为吹干它们的风，而是因为那树被砍下了，它们的生命早已在枯萎之前就死亡了。我们该凭吊的日子当然也不是那枯萎的日子，而是被砍下的日子。可是我们终究迟了许多！既砍下了也就接不上了，何况我这片叶子枯得已经发脆了。

李亚的形象证明了克尔凯郭尔的观点：“一个人的头脑中如

---

① ［美］蒂里希：《蒂里希选集》下卷，何光沪选编，上海三联书店 1999 年版，第 829—830 页。

果不存在永恒的意识，如果一切事物的底部只有一种野性的骚动，或者是一种由晦暗激情生成的一切有意义或无意义的事物所形成的扭曲的强力，如果一切事物的背后都隐藏着无形无止的空虚，那么生命除了绝望还会有什么呢？”[①]

深受基督教精神浸润的中国基督教文学借生死界限跨越之痛苦艰辛与轻而易举之间的悖论乖张，意在促进人类对自身生存困境的深刻认识，并以形象化的方式证明了：爱比死更坚强，从而实现对死亡这一古老却历久弥新的主题的不断追问与换位思考。

四　重返自然乐园

著名学者弗莱（Northrop Frye，1912－1991）认为，《圣经》中人与自然的关系包含两个高低不同的层次。低的层次就是人类对自然的主宰和剥夺，人与其他生物为敌，而这是人类原罪的代价。高的层次则是亚当和夏娃在伊甸园中的生活，人与天地万物和谐相处。而人类努力的方向，就是回到那个高的层次。但是，人类重返失去的自然乐园将会是一个漫长而艰难的旅程，因为“自然的终极秘密只有在人停止了自我毁坏的活动后才能被揭示出来，这种自我毁坏活动使人无法认识他真正生活在其中的世界。真正的世界是超越时间的，但只有通过在时间中发展的过程才能到达”。[②] 但是人类并没有终结自我毁坏活动，相反却更加的狂妄。而在人类陶醉于对自然界征服的一次次胜利以及自然界

---

① ［丹麦］克尔凯郭尔：《恐惧与颤栗》，一谌、肖聿、王才勇译，华夏出版社1999年版，第12页。

② ［加拿大］诺思洛普·弗莱：《伟大的代码——圣经与文学》，郝振益等译，北京大学出版社1998年版，第107—108页。

进行疯狂报复的严重交恶的境域下，做重返自然乐园的任何一次努力都难免失效。重返自然乐园，似乎就成为一个遥遥无期的乌托邦式的梦想。

乌托邦不是纯粹的空想和无意义的幻想。乌托邦的原始含义及其本真性即"不在场"（non-presence），这表明，它既不存在于空间里的某一点，也不存在于时间内的某一瞬间。"不在场"并不完全意味着乌托邦就是纯粹的幻想，而是不同于现实的另一种意义上的真实。哈贝马斯（Habermas，1929－　）在谈到乌托邦与幻想之间的区别时指出："我以为，决不能把乌托邦（Utopie）与幻想（Illusion）等同起来。幻想建立在无根据的想象之上，是永远无法实现的，而乌托邦则蕴含着希望，体现了对一个与现实完全不同的未来的向往，为开辟未来提供了精神动力。乌托邦的核心精神是批判，批判经验现实中不合理、反理性的东西，并提供一种可供选择的方案。"① 从这种意义上来说，乌托邦是人之为人的本质属性，是人的本体论的存在方式，因为离开了"不在场"的乌托邦，人只能为现实所左右，成为现实的奴隶而变成了"物"。实际上，许多中国作家已经很清醒地认识到，他们努力重返自然乐园在理性至上的当下或许只能是梦想，是"乌托邦"。但他们不愿意放弃形而上的"乌托邦"信念。对于他们而言，这个"梦"尽管可能永远无法兑现，他们也将会把这个"梦"继续做下去，正是有了这个"梦"，他们才有了自身存在的价值，因为他们坚信："没有乌托邦的人总是沉沦于现世之中；没有乌托邦的文化总是被束缚于现实之中，无所发展。"②

---

① ［德］尤尔根·哈贝马斯、米夏埃尔·哈勒：《作为未来的过去》，章国锋译，浙江人民出版社2001年版，第122—123页。

② 陈刚：《大众文化与当代乌托邦》，作家出版社1996年版，第53页。

就像某位评论者在评价苇岸时所言："在工业化进程一日千里的今天，他所选择的是一条过于幽僻的道路，他的努力很可能徒劳，毕竟人们关心利润远过于诗意。我想，他是太清楚这样的后果了，但更清楚如果没有人为之呐喊告警，大地的荒芜就将更快地降临。"[①] 面对着自然和人性的双重异化，中国基督教文学作家和诸多作家一样坚守着"乌托邦"的信念，发出了"麦田里的守望者"的呐喊，使久违了的"自然"主题又回归到文学艺术的家园。

意义因解释而生成、存在。中国基督教文学极其强调"解释"，张晓风就说："物理学家可以说，给我一个支点，给我一根杠杆，我就可以把地球举起来——而我说，给我一个解释，我就可以再相信一次人世，我就可以接纳历史，我就可以义无反顾地拥抱这荒凉的城市"，"解释，这件事真令我入迷"。[②] "上帝是造物者，人类则是费心为万物一一作注释的人"（张晓风《杜鹃之笺注》）。中国基督教文学的解释是诗性的解释学，更是神性的解释学。而这意味着不仅是对传统神性意义解释学的某种复归，而且是对20世纪人文意义解释学的一种反叛。因为"一个无'魅'的现代解释学也是一个失去神圣视阙的场所，在这里只有人和历史的幽灵"。[③] 中国基督教文学的"解释"把意义引向了"诗性"，在自然里寻觅自然的自然性和人的自然之根，倾听神性的歌声。这是一条沟通自然、人性与神性意义的诗学阐释之路。

---

① 彭程：《回归大地——怀念苇岸》，《上帝之子》，湖北美术出版社2001年版，第194页。

② 张晓风：《给我一个解释》，《张晓风散文·序言》，浙江文艺出版社1999年版，第1页。

③ 余虹：《人·神·命运——20世纪解释学的多维空间》，《神学与诠释》，《基督教文化学刊》第10辑，中国人民大学出版社2003年版，第35页。

自然界的每一种事物，即使是细小的，对于他人是微不足道的，但对心存感恩情怀的精神活动者来说都构成了神奇的魅力，都可以放射出诗意的风采和神性的光芒。在连“星星都不来看一眼，飞鸟也不在这里停歇”的荒凉旅途，诗人看到一朵花，这花虽然“被灰尘掩盖”，但“也发出光来”。有了“光”，便有了暖暖的喜悦、勃勃的生机和深深的爱意。于是“我开始热爱我走的这条路了”，甚至于“居住在这里的人，当然也是美的”。如此，自然的“光”、心灵的“光”和神性的“光”完全交融在一起，成为爱的源泉（鲁西西《因为一朵花》）。神性宛如一个调皮的孩童，躲藏在自然的某一个角落等待有爱的人发现。而一旦发现，人就会有大惊喜、大欢乐。张晓风笔下的自然则被欢乐之情浓浓环绕于胸：“我起来，走下台阶，独自微笑着、欢喜着。四下一个人也没有，我就觉得自己也没有了，天地间只有一团喜悦、一腔温柔、一片勃勃然的生气。我走向天畦，就以为自己是一株恬然的菜花。我举袂迎风，就觉得自己是一缕宛转的气流。我抬头望天，却又把自己误为明灿的阳光。我的心从来没有这样宽广过，恍惚中忆起一节经文：‘上帝叫日头照好人，也照歹人。’我第一次那样深切地体会到造物的深心。我就忽然热爱起一切有生命和无生命的东西来了。我那样渴切地想对每一个人说声早安”（张晓风《画晴》）。欢乐不同于快活，快活是欲的根源，是一种没有激情，没有爱的本能行为，而“欢乐不是别的东西，而是我们的真正的存在和人格中心里对完成了的我们自己的存在的那种意识”。[①] 欢乐没有固定的具体方式，是生命内在的追求，是人作为人的超验体验。欢乐是人处于一种完全的解放、彻底的放松

① ［美］蒂里希：《蒂里希选集》下卷，何光沪选编，上海三联书店 1999 年版，第 829—830 页。

状态，是一种强烈的精神愉悦和超脱状态，是人与人、人与自然处于和谐的不分你我关系时的存在状态。同样在林鹿的《山中休息》中也能感受到这种澄明的欢乐和喜悦："不去想自己，专注于仰望神所创造的花草树木。在花园中被大大小小的各色花儿所吸引，去对花儿说一些赞美的话，你以为花儿听不懂吗？有时，不只是看和欣赏，我还会用我的手指轻轻地扶一扶花枝，嗅一嗅花香，那是我特别的致意。连续几天，我继续去看望花儿，既然已经交流过，就如好朋友一般。花儿有着自己的花语。"

存在感恩情怀的不仅仅是人类，还包括其他上帝所有的创造物。只不过人类能够在上帝面前表达一切被造物的感恩赞美之情。"人类不仅仅代表他自己，而且也以天、地及其中一切被造物的名义感谢上帝。通过人类，太阳和月亮也赞美创造主。通过人类，植物和动物也崇拜创造主。"① 台湾著名的生态学专家、河马教授、作家张文亮的散文小品集《牵一只蜗牛去散步》就是人、植物和动物共同奏响的赞美诗。上帝让"我"牵着一只蜗牛去散步，但"我"却嫌蜗牛太慢，于是"我"拉它、扯它，甚至想踢它，都无济于事。"我"开始对上帝的意图产生了怀疑："上帝啊！为什么？"后来"我"干脆松手。但是狂喜就在平静的一刹那产生了，而存在的意义就在狂喜的时刻被体验到了："我"闻到了花香、感受到了温柔的微风、听到了鸟叫虫鸣、看到了满天亮丽的星斗。原来，上帝教导人在忍耐中领悟生命的真相。从此，"我"带着感恩的心更加体会到造物的奇妙和宏伟：毛毛虫柔软长毛舒展开来，就像"降落伞的自然结构"；又老又丑的土鸭也有它的尊贵；和橘子摔跤，闻到"特殊的芳香"。自然中有

---

① ［德］莫尔特曼：《创造中的上帝——生态的创造论》，隗仁莲、苏贤贵、宋炳延译，北京三联书店2002年版，第365页。

神性，美的力量源自神性的赋予。蚯蚓以自己吃土来传达和展现“美”的力量：“四季都不同啊！冬天时，几片枫叶，配上白杨的小根，味道好极！春天的日子，有花草种子各式不同的风味。夏天里，湿湿的泥饼和着蕈草丝，也是挺清凉的唷！秋天，地表新鲜的绿苔加上陈年的槟榔落果，也是顶滋补的啦”。小蝌蚪拖着尾巴赞美上帝的美好安排：“没有上过游泳课，/但一生下来就会游来游去”，“没有什么特别的衣服，/但一生下来就有一袭黑色的泳衣”，“热了，有荷叶给你清凉；/累了，有浮叶给小舟”。忧郁的小虫选择了喜乐和信心而变得快乐起来，自由活泼的小水笔仔唱着快乐的歌。而蟑螂则成为人的老师，教人怎样求得生命的“安息”。在《牵一只蜗牛去散步》中，万物作为真正的自然物进入了我们的聆听，让我们学会以神性的眼光而非人化的眼光看待万物，从而放弃人的妄自尊大，使得人类在重新获取自然之根之时，能够回归到诗意的家园。

“对感恩意识来说，存在的意义存在于相互联系之中。”[①] 中国基督教文学的神性阐释的背后存在一个广阔的宇宙参照系，或者说有一种宇宙精神。史铁生是一个坚信“唯对神性的追问与寻觅，是实际可行的信仰之路”[②] 的作家。他把自己的身残与心残联系起来，由个体的残疾思及人类的残疾，并在宏阔的宇宙系统中审视人的残缺性，由此在对神的感恩、敬畏和赞叹中达到心灵的神性境界。他在《礼拜日》中这样描写：

男人从春天走到冬天，从清晨走到了深夜。他曾走遍城

---

① ［美］赫舍尔：《人是谁》，隗仁莲译，刘小枫主编：《20世纪西方宗教哲学文选》上卷，上海三联书店1991年版，第167页。

② 史铁生：《灵魂的事》，百花文艺出版社2005年版，第90页。

市。他曾走遍原野、山川、森林，走遍世界……

最后他又走回海边，最初他是从那儿爬上人间的。海天一色，月亮和海仍然保持着原来的距离，互相吸引互相追随。海仍然叹息不止，不甘寂寞不废涌落；月亮仍然一往情深，圆缺有序，倾慕之情化作光辉照亮海的黑夜。它们一同在命定的路上行走，一同迎送太阳。太阳呢？时光无限，宇宙无涯。

在月亮下面，在海的另一边，城市里万家灯火。

“时光无限”，“宇宙无涯”，在无限的时空、永恒的存在中人更惊悚于自身的渺小、残缺和有限。“人既看见了自身的残缺，也就看见了神的完美，有了对神的敬畏、感恩与赞叹，由是爱才可能指向万物万灵。”① 如此，在大自然的悠远无限和神圣存在中就会追寻到神性的踪迹，获取神性的视点。而以神性的视点再来审视宇宙、自然和人类时，史铁生清楚地认识到人类在宇宙中的位置。因此，他渴望万物的和谐，渴望人能在神所创造的美丽作品中“诗意地栖居”。在他看来，“诗意地栖居是出于对神的爱戴，对神的伟大作品的由衷感动与颂扬，唯此生态才可能有根本的保护”。② 在《我与地坛》中，我们深切地体会到了这种内心的感动和温情的颂扬：“蜂儿如一朵小雾稳稳地停在半空；蚂蚁摇头晃脑捋着触须，猛然间想透了什么，转身疾行而去；瓢虫爬得不耐烦了，累了，祈祷一回便支开翅膀，忽悠一下升空了；树干上留着一只蝉蜕，寂寞如一间空屋，露水在草地上滚动，聚集，压弯了草叶轰然坠地摔开万道金光”，“满园子都是草木竞相

---

① 史铁生：《灵魂的事》，百花文艺出版社 2005 年版，第 95 页。

② 同上。

生长弄出的响动，片刻不息”。

苇岸——这位“中国的梭罗”、“最后一根会思想的芦苇”，[①]带着“与万物荣辱与共的灵魂”，[②]走向广袤的大地，全身心地关注“大地上的事情”。苇岸有着强烈的宇宙意识，他非常欣赏美国生态学家奥尔多·利奥波特的生态观念：“迄今所发展起来的各种道德都不会超越这样一个前提：个人是一个由各个相互影响的部分所组成的共同体的成员。土地道德只是扩大了这个共同体的界限，它包括土壤、水、植物和动物，或者把它们概括起来，土地。简言之，土地道德是要把人类在共同体中以征服者的面目出现的角色，变成这个共同体的平等的一员和公民。它暗含着对每个成员的尊敬，也包括对这个共同体本身的尊敬。”（《土地道德》）而在苇岸看来，维系土地道德的就是“神”。他在《上帝之子》中说：“我看到神沉默不语。它有自己的公正，它以一种人所不见的大的循环，保持着万物的终极平衡：草食泥土，草被草食者食；肉食者食草食者，肉食者被泥土食。在这样的前定秩序前面，任何狭隘的自诩强大与得胜，都将遭到它的蔑视或取笑。”由此，苇岸对宇宙自然的体验就明显呈现出一种典型的宇宙宗教感。“所谓宇宙宗教感，系指对秩序井然的宇宙结构和设计，怀有深深敬畏和赞叹的一种心理状态。这种独特的感情状态和心理状态，从广义上来说，也可以算是一种宗教，或类似于宗教的东西。”[③]

---

① 袁毅：《最后一根会思想的芦苇——纪念苇岸先生》，《书屋》2001年第10期。

② 苇岸：《一个人的道路——我的自述》，《太阳升起以后》，中国工人出版社2000年版，第235页。苇岸说：“在中国文学里，人们可以看到一切：聪明、智慧、美景、意境、技艺、个人恩怨、明哲保身，等等，惟独不见一个作家应有的与万物荣辱与共的灵魂。”

③ 赵鑫珊：《科学·艺术·哲学断想》，北京三联书店1985年版，第120页。

从宇宙宗教感出发，苇岸深深地感受到自然的生命，“有着某种人所不解的神性。我觉得我应把它们看作基督之后，仍存尘世的‘上帝之子’”（《上帝之子》）。因此，他怀着对自然的无限虔诚和敬畏之情，笔墨光照着他的和谐大地。敬畏不等于害怕。敬畏是基于对生命、自由、存在甚至死亡的尊重，是爱的情感显现。他笔下的麻雀“体态肥硕，羽毛蓬松，头缩进厚厚的脖颈里，就像冬天穿着羊皮袄的马车夫”。他喜欢静心聆听麻雀的声音，因为那是天籁之音。他为在冬天的旷野里听到啄木鸟敲击树干的声音而“感到幸福”。他会在一个被毁的蜂巢面前发出愤怒的质问：“那个一把火烧掉蜂巢的人，你为什么要捣毁一个无辜的家呢？显然你只是想借此显示些什么，因为你是男人。”他欣赏着喜鹊的自信飞翔：“喜鹊飞翔，姿态镇定、从容，两翼像树木摇动的叶子，体现着在某种基础上的自信。”他赞美羊，因为那是“人间温暖的和平精神”。由此，他谴责“羊奸”、“贼鸥”之类，谴责强暴与阴谋，为动物界的不幸和无情的搏噬感到震惊。苇岸从自然中领略到生命的张力、诗情的迸发、自由的意志以及神性的色彩。他和海子一样钟情于“麦子”：“麦子是土地上最优美、最典雅、最令人动情的庄稼。”而一次日出，会让他“目瞪口呆，久久激动不已”。他对洁白的雪花充满着感恩：“雪赋予大地神性；雪驱散了那些平日隐匿于人们体内，禁锢与吞噬着人们灵性的东西。”他为普通农妇之间的很普通对话而“震撼”，因为“美的最主要表现之一是，肩负着重任的人们的高尚与责任感。我发现这一特点特别地表现在世界各地生活在田园乡村的人们中间”。苇岸感怀“在全部的造物里，最弱小的，往往最富于生命力”，因此他热情地赞美搬着比它大数倍的蚜虫尸体的蚂蚁：“它四下寻着它的猎物，两只触角不懈地深测。它放过了土块，放过了石子和瓦砾，当它触及那只蚜虫时，便再次衔起。仿佛什么事情也未发生，它继续去完成自己庄重的使命。”他为廿四节气所拥有的“一个个东方田园风景与中国古典诗歌般的名称”惊叹叫绝，将早春的田野凝望成“一座太阳照看下的幼儿园”，望着满眼清晰伸展的绒绒新绿，感到“不光婴儿般的麦苗，绿色自身也有生命”（《廿四节气·惊蛰》）。他在秋天去看白桦林，从内心深处感到“在白桦与我之间存在着某种先天的亲缘关系”，白桦树“淳朴正直的形象，是我灵魂与生命的象征”，深信“它们与我没有本质的区别，它们的体内同样有血液在流动”（《去看白桦林》）。而走进背靠莽莽苍苍的小兴安岭的嘉荫，“即使你的感官天生迟钝，你也会被这里淳朴的民风所打动”，望着越江而过的一只鸟或一片云，你一定会想象着“总有一天人类会共同拥有一个北方和南方，共同拥有一个东方和西方，那时人们走在大陆上，如同走在自己的院子里一样”（《美丽的嘉荫》）。总之，大地神性已深深地渗入苇岸的心灵。在他的精神世界里，自然与人有着同样的分量，有着同样的生命尊严。正是他的爱，他的喜乐、他的感恩，在自然中获得了纯粹的“宇宙之音”而把整个身心都融入自然时，自然的终极秘密才得以诗意地显现。

海德格尔曾经说过：运思的人越稀少，写诗的人越寂寞。言外之意，真正意义上的诗人是在自心的澄明里与自然、宇宙对话的。张晓风就是一位向上帝祈求“能否容我为山作笺，为水作注，为大地系传，为群树作疏证”的多情诗人，她要站在“朗朗天日下，为乾坤万象作一次利落动人的简报”（《杜鹃之笺注》）。在她的简报中，神是无所不至、无时不在的“永在”和无限，神明“其所以为神明，也无非由于‘昔在、今在、恒在’，以及‘无所不在’的特质”，“天神的存在是无始无终浩浩莽莽的无限”，而“我”则是“此时此际此山此水中的有情和有觉”，虽然是一个有限性的存在，但是“我对自己‘只能出现于这个时间和空间的局限’感到另外一种可贵，仿佛我是拼图板上扭曲奇特的一块小形状，单独看，毫无意义，及至恰恰嵌在适当的时空，却也是不可少的一块”。正因为如此，张晓风对“神”造物的神奇充满了感恩、敬畏和赞叹。她随时准备应答神的呼唤，像《旧约》里的撒母耳那样，一旦先知呼叫，就该马上回答：“神啊！请说，我在这里。”张晓风谦逊地说：“我当然不是先知，从来没有想做‘救星’的大志，却喜欢让自己是一个‘紧急待命’的人随时能说‘我在，我在这里’。”“‘我在’意思是说我出席了，在生命的大教室里”（《我在》），而“在生命的大教堂里”，张晓风是以“一个过客”（《春俎》）、“问名者”的身份出席的，“不是命名者，不是正名者，只是一个问名者”，而“问名者只是一个与万物深深契情的人”（《问名》）。正是以澄明的“问名者”身份，张晓风才和自然、宇宙形成平等、恒在的对话交流，从而达到一个“人”在世界、“物”在世界、“神”在世界的和谐圆融：“有如一个信徒和神明之间的神秘经验那夜的桂花对我而言，也是一种神秘经验。有一种花，你没有看见，却笃信它存在。有一种声音，你没有听见，却自知你了解。”这个世界“树在。山在大地在。岁月在。我在。你还要怎样更好的世界?”（《常常，我想起那座山》）

苇岸曾经在《大地上的事情・自序》中引用泰戈尔的话：“上帝等待着人在智慧中重新获得童年”，重返自然乐园。“上帝”召唤着人类利用自身的智慧离开非本真的现代世界而回归本真的世界家园。中国基督教文学聆听并应和了“上帝”的呼唤，试图通过对自然的神性解释，从神意之美中寻觅终极的源泉，架起重返自然乐园的诗意桥梁。但是，令人遗憾的是，站在桥上的人却很少。

总之，中国基督教文学在人与神的对话之中，发出了对宇宙奥秘、自然奥秘、生命奥秘的永恒之间。在这种询问中，我们看到了人之精神向往、灵性需求和本真信仰。中国基督教文学所展示的乃是人类文化和精神大树上的一朵神性之花，从其闪烁、迷离的花影中我们可以依稀辨认出人的上下求索、人的时空漫游、人的心醉神迷、人的超凡脱俗。作为穿越永恒与现实、无限与有限之间的精神飞舟，基督教文化精神表达了人的叹息、惊讶、不安和渴求。而中国基督教文学正是人的神秘感、惊奇感和超越感的具体生动的体现，是人的存在真谛和人的生命意义的诗性见证。

结 语

挑战与应答

作为中国文学言说方式和精神世界的补充和升华，中国基督教文学试图构建一个充满着丰富而强劲的个体生命形态以及神性和诗性可以互释的精神空间。这种写作对于处于精神困境中的当下的中国以及面对这种困境却极度失语或梦呓的中国文学来说，无疑是“贫乏时代”的更高意义的表达：“吟唱着去摸索远逝诸神之踪迹”，“在世界黑夜的时代里道说神圣”。① 但是，在某种场合下，神圣与不幸是一对孪生兄弟。中国基督教文学并没有因为叩问灵魂生命和追询神圣维度而得以从边缘走向中心，相反却被诸多批评者以诸多理由或借口而被挤压。中国基督教文学存在的合法性因此受到了严重的挑战。

其中，最大的两个挑战应该是如何处理“基督”与“中国”、“宗教”与“文学”的关系。显然，中国基督教文学存在的价值意义在很大程度上受制于对两种关系处理所体现出来的文化策

① ［德］海德格尔：《林中路》，孙周兴译，上海译文出版社 1997 年版，第 276 页。

略、文学观念以及精神向度。令人欣慰的是，中国基督教文学勇敢地直面挑战，并试图通过自身的文学创作实践作出积极的应答，虽然这种应答在喧嚣的声浪中还显得那么微弱，甚至有可能随时湮没，但却坚定地昭示着中国基督教文学的未来。因为不拥有现在，也就无法拥有未来。

一　基督与中国：中国基督教文学的两种脉动

"基督"与"中国"的关系实质上就是基督教文化与中国文化的关系。在许多中国批评者的观念中，这是两种不同的文化体系，怎么可能融合？而中国传统中"非基"情绪根深蒂固，使得他们偏执地认为基督教文化传入中国就是要取代中国文化，把基督教视为将与中国儒家文明发生冲突或对抗的对手。而如何使中国传统精神不被包括基督教思想在内的西方思想吞噬，成为他们的基本关怀。因此，许多中国批评者对基督教甚至与基督教有关的一切东西有着一种先在的拒斥、理性的警惕甚至莫名的恐慌。而目前有相当多的尤其是信奉基督的基督教文化学者，对中国文化采取的是基督教批判，即完全以基督信仰为绝对真理来系统全面地批驳中国文化的学术观念则加深了这种误解。当然，中国基督教文学也无法幸免。

实际上，在中国基督教文学中，"基督"与"中国"并不是绝然相对的，而是流荡其中的两种精神脉动。[①] 中国基督教文学

① 张晓风就曾说："如果有人分析'我'，其实也只有两种东西：一个是'中国'，一个是'基督教'"，而对她影响最大的两本书则是《论语》和《圣经》，从中

作家没有像众多学者那样沉溺于两种文化体系、历史意义以及理论概念的纯理性比较所编织的灰色大网，而是把基督教与中国文化作为思想的信仰，流动着生命的精神符号。而当这两种精神符号相遇时，就中国文化而言，在中国基督教文学中往往又会呈现出两种新的意义向度，一是中国文化成为美的家园，二是中国文化的黑暗区域亟待洗涤。前者充满着对中国文化的执著自信，后者则是对中国文化的自我批判，而两者都立足于对中国文化的"爱"，而这种爱又是和基督之爱紧密相连，"一个人连生他育他的母亲和祖国都不爱，很难想像会爱无行的上帝"。[①] 也正是"爱"使得晚清以来所形成的基督教文化与中国文化之间的不可逾越的鸿沟，在新时期以来的中国基督教文学中因此不复存在。相反，中国文化与基督教文化成为哺育中国基督教文学的两只丰腴的乳房。

(接上页)"让我认识一些属于永恒的真理"(杨剑龙，《旷野的呼声》，上海教育出版社 1998 年版，第 241 页)。她的丈夫林治平也说："很多人都知道晓风是一个虔诚的基督徒，她的行事为人实在是遵循基督的圣范，但是真正认识了解她的人马上可以感受到她身上激流着的中国血液，她的爱国热诚与情操早已化在她热烈的生命中，我相信熟悉晓风作品的人很容易探到她这两种脉动。"(林治平，《更好的另一半——我妻晓风》，《旷野的呼声》，上海教育出版社 1998 年版，第 245 页)。作为基督徒的施玮把对基督的爱与对中国的爱并列："在生日的这天，我想念中国——/想念她丰硕的胸腹，想念她用不经意的慈爱/承受我的初啼。低垂的眼帘，宽厚的手掌/拍打我，让恐惧冲破肉体成为勇气/成为——响彻一生的嘹亮歌唱"(《想念中国》)。她的爱超越了横亘在两者之间的地域性与民族性，"中国"与"基督"也因此在爱中实现了内在的遇合。同样，从空夏那些穿透铁石和唤醒黑暗的诗句中，我们同样感受到的是"用血与生命见证爱的永恒：他的诗体现对祖国的热爱、对自由的景仰、对博爱的追求。更难以忘怀的是亦如他用他的血见证对所痴情者的永恒眷恋"(乙琪，《评论空夏》，出自"福音传播联盟")。

① 程乃珊：《寻找那一只鸽子》，《天风》1986 年第 4 期。

对于一部分中国基督教文学作家而言，中国文化与基督教文化一样都是神圣的生命精神领域，这意味着在他们进行中国基督教文学创作时，并不会因中国文化而存有疑虑、不安，而是在基督之爱中以“一双中国的眼睛、中国的耳朵、一副中国的心肠”时刻捕捉感受“在文化领域里那美得令人惊心动魄的中国”。[①] 张晓风如是说：“我有一个流浪漂泊的命运，但是很意外地在一个小小的岛上生存了很长时间，我的身体在台湾长大，可是我的心好像跟历史的中国衔接，不管是到南京或者是西安，我觉得都是我心灵的一个故乡。好像李白、杜甫、李商隐这些文学先辈，随时会跑出来与你相遇，所以不是地理上而是心灵上能跟传统衔接”，“我与李白、杜甫等诗人的对话，比我平时跟我的邻居说得还要多呢”。[②] 林鹿也始终视中国文化为神圣的精神符号，她说：“华侨在外，都要想保护中华传统文化，文化会有助于华侨在旅居国家生存下去的意义和价值。华侨特别需要‘把根留住’。”[③] 在他们的心目中，“中国”不是一个观念集合、理念丛林以及传统阻力，而是融入血肉的精神所在。他们的基督教文学作品搏动着中国民族文化的美感精神以及对于中国文化美的执著自信和纵情歌颂。这就使得这一部分中国基督教文学作家极易为中国批评者热诚接受，譬如张晓风。当然，关注的焦点也在中国文化这支精神动脉上，而对另外一种精神动脉——基督教文化却很少有人提及，甚至于有意无意地回避，而这无疑无法完整地走进中国基督教文学作家的精神世界。

与自由地穿梭于两种精神动脉之间，以基督之爱颂扬中国文

---

① 张晓风：《玉想·后记》，湖南文艺出版社 1996 年版。

② 傅宁军、张晓风：《透视平常的慧眼》，《台声杂志》2002 年第 6 期。

③ 林鹿：《母爱星空雨》，文化艺术出版社 2004 年版，第 293 页。

化之美的部分基督教文学作家不同，绝大多数中国基督教文学作家虽然也把中国文化视为生命流动的精神符号，但更多的是立足于自我批判的精神立场，关注可能堵塞中国文化生命流动的黑暗区域，并希冀借着神性之光洗涤中国文化的污秽以及修整中国文化的欠缺，使得生命之流更为畅通。在他们的观念中，“基督教并不是一种教条，一种思想，它是一股生命的新生之力，凡它所到之处，往往会很自然地发生强大的力量，与一个人或团体恶习相抗争，在社会中产生净化的力量”。[①] 也就是说，基督教是创生新生命的种子，可以涤荡罪恶，澡雪灵魂，使生命重生。同样，他们也认为，基督教文化这颗精神的种子落在中国文化的沃土上，可以使中国文化在自我省思之中结出新的生命之果：“中国文化对基督耶稣的接受不仅是可以借着这光得以自省；也不仅是可以得着对各种奥秘的回答，自身文化更扩展更完满；更是得着了中国文化所必需的生命、生命的粮”，[②] 从而更新中国文化。

请注意，此处所使用的词汇不是“代替”，而是“更新”，因为前者意味着一种文化的消失，而后者则昭示着一种文化的新生。正如基督徒作家施玮所说：“今天我们不是站在一个选择的十字路口，来决定是否要接受另一种人类文化对中国文化的覆盖、或嫁接、或替代、或者是进入混合，而形成一种新的文化。而是要来到神的光面前，洗涤、修整、发展中国文化。不是对两个文化孰优孰劣进行一个评比，然后优胜劣汰，让某种文化替代另一种文化。也不是表面的取用另一种文化中的优秀部分，以实用主义或拿来主义的心态进行嫁接，取得一种混合的如杂交优良

① 林治平：《基督教在中国之传播及其贡献》，刘小枫主编：《“道”与“言”——华夏文化与基督文化的相遇》，上海三联书店1996年版，第127页。

② 2005年5月6日施玮给笔者的信。

品种那样的新型‘中国文化’。而是要承续中国文化中先哲们对‘道’对神的领悟，这领悟虽有不完全、偏差甚至错误，但它是神所允许的，是在神心意中的，是借着神造物的普遍启示，借着神给人的认知能力，与刻在人心版上的律法（良知），而得的领悟。在承续中国昔有文化的同时，今天我们可以借着对西方文化、基督教教会文化的研究和认识，来得着圣经，得着神给人类的特殊启示（这个特殊启示不是给某个民族也不是给某个宗教团体的），并因着圣经文化最后来到神面前，得着基督。‘现在正是悦纳的时候，现在正是拯救的日子’，我相信这个日子、这个时候今天再次临到了中国文化。我们要做的是在悦纳的时候进入神的悦纳，在拯救的日子得着拯救。”[①] 也正是因为坚信《圣经》是借着基督分赐的生命是重生过的生命，是新造，中国基督教文学作家才带着“中国文化与基督教文化结合所诞生的中国基督教文学应该创造出自己的辉煌，这个文学辉煌是应该成为全球文学新生命的，就如西方基督教文学曾做到的”[②] 文学使命积极地进行中国基督教文学创作。

一个民族只有对自身的文化精神时刻进行深刻的反省，才会拥有未来。从这个角度出发，中国基督教文学对于中国文化之恶的毫不犹豫的揭露，以及及时更新的努力，和对中国文化之美的热情洋溢的颂扬一样，都是建立在对中国文化挚爱的情感基础上的。中国基督教文学作家立足于爱的节点，以对基督文化与中国文化的生命体验，穿透中国批评者预设的批评体系的硬壳，维系、解释、敞亮中国文化和基督文化的价值意义，宣告其自身存

① 施玮：《基督教文化与中国文化的关系》，2005 年 5 月 6 日施玮在给笔者的信中附寄全文。

② 2005 年 5 月 6 日施玮给笔者的信。

在的合法性。所谓“自其异者视之，肝胆楚越也；自其同者视之，则万物同一也”（庄子《秋水》），是也。

二 神性与诗性：中国基督教文学的双重维度

如何处理“宗教”与“文学”的关系是中国基督教文学所必须接受的又一巨大挑战。中国学术界一直较为流行的观点即审美与宗教之对立、文学与宗教之对立。在部分学者的眼中，宗教与艺术是无法相容的，艺术一旦表现了宗教的内涵，便失却了艺术的审美特性，“堕落”成所谓的“布道文”。当下学术界对于北村小说的批评可谓一个典型的代表。这种论调“可以被看作是中国文化中多次拒斥基督宗教的传统之延续，又体现为一种西方近代理性主义和浪漫主义思想的效尤”。[①] 它的肆无忌惮，必然会带来学术界对于中国基督教文学的回避甚至反感，危及中国基督教文学存在的合法性。颇具吊诡意味的是，虽然近年来关于宗教与审美的同源性关系和同位性关系的理论探讨已然形成对以上观点的有力反驳，但是中国学术界还存有一种接受上的悖论，即理论上或许可以接受，但一旦面临活生生存在的现实时，却有可能产生拒斥心理。也就是说，尽管宗教与审美之间的辩证关系理论本身是合法的、可以接受的，但中国基督教文学这个业已存在的文学事实，却极可能遭到空前的质疑，甚至否定。

在面对严峻挑战的应对中，中国基督教文学作家首先明确地宣布他们提倡向往的是“信仰”或宗教精神，而非“宗教”。对

---

① 刘小枫：《走向十字架上的真》，上海三联书店1995年版，第73页。

此，北村在《关于信仰》一文中作了如此解释："宗教在历史发展和公共生活中没有任何作用，它总是与真正的生命相对立，人从真正的信仰中堕落下来就进入宗教。宗教也许是对现世利益亏损的一种超世精神补偿，但信仰不是，信仰是信入一种生命，他是神，是宇宙的意义，他是一切，他是始，他是终，他是信实的大能者，他是那自有永有的'我是'。他用他的话创造这个世纪并托住它，他是中心和意义。"因此北村说："我对宗教没有兴趣，但我是一个基督徒，我有永远而神圣的生命住在我里面。这种体验与哲学的、伦理的、神秘的、艺术的、民俗的兴趣无关。它是一种生命的关系。"[①] 的确，尽管在人类的早期，宗教也许独占着人类信仰的地盘，成为人类信仰的至为重要的形式，但信仰始终是比宗教更为根本的东西，是知生之困境而对生之价值最深刻的生命领悟，是人从心中发出的对永恒归宿的寻求，它寄托着人的精神的最高的眷注和关怀。如此，所谓的宗教与文学关系在中国基督教文学那里，已然演变成信仰与文学的关系。而在中国不缺宗教却无宗教信仰之维，而个体生命灵魂又亟待救赎的情况下，这样的演变无疑具有时代的针对性和精神的指向性。

中国基督教文学作家坚信，文学也许有其他使命，但是，伟大的文学的根本使命却是展开生命个体的灵魂冲突以及对神圣的更高价值的呼求。"因为信仰通过诚实的心灵来敬拜，艺术也通过诚实的心灵来表达，文学是人类理想之声，它具有目的性，理所当然地具有使命感，因为一种生命不可能发出两种相互矛盾的声音，将我们引向相对的深渊。艺术以及真实的心灵引我们洞悉了人性的秘密，更提高、保护和校正我们的思想，安慰我们的心灵，还创造之和谐，艺术是人类最高的生产。在自然消逝，人肉

---

① 北村：《关于信仰》，出自"北村博客"，2005 年 7 月 10 日。

身消灭之后，人和自然的意义通过信仰达到了永恒，通过艺术达到了永存。”[①] 来自神性的启示，是一种合目的性和合道理性以及合秩序性的经验，而“神性的美生育的第一个孩子是艺术”，[②] 此时的信仰和文学艺术因此处于和谐的理想状态之中。而当技术阉割意义、物质掠走价值的时代訇然降临时，信仰与文学艺术之间和谐的链条也就顷刻断裂。“神圣启示的大门向文学关闭，从此文学与崇高价值无关，它是人自己的事情。艺术家失去了启示，就用理性代替对崇高的直觉，试图依靠思想的能力解释出一整套信心来，然而人既是生活在物质环抱之中，又怎能得到精神的超越？于是幻想马上代替了理想的位置，虚无成了它的核心。”[③] 而“感觉”这个本来属于人作为自然物的特性，却趁机一跃而成为价值体现和绝对标准。这就是中国当下文学的真实现状。

信仰缺席，神性阙如使得中国文学成为感觉与欲望的奴仆。以“欲望”为本体，无异于打开了潘多拉魔盒，势必走向绝望，随之而来的只有两条出路，或者与欲望共舞，或者越过“欲望”走向“神性”。在中国，大多数作家选择了前者，又有一小部分作家幻想以坚守自身的写作来实行精神自救（依靠自身构建的乌托邦终究无法到达永恒，其最终的结果还是绝望，还会面临两条出路的选择）。而中国基督教文学作家则认为“今天，挽救艺术不能靠医术自身，人第一次悖德的选择后被判定了永远流浪的命运，他已再无力量从自我中重新确立新的价值，艺术也就无力重新担负引导人心灵和感情的任务。任何浪漫主义的回归也无法根

---

① 北村：《失了味的盐》，《花城》1998年第2期。

② ［德］荷尔德林：《论美与神性》，刘小枫主编：《人类困境中的审美精神——哲人、诗人论美文选》，东方出版中心1994年版，第89页。

③ 北村：《失了味的盐》，《花城》1998年第2期。

本改变匮乏的处境，因为人不仅仅是情感需要，而是生命需要。人若认自己的罪，便能获得认识真理的机会，人意志的转变带来相信，信心里具有文学中最需要的东西：盼望，这真实的盼望就是理想，文学于是重新获得歌唱的品质”。[①] 因此，作家们怀抱着爱和良知，试图在文学中植入信仰之种，开出神性之花。

在此，必须说明的是，中国基督教文学强调信仰对于文学艺术的拯救意义，并不是表示信仰可以取代文学艺术，而是信仰真实的体验与生命的深度，赋予文学艺术一种超越有限的更高的终极关怀的尺度，走向意义深度与神性之维，使得信仰与文学艺术重新回归到和谐的关系状态。神性是诗意的骨髓，超越生活平面的神圣维度才是诗性空间的梁柱，神性与诗性就成为中国基督教文学不可或缺的双重维度。中国基督教文学中的神性因素本身对诗性就有一种内在的呼求，神性期待着诗性的表现和确证。北村在谈到为什么给其笔下的主人公出示一个得救的结局时说：“因着我拒绝在过程中进行神学转换，许多人为这个突变的事实感到匪夷所思。其实，信仰是不在逻辑里面、推理之中，正如我们呼吸、生气不要经过逻辑推理一样，他是灵里的故事，是个奥秘”，“奥秘的解开来源于启示”而“神人一同居住在启示里面，是荷尔德林追求的‘诗意的栖居’唯一可以真正实现的地方”，[②] 信仰对逻辑的超越性以及启示的瞬间性所反映出来的恰恰类似维柯(Giamballisla Vico，1668—1744）说的“诗性智慧”：“在推理力最薄弱的人们那里，我们才发现到真正诗性的词句。这种词句必须表达最强烈的热情，所以浑身具有崇高的风格，可引起惊

---

① 北村：《失了味的盐》，《花城》1998 年第 2 期。

② 北村：《今时代神圣启示的来临》，《作家》1996 年第 1 期。

奇感。”[①]

总之，中国基督教文学绝非像某些论者所想象的那样，陶醉于单一化、纯粹化了的神学词汇堆砌起来的观念网络，而是正视、呈现个体的生命体验和灵魂呼叫。并且不屑于在文学创作中以先预设终极性、神性理念的做法，而是使信仰之种在文学的诗性表现过程中得以逐步发芽，结出神性之花，诗性又在神性之花中获取神性之美，即超越自身的更高、更神圣的绝对价值，从而建构了现实与终极、诗性与神性互释的文学精神空间。

所有矛盾的展示总得有缩结的时刻，这一时刻虽不一定是问题的完全解决，但却是一个契机，有可能生发出新的境地。故行文至此，笔者仍然要来引用一位当代神学家的一段话，而且这段话还在一定意义上代表了中国基督教文学作家的心声，也体现了他们对于挑战者的宽容：“我绝无意认为艺术应该再重新宗教化，我也并不认为艺术应首先表现宗教主题。使用那些传统样式去表达超验的象征，从自律反回到他律和依附是不可能的。但是，未来的艺术难道就不可能重新对宗教开放吗？难道未来的艺术就不可能在所有自律和独立不依中向前再跨一步，成为一种新的植根，一种新的基本确信，一种新的可栖泊的基本信赖吗？这意味着它不再是那种意识形态世俗化的艺术，不再是那种总是受到虚无主义威胁的艺术，而是一种在绝对意义的根基上具有其丰厚底蕴的艺术。”[②]

---

① ［意大利］维柯：《新科学》，朱光潜译，商务印书馆 1986 年版，第 31 页。

② ［德］汉斯·昆：《艺术与意义问题》，汉斯·昆、伯尔等：《神学与当代文艺思想》，徐菲、刁承俊译，上海三联书店 1995 年版，第 27 页。

参考文献

1. ［英］艾略特：《艾略特文学论文集》，李赋宁译，百花洲文艺出版社 1994 年版。

2. ［英］艾略特：《基督教与文化》，杨民生、陈常锦译，四川人民出版社 1989 年版。

3. ［德］艾伯林：《神学研究——一种百科全书式的定位》，李秋零译，中国人民大学出版社 2003 年版。

4. ［古罗马］奥古斯丁：《忏悔录》，周士良译，商务印书馆 1997 年版。

5. ［瑞士］巴尔塔萨：《神学美学导论》，曹卫东、刁承俊译，北京三联书店 2002 年版。

6. ［俄］别尔嘉耶夫：《自由的哲学》，董友译，广西师范大学出版社 2001 年版。

7. 陈映真：《陈映真文集》，中国友谊出版公司 1998 年版。

8. ［法］狄德罗：《狄德罗美学论文选》，张冠尧等译，人民文学出版社 1984 年版。

9. ［美］蒂里希：《蒂里希选集》（上、下卷），何光沪选编，上海三联书店 1999 年版。

10. 丁光训：《丁光训文集》，译林出版社 1998 年版。

11. 董丛林：《基督教与中国传统文化》，北京三联书店 1992

年版。

12. ［德］恩斯特·卡西尔：《人论》，甘阳译，上海译文出版社 2003 年版。

13. 高旭东：《中西文学与哲学宗教》，北京大学出版社 2004 年版。

14. 耿占春：《隐喻》，东方出版社 1993 年版。

15. ［德］G. 索伦：《犹太教神秘主义主流》，涂笑非译，四川人民出版社 2000 年版。

16. 海子：《海子诗全编》，上海三联书店 1997 年版。

17. ［德］海德格尔：《存在与时间》，陈嘉映、王庆节译，北京三联书店 1987 年版。

18. ［德］海德格尔：《荷尔德林诗的阐释》，孙周兴译，商务印书馆 2000 年版。

19. ［英］海伦·加德纳：《宗教与文学》，江先春、沈弘译，四川人民出版社 1989 年版。

20. ［德］汉斯·昆、伯尔等：《神学与当代文艺思想》，徐菲、刁承俊译，上海三联书店 1995 年版。

21. ［德］汉斯·昆：《基督教大思想家》，包利民译，社会科学文献出版社 2001 年版。

22. ［德］汉斯·昆：《世界伦理构想》，周艺译，北京三联书店 2002 年版。

23. ［英］汉弗雷·卡本特：《耶稣》，张晓明译，工人出版社 1985 年版。

24. ［瑞士］H. 奥特：《不可言说的言说》，林克、赵勇译，北京三联书店 1994 年版。

25. ［瑞士］H. 奥特：《上帝》，朱雁冰译，辽宁教育出版社 1997 年版。

26. ［加拿大］J. G. 阿拉普拉：《作为焦虑和平静的宗教》，杨韶刚译，华夏出版社 2000 版。

27. ［法］J. 谢和纳：《中国文化与基督教的冲撞》，于硕译，辽宁人民出版社 1989 年版。

28. ［美］考门夫人：《荒漠甘泉》，徐钟等译，民族出版社 1993 年版。

29. ［德］康德：《历史理性批判文集》，何兆武译，商务印书馆 1990 年版。

30. ［丹麦］克尔凯郭尔：《恐惧与颤栗》，一谌、肖聿、王才勇译，华夏出版社 1999 年版。

31. ［丹麦］克尔凯郭尔：《基督徒的激情》，鲁路译，中央编译出版社 2001 年版。

32. ［美］勒立德·莱肯：《圣经文学》，徐钟等译，春风文艺出版社 1988 年版。

33. ［美］雷·韦勒克、奥·沃伦：《文学原理》，刘象愚等译，北京三联书店 1984 年版。

34. 李桂玲编著：《台港澳宗教概况》，东方出版社 1996 年版。

35. 梁工主编：《基督教文学》，宗教文化出版社 2001 年版。

36. 梁工、卢龙光编选：《圣经与文学阐释》，人民文学出版社 2003 年版。

37. 林建法、徐连源主编：《灵魂与灵魂的对话——中国当代作家面面观》，浙江文艺出版社 2004 年版。

38. 林治平：《基督教与中国论集》，台湾宇宙光出版社 1993 年版。

39. 林舟：《生命的摆渡——中国当代作家访谈录》，海天出版社 1998 年版。

40. 林治平编著：《基督教在中国本色化》，今日中国出版社 1998 年版。

41. 刘登翰主编：《香港文学史》，人民文学出版社 1999 年版。

42. 刘小枫主编：《20 世纪西方宗教哲学文选》（上、中、下卷），上海三联书店 1991 年版。

43. 刘小枫：《走向十字架上的真——20 世纪基督教神学引论》，上海三联书店 1995 年版。

44. 刘小枫：《这一代人的怕和爱》，北京三联书店 1996 年版。

45. 刘小枫主编：《人类困境中的审美精神》，东方出版中心 1996 年版。

46. 刘小枫：《个体信仰与文化理论》，四川人民出版社 1997 年版。

47. 刘小枫：《沉重的肉身——现代性伦理的叙事纬语》，上海人民出版社 1999 年版。

48. 刘小枫：《拯救与逍遥》，上海三联书店 2003 年版。

49. 刘小枫：《圣灵降临的叙事》，北京三联书店 2003 年版。

50. 刘意青：《〈圣经〉的文学阐释——理论与实践》，北京大学出版社 2004 年版。

51. 刘光耀、孙善玲等：《四福音书解读》，宗教文化出版社 2004 年版。

52. 罗明嘉、黄保罗主编：《基督宗教与中国文化》，中国社会科学出版社 2004 年版。

53. ［德］马克斯·舍勒：《人在宇宙的地位》，李伯杰译，贵州人民出版社 1989 年版。

54. ［德］马克斯·舍勒：《舍勒文集》（上卷），朱雁冰等译，上海三联书店 1999 年版。

55. ［德］马克斯·舍勒：《死·永生·上帝》，孙周兴译，中国人民大学出版社 2003 年版。

56. ［德］马丁·布伯：《我与你》，陈维纲译，北京三联书店 1986 年版。

57. ［德］马丁·开姆尼茨：《基督的二性》，段琦译，译林出版社 1996 年版。

58. 马佳：《十字架下的徘徊——基督宗教文化和中国现代文学》，上海学林出版社 1995 年版。

59. ［英］麦格拉思：《基督教文学经典选读》（上、下卷），苏欲晓等译，北京大学出版社 2004 年版。

60. ［英］麦格拉思：《基督教概论》，马树林、孙毅译，北京大学出版社 2003 年版。

61. ［罗马尼亚］米尔恰·伊利亚德：《神圣与世俗》，王建光译，华夏出版社 2002 年版。

62. ［法］莫里斯·布朗肖：《文学空间》，顾嘉琛译，商务印书馆 2003 年版。

63. ［德］莫尔特曼：《被钉十字架的上帝》，阮炜等译，上海三联书店 1997 年版。

64. ［德］莫尔特曼：《创造中的上帝——生态的创造论》，隗仁莲、苏贤贵、宋炳延译，北京三联书店 2002 年版。

65. ［加拿大］诺思洛普·弗莱：《伟大的代码——圣经与文学》，郝振益等译，北京大学出版社 1998 年版。

66. ［加拿大］诺思洛普·弗莱：《神力的语言——“圣经与文学”研究续编》，吴诗哲译，社会科学文献出版社 2004 年版。

67. ［法］帕斯卡尔：《思想录》，何兆武译，商务印书馆 1985 年版。

68. ［美］帕利坎：《历代耶稣形象》，杨德友译，上海三联书店 1999 年版。

69. 潘知常：《生命美学》，河南人民出版社 1991 年版。

70. ［英］齐格蒙特·鲍曼：《现代性与矛盾性》，邵迎生译，商务印书馆 2003 年版。

71. 秦家懿、孔汉思：《中国宗教与基督教》，北京三联书店 1997 年版。

72. 史铁生：《灵魂的事》，百花文艺出版社 2005 年版。

73. ［德］施皮茨莱：《亲吻神学：中世纪修道院情书选》，李承言译，北京三联书店 1998 年版。

74. 《圣经》，中国基督教协会 1996 年版。

75. 孙津：《基督教与美学》，重庆出版社 1990 年版。

76. ［俄］索络维约尔：《神人类讲座》，张百春译，华夏出版社 1999 年版。

77. ［德］特洛尔奇：《基督教理论与现代》，朱雁冰等译，华夏出版社 2004 年版。

78. 王本朝：《20 世纪中国文学与基督教文化》，安徽教育出版社 2000 年版。

79. 王列耀：《基督教文化与中国现代戏剧的悲剧意识》，上海三联书店 2002 年版。

80. 王晋民：《台湾当代文学史》，广西人民出版社 1994 年版。

81. 王晓明编：《人文精神寻思录》，文汇出版社 1996 年版。

82. 王治心：《中国基督教史纲》，徐以骅导读，上海古籍出版社 2004 年版。

83. 苇岸：《大地上的事情》，中国对外翻译出版公司 1995 年版。

84. ［美］威廉·詹姆斯：《宗教经验种种》，尚新建译，华夏出版社 2005 年版。

85. ［英］威廉·巴克莱：《花香满径》，李卫编译，陕西师范大学出版社 2004 年版。

86. ［德］温德尔：《女性主义神学景观：那片流淌着奶和蜜的土地》，刁文俊译，北京三联书店 1995 年版。

87. ［德］西美尔：《现代人与宗教》，曹卫东等译，中国人民大学出版社 2003 年版。

88. ［加拿大］谢大卫：《圣书的子民——基督教的特质和文本传统》，李毅译，中国人民大学出版社 2005 年版。

89. 许牧世等：《基督教文学论丛》，香港基督教文艺出版社 1978 年版。

90. 许志英、丁帆主编：《中国新时期小说主潮》（上、下卷），人民文学出版社 2002 年版。

91. 许志伟主编：《基督教思想评论》，第 1 辑，上海文艺出版社 2004 年版。

92. ［法］雅克·德里达：《书写与差异》，张宁译，北京三联书店 2001 年版。

93. 阎国忠：《基督教与美学》，辽宁人民出版社 1989 年版。

94. 杨慧林：《基督教的底色和文化延伸》，黑龙江人民出版社 2002 年版。

95. 杨剑龙：《旷野的呼声——中国现代作家与基督教文化》，上海教育出版社 1998 年版。

96. 余光中等：《蓉子论》，中国社会科学出版社 1995 年版。

97. 余开伟主编：《忏悔还是不忏悔》，中国工人出版社 2004 年版。

98. ［英］约翰·麦奎利：《谈论上帝》，安庆国译，高师宁校，四川人民出版社 1997 年版。

99. ［英］约翰·希克：《宗教哲学》，何光沪译，北京三联书店 1988 年版。

100. ［英］詹姆士·里德：《基督的人生观》，蒋庆译，北京三联书店出版社 1989 年版。

101. 张庆熊：《基督教神学范畴——历史的和文化比较的考察》，上海人民出版社 2003 年版。

102. 中国人民大学基督教文化研究所主编：《基督教文化学刊》，第 4 辑，人民日报出版社 2000 年版。

103. 中国人民大学基督教文化研究所主编：《基督教文化学刊》，第 5—6 辑，宗教文化出版社 2001 年版。

104. 中国人民大学基督教文化研究所主编：《基督教文化学刊》，第 7—8 辑，宗教文化出版社 2002 年版。

105. 中国人民大学基督教文化研究所主编：《基督教文化学刊》，第 9 辑，宗教文化出版社 2003 年版。

106. 中国人民大学基督教文化研究所主编：《基督教文化学刊》，第 10 辑，人民出版社 2003 年版。

107. 中国人民大学基督教文化研究所主编：《基督教文化学刊》，第 11—12 辑，人民出版社 2004 年版。

108. 周伟民、唐玲玲：《日月的双轨：罗门、蓉子创作世界评价》，中国社会科学出版社 1995 年版。

109. 朱维之：《基督教与文学》，上海书店 1992 年版。

110. 卓新平：《基督宗教论》，社会科学文献出版社 2000 年版。

111. Hans Kung, *Global Responsibility: in Search of a New World Ethic*, translated by John Bowden: SCM Press Ltd., 1991.

112. George Simmel, *The Philosophy of Money*, London: Routledge and Kegan Paul, 1978.

后　记

这是我的第二部学术专著，也是我倾注情感最深的博士论文修订稿。2004 年，经业师朱栋霖先生推荐，我参加了在湖北襄樊召开的由美国 UB 神学院和中国人民大学基督教文化研究所共同举办的“基督教文化与文学”的国际研讨会，在这次会议上我认识了几位基督徒作家，拜读了他们的作品，这些作品所表现出来的对个体生命的参悟、苦难生存的体验、生死之维的体察以及对神性世界的渴望，一下子吸引了我，我深深地爱上了它们！此前，我的博士论文已确定为“西方现代派戏剧与新时期戏剧”，且已大部分完成。但在朱老师的鼓励下，我毅然决然地选择了“新时期以来的中国基督教文学研究”作为最终的博士论文研究课题。

就像亚里士多德在《修辞学》一书中所说的那样：“只知道应当讲些什么是不够的，还须知道怎样讲。”下个决心说起来相当容易，但具体操作起来却颇为艰难。其中，最为困难的就是在当下的中国的文学界和批评界，除北村以外，其他的基督徒作家多半处于潜隐状态，而要把他们挖掘出来，绝非易事。通过一年半的努力，我挖掘出包括中国大陆、台湾和香港以及海外三大板块的共 80 余位中国基督徒作家。在与 15 位基督徒作家的书信、电话、面对面的交流过程中，我深深地为他们的信仰的激情、人格的谦卑、终极追问的执著以及渴望被理解、被认同的心情所感动和震撼。走进他们的文学世界，我时常会感受到一种意味深长的价值、无可替代的意义、洋溢爱意的力量和来自灵魂深处的渴求。这是一片蕴藏深厚的土地，一种特殊类型的探索，一个特异新奇的存在。它是精神贫乏时代的一种有意义的表达，是中国文学言说方式和精神世界的补充和升华。

但遗憾的是，处于信仰言说荒原之中的中国批评界要么没有意识到中国基督教文学的存在，要么对于逸出正典结构之外、充满异质感的中国基督教文学“讳疾忌医”、处之漠然，这使得中国基督教文学至今还没有受到学界的重视。它默默地散发着淡淡的清香，点缀着文学的百花园地，它依然是一种等待别人关注的边缘文学。而本书就是在如此的人文语境和批评语境之下，试图“从匿名的嗡嗡声浪中过滤出历史的足音”（福柯语），展现新时期以来中国基督教文学的真实面貌，并阐释其价值地位。

不敢自言“千淘万漉虽辛苦，吹尽狂沙始到金”，但在博士论文即将修缮出版之际，回顾过往，总有诸多感激和温暖涤荡心胸。业师朱栋霖先生的勉励和教诲是我遭遇学术困惑、质疑甚至否决之时却始终没有放弃的精神动力，师母张欣欣女士像慈母，像密友，和她在一起，总有倾诉不完的话语和生命充盈的感动。在博士论文的答辩过程中，孙景尧教授、夏景乾研究员、范伯群教授、汤哲声教授、刘祥安教授、曹惠民教授等虽然持有不同的观点，并因此形成了激烈的学术争论，但这恰恰折射出各位专家对于此研究课题的深切关注。怀疑和勉励一样值得感激！“爱”是生命的牵引力，因为有了父母的疼爱、爱人的怜爱和师长的关爱，我的生命从容美丽！甚至面对某个著名网站在没有经过我的许可，就随意下载我的博士论文印刷获利，亦一笑了之。当然，我要特别感谢本书的责任编辑李炳青老师，她的一句“一口气读完”，让我拥有了再次觅到知音的喜悦！

坦白地说，我是在没有相关基督教文化知识积淀的情况下贸然闯入中国基督教文学这个神奇世界的不速之客。在较短的时间内对一个目前尚无人问津的新领域进行研究，对我来说困难重重。所以至今，出版博士论文那种常人应有的喜悦感、释然感我的确没有，反倒有一种刚刚开始或重新开始的感觉。在本书出版的时刻，我仿佛觉得自己才刚刚走近中国基督教文学，只有继续才是唯一的选择！

季 玢

2009 年 11 月于常熟